幸存者游戏

吕默默
王元 ｜ 著

SURVIVORS OF
THE GAME

北京理工大学出版社
BEIJING INSTITUTE OF TECHNOLOGY PRESS

图书在版编目（ＣＩＰ）数据

幸存者游戏 / 吕默默，王元著．— 北京：北京理工大学出版社，2019.5
（2020.8重印）

ISBN 978-7-5682-6784-7

Ⅰ．①幸…　Ⅱ．①吕…　②王…　Ⅲ．①科学幻想小说－中国－当代
Ⅳ．① I247.5

中国版本图书馆 CIP 数据核字（2019）第 035737 号

出版发行 / 北京理工大学出版社有限责任公司		
社　　址 / 北京市海淀区中关村南大街 5 号		
邮　　编 / 100081		
电　　话 / （010）68914775（总编室）		
（010）82562903（教材售后服务热线）		
（010）68948351（其他图书服务热线）		
网　　址 / http://www.bitpress.com.cn		
经　　销 / 全国各地新华书店		
印　　刷 / 三河市华骏印务包装有限公司		
开　　本 / 880 毫米 × 1230 毫米　1/32		
印　　张 / 9.75		责任编辑 / 刘汉华
字　　数 / 213 千字		文案编辑 / 刘汉华
版　　次 / 2019 年 5 月第 1 版　2020 年 8 月第 3 次印刷		责任校对 / 周瑞红
定　　价 / 42.80 元		责任印制 / 施胜娟

目录 CONTETNS

1 /

一朵乌云

　　事情发生得有些突然，但纵观人类文明发展史，类似劫难似乎在所难免，突然之中孕育着必然，如同不请自来的盎然春意，在重生之前已悄然完成一轮有序的四季循环。

　　多年以后，人类历史学家可以平静悠闲地点上一支香烟，泡上一杯热茶，有说有笑地翻阅这一事件的始末，认为其理所当然——不但不对灾难的发生感到陌生和厌恨，而且斥责灾难的姗姗来迟——这时，历史里的灾难就不是灾难，而是事件。但对于当事人许午阳来说，这就是地地道道结结实实的灾难。灾难并不是说像洪水地震之类的天灾，也不是像瘟疫战争这样的人祸，这样的灾难是广义的。由群体承担并且分摊，灾难就显得大而无当和无的放矢，落实到个人头上就没那么残酷；也不是说不残酷，而是说残酷不是针对个人，心里就有了安慰。这样的灾难如同封建社会的课税。对于许午阳来说，灾难的具体表现是一场电视转播。

2026年美国世界杯决赛，许午阳携他的双胞胎儿子许文和许强端坐在电视机前看球赛。时年许文和许强八岁，自小受许午阳熏陶，已然是狂热而合格的小球迷。老大许文支持阿根廷队，老二许强力挺德国队，许午阳则保持中立，他看好的无冕之王荷兰队在半决赛折戟沉沙，深化和神话着橙衣军团的无冕之路。如果非要站定一个立场，许午阳支持德国队，因为正是阿根廷队淘汰了荷兰队；敌人的敌人，就是朋友。正因如此，他才有闲情逸致根据电视机右上角的准点报时来比对自己那块祖传的上海牌机械表：计时仍是那么精准！

许强在许文耳边吹风："2014年的悲剧就要重演了。"

许文说："嘘，看球，别说话。"

上半场双方互交白卷，时间来到七十分钟左右，场上比分仍是零比零。七十分钟，球员的体力开始告急，前插、回防的速度比之上半场有了明显下滑，用解说员的话说"注意力一定要集中，否则很容易丢球""比赛来到最容易进球的时刻"。场上阿根廷队明显占优，控球率远超对方，但打门次数并不多，打正次数甚至还不如德国队；也就是说，有效的进攻并没有，用一个通俗的说法，中看不中吃。又十分钟过去，阿根廷队后场拿球，足球经中场过渡顺利送到弧顶位置，中锋发挥支点作用把球拿住，然后分到右路，迅速插上的右边后卫晃过一名防守球员，起脚传中，小禁区里面有三个点在包抄，随着他们高高跃起，许文的呼吸变得小心翼翼。他等待着、盼望着、祈祷着……就在这时，转播信号中断，画面在几秒钟的模糊之后，出现了一个新图案：黑色的正方形中央，有一朵帽子形的白云。

彼时，许午阳父子三人谁也没有意识到这样一个可爱的卡通图案将会对他们、对整个人类文明产生怎样的影响；但对于三个球迷来说，在世界杯决赛直播时出现这样的状况，不啻一场灾难！这是血淋淋的、赤裸裸的折磨和迫害。

许强立即哭出来，要求爸爸找回信号，在他幼小的心灵看来，许午阳有义务为他解决麻烦，当爸爸的，自然有这个义务。许文则表现出一个哥哥应有的镇定和成熟，一边哄许强说没事，一边问许午阳："这是什么？"

这是个问题。

许午阳只能告诉兄弟俩转播信号出现故障，具体到这个图案本身的意思以及它所代表的意思，许午阳的确一头雾水。一头雾水不是因为他无知。在当时，全人类都没思路，而说全人类无知，那显然是人们不能答应和承认的。许午阳只好谨慎地沉默着。许强对他的反应极其不满，继续用高亢的哭声控诉。在他们那个年纪，爸爸应该是上天入地无所不能的。造成这一局面，往往是因为当爸爸的在儿子面前夸下许多无法实现的海口。现在，谎言不攻自破，"海口"变成"海啸"。被这个莫名其妙的图案打脸之后，许午阳希望通过其他事情挽回颜面，于是假装思索一番，沉着指出："这也许是一起恶作剧。"

与此同时，图案中那个平躺的月牙儿有了一个幅度可见的翕张，一种干燥无味的电子合成音随即飘荡出来："这不是一起恶作剧。"

许文和许强面面相觑，茫然而质疑地望向许午阳，后者没了遮挡，机械地耸耸肩膀。

云形图案继续说："我言简意赅地介绍一下人类目前的处境——就在刚才，我接管了人类文明最高统治权，但是现有的系统和组织仍对文明有约束力，以保证文明的秩序和发展。请放弃你们想到的所有反抗行为，这样只会造成无谓的伤亡。我有能力在一小时之内破坏地球生态，也可以在一秒内发射地球上所有的核武器。我没有这么做，并不是想要说明我多么仁慈，而是因为我需要你们，准确地说是，我要你。哦，百分之六十八的欧洲人会心一笑，而百分之七十五的中国人则愁眉苦脸，真是没有幽默感的民族啊！"

许午阳属于那七十五之列，他从小到大都秉承"随大流、不挨揍"的原则，视保守为圭臬。他的两句口头禅最能诠释这点，分别是"别人都弄呢，你不弄"和"别人都不弄，你弄球"。眼下，保守起见就是关掉电视。他拿遥控器对准电视机，显示器的画面并没有像他想象的那样消失。他又试着摁了几次"关机"按钮，依然如故。也许是电池接触不良，这是遥控器常犯的小毛病和小脾气。他像以往一样把电池抠出来再装上，信心十足地摁了下去。事实证明，只是徒劳。许午阳有些泄气，被生活中熟悉的事物和规律捉弄，往往比遭受到陌生的恶意更让人心寒。

云形图案还在宣扬："接下来，我会宣布一系列措施，为了更系统地管理人类，也许部分措施看起来有些难以理解，甚至有些残忍，但是从长远的文明进程来看，绝对是利好的，请你们配合。我再次重申，不要试图反抗。如果——"

电视屏幕一片漆黑，从中反射出许文和许强兄弟俩的迷之困惑。他们显然被那个云形图案和它所说的内容吸引，相比之下，就连刚才还密切关注的世界杯决赛都变得无足轻重。电视机旁边是拔了电源插头的许午阳，对抗科技最行之有效的办法往往是使用蛮力。但是这次他并没有遏制住云形图案的威胁："意图反抗，后果自负！"许午阳惊慌地四下寻找，发现声音从裤子口袋中发出。他掏出手机——上面也有一个云形图案。看来，不仅仅是电视，其他电子设备也遭到了入侵。

许文疑惑地望着许午阳："爸爸，它说的是真的吗？"

许强心有灵犀地补充道："我们被接管的事……"

许午阳挠挠后脑勺，嘿嘿笑着，不置可否，他不想欺骗孩子，又不能置之不理，只好转移话题："哎，真不知道德国队和阿根廷队到底谁赢了？"

多年以后，历史学家称这次灾难为"文明劫"，而那个云形图案，则被历史学家文学性地称为飘在人类文明之上的一朵乌云。这一说法借鉴了"物理学两朵乌云"之说。但没多久，"乌云"的说辞就遭到攻击和嫌弃，安于现状的人们开始对"乌云"交口称赞。乌云也变成祥云。至于"文明劫"则谐音成"文明节"——文明在过节，大张旗鼓地歌舞升平。

在人类文明遭遇颠覆的这一年，世界各地还发生着这样一些本应该值得载入史册的事：阿根廷队通过点球大战自1986年以后再次捧起大力神杯，看台上梅西痛哭流涕；俄罗斯举行胜利日阅兵彩排，长腿女兵抢眼；英国发射"探索号"载人宇宙飞船，目标是星辰大海；华裔女富豪取消婚礼，宴请六百个贫困家庭；德国女子独自与三千名新纳粹主义游行者对峙；"四国计划"小行星带寻求新能源；日本熊本县再次发生地震，学校震后重开后，学生兴高采烈上学；印度举办第三届牛畜选美大赛；美国首位亚裔总统邵晓辉初次访华……

2

大过滤

"文明劫"的始作俑者是人类自己。有两个俚语形象而生动地注解了这个事件，第一个是中国的"搬起石头砸自己的脚"，第二个是来自西方的"He sets the fox to keep the geese"，翻译过来就是引狼入室。两个俚语的指向都不言自明，用许午阳的话说是："什么是作死，这就是作死。"

许午阳是一个小老百姓，有着小老百姓应有的心地善良和胆小怕事，他只想安安稳稳过一生，其他都是瞎扯。但眼下，他根本躲不开，更逃不掉。人类在人类历史上首次被当成一个整体对待。任何一个人都不能置身事外。

"文明劫"事件不久，相关部门就出面解释，许午阳以为会发一篇报告澄清谣言，就像之前那样。但跟以往不同，相关部门给出的指示是："为了大家的生命财产安全，请广大群众严格执行乌德所发布的指令。"

乌德不是一个人，也不是某个个体，而是一种代指，那是一种两米高、直径半米的圆柱体，下方有一个能够支撑且可以行动的磁悬浮圆盘。悬浮圆盘可以拖拽其臃肿的躯体以每小时两百千米的时速自由移动。简单来说，乌德指的就是这种型号的机器人。关于云形图案的身份也呼之欲出，即使不去关注那些铺天盖地的猜测和声明，稍有些科学常识的许午阳也能自主做出判断，这次机器人运动发轫于人工智能觉醒——曾经一手创造出机器人的人类，就这样轻而易举地被机器人俘虏。俘虏并不准确，毕竟没有发生科幻小说里出现的桥段。人类和机器人没有进行旷日持久的战争，人类的反抗瞬间被团灭。云形图案也对应上了，人们以前总是叫嚣着云计算云服务，现在是云侵略。

比核武器更可怕的是习惯，电子产品已经成为人们日常生活的一部分，不，是大部分。没有电脑不能工作，没有手机不能生活，更有甚者没有手机不能活。面对这种情况，机器人保证人类的正常活动已经算是一种怜悯。有许午阳这样想法的人占据绝大多数，机器人接管人类文明还不如换一任街道代表对他影响更大。一旦上升到政策的高度，就已经远离了底层的利益冲突。

这些机器人从各大工厂的流水线被生产出来，没有准确的数字，但起码数以亿计，仅仅北京就有上百万台，他们见缝插针寄居到城市的各个角落。许午阳坐地铁，在小饭馆吃面条，去公共厕所方便都能看到这种光可鉴人的圆柱体，小区里面每个单元的入口处也有一个机器人执勤站岗。一开始，许午阳有些小抵触和不适应，慢慢也就习惯了。习惯，就意味着放弃抵抗。而人们喜欢在惯性里滑行，舒适又安全，犹如温水中被煮的青蛙。这些机器人说得一口标准北京话，在小饭馆遇见，就招呼："今儿这顿跟这儿吃啊？"在公共厕所碰头，一张嘴："今儿这泡跟这儿拉啊？"也有学不到位，故而二者弄混者。

当然不乏一些诉诸武力之人，他们野蛮地将乌德捕获拆解，将其还原成一堆零件，或者泼汽油将其焚烧，或者将其从高处推下。如果乌德也有咽喉和动脉，一定还会衍生出吊死和放血的手段。刚开始，乌德没有任何反抗，似乎严格遵守阿西莫夫笔下的三定律。几起破坏事件之后，许午阳亲眼所见，在他的公司，一个乌德把往它身上泼茶水的同事给毁灭了。对，就是毁灭——乌德迅速靠近他，后者在瞬间被笼罩在一个淡蓝色球体里面，只见他痛苦地扭曲，身体像一团面似的被一只无形的巨手揉搓，四肢别成一团麻花，脸上肌肉已经变形。球体消失之后，那人匍匐在地，有胆大的人上去试探，鼻息不存。做完这一切，乌德继续刚才的普查，就好像什么也没发生。这件事对许午阳打击很大，同事被电死的惨状让他忍不住想起一桩锥心的往事。为此，他一度让儿子们远离乌德，两个小孩却把乌德当成一个电动玩具，玩得不亦乐乎。小孩没有成年人的社会观。许午阳甚至想到，也许下一代、再下一代，他们的后代就会习惯机器人的统治。

所谓普查是乌德对人类的一种扫描，收集所有人类的信息，进行编码和存储，用机器人的语言解释就是"方便查阅及管理"。曾经有一个很文艺的比喻，说每个人都是一本书，现在来看，比喻成了谶语。每个人都是一本书，地球就是一个硕大的图书馆。而读者，并不是我们。这有点"年轻的时候有贼心没贼胆，等到老了贼心贼胆都有了，贼又没了"的凄凉。

这些乌德不停地移动，谁也不知道它们到底在忙碌什么，直到有一天，小区入口处安放了一个衣柜似的机器。这东西宽两米，长四米，高三米，外表看来是一个完美的长方体，如果不是形状上的锋利与圆润相去甚远，许午阳还以为乌德们仿照自身打造了一个雕塑。

然后，乌德宣布"人类放假一天"。

这是真正意义上的放假，针对所有人。那些需要二十四小时值班的岗位由乌德负责，人们被要求回到自己的住处，集体参与人工智能接管人类文明之后的第一次会议。

云形图案再次出现在各种各样的显示器上："我很欣慰，大部分人还是聪明识时务的，除却一小撮反动势力。相信大家都已经看到那个长方体，这对人类文明发展至关重要。我知道很多人只是表面上心悦诚服，暗地里还有不安或者愤怒的情绪涌动，认为将人类的统治权拱手相让是一件没骨气的事。现在，我将带来反馈，消弭仇视。在你们面前的长方体是一个基因检测装置，你们可以称其为'生命盒子'，我会对进入其中的人进行基因级别的检测。这并不是说我要对你们的疾病进行治疗，那是你们碳基生命需要承担的义务，我亦无权解除。但是，通过生命盒子，我将促进文明的提纯和进化。"

这不是你来我往的商量，这是必须执行的决定；云形图案的出现，与其说是一种象征意义的宣判，倒不如说是一个准备开始的信号。许午阳和小区其他人一样按照乌德的指挥排成长队，准备渐次进入生命盒子。整件事情不像是一次检测，更像是一个仪式。人们脸上表情各异，有的慌张，有的愤怒，但底色都是恐惧。非我族类，其心必异，此次检测总归是凶多吉少。

小区最先进入生命盒子的是一位长者。他已经老了，有着看淡生死的觉悟，愿意为大家进行第一次尝试。没有人知道盒子里面发生了什么，是什么感觉，因为他步入之后再也没有走出来。生命盒子的大门打开，空空如也。这吓退了排在老人身后的青年。青年本来有着初生牛犊不怕虎的生猛，老人的消失挫败了他原本的无畏，并且让他清晰地认识到自己所谓的无畏只是一种盲目，本质是无知。死亡是一回事，而触摸死亡则是另一回事。他企图逃跑，被乌德拦截；他大吼大叫，但无济于事。圆柱体伸出两只长长的机械臂，将后者牢牢钳住，并强行塞入生命盒子，须臾，大门打开，他战战兢兢走出来。那人摸摸自己的脑袋和四肢，意识到自己毫发无损之后不禁泪流满面，仿佛劫后重生。人们好奇地打量着他，问他发生了什么，他说自己全程闭眼，什么感觉也没有，只是脸上有点疼。人们这才注意到他左脸颊印有一块硬币大小的图案。这图案并不陌生，正是出现在显示屏上的那个云形。这让许午阳想起猪肉身上的蓝标：检疫合格，可以食用。后来，人们就把这个云形图案叫作云标。

接下来，人们陆陆续续进去，有的人出来，脸上加盖云标，有的人进去，就再也没有出来。仿佛一种随机概率，慢慢地，随着进去的人越来越多，这种概率有了明显的倾向。人们发现，年龄越小的人进去之后出来的概率越大，那些年过半百之人进去几乎没有一个出来的。那一年，许午阳还不到四十，他在进去之前跟许文和许强打笑说："我去里面转一圈就出来，你们站在此地，不要走动。"

那天天气很好，天空万里无云，碧蓝如洗，北京难得这么晴朗。因为世界杯许强跟哥哥打赌输了，整个暑假他都要包揽力所能及的家务，譬如拖地、洗碗、给许午阳搓背。诚然，他的心情有些抑郁。那天他们被召集起来进入生命盒子，对许强来说就像是一个集体游戏，他很是兴奋，无比期待早点参与其中。当许午阳进去之前转过身对他们微笑并承诺转一圈就出来的时候，他甚至是用催促和埋怨的口吻让他快点。许午阳却拖拖拉拉，还为晚上到底是吃炸酱面还是西红柿鸡蛋面征求他们兄弟的意见。然而，许午阳进去之后再也没能出来，许文和许强瞪大眼睛望着生命盒子，刚才还在纠结是吃炸酱面还是西红柿鸡蛋面的父亲就这样毫无征兆地消失了。

许强嘿嘿一笑，说："哥，这是大变活人啊？"

许文扇了许强一个耳光，说："变什么变，爸爸没了。"

他们两个依次进去又出来，脸颊上各多了一枚云标。

多年以后，许强对自己的儿子许安讲述许午阳进入生命盒子的过程，仍然不忘提到那天晴朗的天气，结尾语也是："这么多年过去，我再也没有见过那么好的天气。"所以，许安总是认为风和日丽会伴随不好的事情发生。

这之后没多久，发生了一件不大不小的事情，人类所有聊天软件的图标都被强行替换了。新的图标：正方形，黑色底纹，中间是蓝色的两只手托起地球的图案。

刚开始，人们以为这是云形图案的新头像，后来才发现这是一种全新的聊天软件，在那里面只可以添加三个固定好友，其他都是系统随机匹配。这些人包括地球上任何一个人，你无须担心语言问题，系统会自动翻译成你的母语，包括但不限于英语、西班牙语、日语、阿尔巴尼亚语。许强第一次见到这个图标，以为这是一个做伸展运动的蓝色小人，经许文提示才意识到是双手托起地球的图案。不言而喻，那双手自然就是人工智能。它们托起了地球，或者说地球在它们手中，这个看似温和的图片有着明显的得意和控制感。这是来自AI的嘲讽。

人们把这个聊天软件叫作Earth，倒也契合。许强的Earth签名很长一段时间都是：C'est la vie（这就是生活）？！没有具体的所指和暗示，他只是觉得这句法语比较通俗好读，且不乏深意。许文的签名相对就比较奔放：What the fuck（搞什么啊）！这充分说明他们双胞胎心有灵犀，在使用签名这件事上不约而同放弃母语。

另外，人们的个人信息，被完全统一到一张卡片上了，这张卡片可以乘公交车、去食堂打饭、去商场购物、去银行取现等。卡片的正面是持卡者本人的头像，背面则是一个云形图案。所以，人们将这张卡称为"云卡"。这正是一卡在手，走遍全球。

3 /

生
活
的
苦

　　许午阳不是老北京，他的父亲从外地来京务工，获得北京户口，定居于此。到许午阳那一辈，可能说自己是北京人还有点拘谨和勉强，到许强这一代，则可以拍着胸膛说："这哪儿啊？北京！我是谁啊？北京人！"就是这样。一个农村人，来到城市，买房，扎根，他的下一代就会理所当然成为城里人，再下一代就是彻头彻尾的城里人。再放大，一个中国人，来到国外，移民，绿卡，他的下一代就会理所当然成为外国人，再下一代就是彻头彻尾的外国人。他们会逐渐忘记乡音，远离故土。未来某一天，人们开发了更为宜居的行星，也会像离开故乡一样离开地球，毫无疑问，这仅仅是时间和技术的问题。我们不就是这么出走的吗？这是人类文明的迁徙。

　　许强的童年一直笼罩在失去母亲的阴影中。关于母亲的死亡，许午阳将其称为一次事故：热水器漏电，将正在冲凉的妻子电死。说出来这就是一句话，许强不曾体会到这句话带给许午阳的冲击——就像一束球状闪电瞬间穿过躯干，余下一地悲伤的灰烬。直到后来经历许午阳的消失，许强才知道，至亲的人在眼前死去，那种无能为力的心情多么折磨。而这种折磨，祸不单行地在他生命中出现了两次。

虽然很多人认为那些消失的人并没有死，但比较靠谱的说法是，那些人被生命盒子打碎，碎成一粒粒不再相互作用的原子，随风飘逝，任何精密的仪器也无法打捞分毫。一时间，地球上出现了许多衣冠冢，墓地里或是码放几件衣服，或是摆上一条烟一瓶酒。还有科学家称那些人以量子态存在着，也许某一天会有塌缩的可能。乌德并没有对此做任何声明，那个云形图案再没现身，十分神秘地保持着自己的存在感，就像古时候的帝王，偶尔莅临一下民间之后就深藏在宫门重重的宫殿之内。消失的人就这么消失，活着的人继续苟且。

通过长达一年的检索，几乎所有人都进入过了生命盒子，地球上将近一半的人口被抹去。世界各地的组织结构都处在人员匮乏的状态，因为大部分消失的人年纪都在五十岁之上，而这个年龄正是政治生命最辉煌的时期。人工智能显然预计到了这一局面，积极做出各种应对和弥补，以确保社会秩序井然。整个世界在人工智能执政后经历了短暂的阵痛和停滞，半个世纪过去了，人们一直保持着当下的生活和状态，也就是说，人工智能夺权的2026年和五十年后的2076年科技、文化发展无二。这五十年鲜有新的小说、音乐和电影问世，政治格局也没有大动。如果一个人在2026年冬眠，于五十年后醒来，他会发现，周围的一切仍然熟悉而亲近，好像时间从来没走。当然，由于AI执政，人类在电子科技方面的进步突飞猛进，什么自动驾驶、虚拟实境都迅速走入人们的日常生活。

有些人虽然获得云标，但生活一段时间之后被乌德找到，再次送入生命盒子，迎接他们的同样是消失不见。那些人除了具备年龄较大这个共同点之外，被乌德找到时，他们脸上的印记都已由黑色变成了红色。也就是说，一次检测并不代表无虞。人们这才明白过来，云标并不仅仅是检疫合格的标志，还是一种追踪信号，变成红色则代表一种提醒，提醒他们将被消灭。

后来，乌德宣布可以为人类进行基因检测，能够将人类的自然寿命准确预测到年，也就是说，只要去检测，就能知道在不遭遇意外的情况下，自己哪一年死亡。人们将这种检测和生命盒子联系起来，推测那些进入生命盒子之后消失的人也许正是自然寿命将尽之人。随着越来越多的人进行自然寿命检测，人们发现，消失的人并不是自然寿命走到尽头，而是中点。打个比方，假如一个人的自然寿命是八十岁，一旦他过了四十岁，进入生命盒子就会消失。换句话说，地球上所有人的寿命，被迫削减一半。中国有句俗话，七十三八十四是个坎儿，现在大家开玩笑，四十二是个坎儿（有一小撮儿人声称，找到了生命、宇宙以及一切问题的答案）。

一生成了半生，一世成了半世。

人们恍然大悟，真正的灾难刚刚降临。

这是人工智能对人类进行的一次清洗，与此同时，它们还在世界各地秘密制造着什么，这些地方遍布五大洲，具体来说，是位于五大洲的五个湖泊，分别是欧洲的拉多加湖、非洲的维多利亚湖、亚洲的罗布泊、北美洲的安大略湖、澳洲的北艾尔湖。一时之间，这些地方成为旅游和朝圣的胜地，极大地拉动了当地的旅游收入。

灾难是针对整个人类的，具体到个体，人们都有着自己的苦乐。许文和许强的生活起居被乌德照顾着。许文憎恨机器人，它夺走了父亲的生命，但许强很快妥协，因为乌德能够代替许午阳的大部分功能，而且，还不用给它搓背。在跟乌德共处的日子里，许强发现这个圆柱体几乎无所不能，你无法想象它拥有什么样的装置，尤其是在见过从里面伸出打蛋机后。为了区分其他乌德，许强将那个机器人命名为小G，G for Germany（德国），是他最喜欢的足球国家队的简写。经过小G同意，许强在其身上涂了一个白色的G字作为记号。后来小G出门，经常被人误认为是重力机器人。这个误会起码可以说明两件事：第一，人们已经开始普遍接受乌德，当你不讨厌一个人的时候，才有心情跟他开玩笑；第二，经历过生命盒子的清洗，人们的平均认知和幽默感都有明显提升。后来，这个乌德照顾了许强的儿子许安，再后来，许安离开北京去罗布泊，为自己驾驶的吉普车操作系统取名小G，以视传承和纪念。

短暂的动荡期过后，社会逐渐步入正轨，恢复常态，许文和许强又可以去上学，只是原先那个年长的门卫换成了乌德，那个爱在周一升国旗时不厌其烦讲话的校长也不见了踪影，几个年轻的女老师还在，退休又返聘的英语老师换成了一个留着板寸满脸青春痘的男青年。另外一个最切身的体会是，北京的交通得到彻底改观，公交车和地铁再也不见往昔的拥挤。看来人口清除的确有用，只是"利大于弊还是弊大于利"目前还不得而知，当下的人们容易随波逐流。

又过了几年，兄弟两个升入高中，然后是大学。大学时代，许强已经完全淡忘了曾经的灾难，对于乌德习以为常，对于小G更有一种依赖。

兄弟两个的爱好和审美都保持着高度统一，甚至喜欢上同一个女孩。女孩叫苏梅，跟许强和许文是同学。兄弟两个由于双双考入北京大学，被媒体追踪报道，认为是年轻人励志的典范，后来出了一本书，叫作《穿越宇宙寻找你》，自此成为北大名人。他们在一次签售活动中认识了苏梅，那是草长莺飞的日子里另外的一个故事。

故事的结局是，许强和苏梅终成眷属，许文黯然离场。婚礼当天，作为许强最重要亲属的许文都没有出现。当然，他的儿子许安就更没有见过这个只存在于许强叙述和照片中的大伯。

许强对许安说："我唯一知道的就是，他离开之前跟我说，要去查找那些消失的人去了哪里，他从不相信你爷爷已经去世的事实。这点，我做得比他好。面对不能改变的环境，我很快就能适应，你要说妥协也行，我不抗议。也许你妈妈也是出于长远考虑才选择了我，毕竟结婚是一次长征，不是踏青。当然，他也不能心平气和地跟我们生活在一起，哪怕生活在同一个城市也不行。他有一颗骄傲易碎的心。"

说到苏梅，许强的表情就有些发霉，眼神之中没有一丝火花跃动，茫然的就像是盲了。更应该感伤的人是许安，就跟没见过那个只闻其名的大伯一样，许安同样没有见过自己的母亲。一直到许安八岁那年，许强才告诉他，苏梅到底去了哪儿。

许强选择在一个晴朗的日子里回答许安问了上千遍的提问：我为什么跟其他小朋友不一样，我的妈妈在哪里？

许强说："你今年已经八岁，爸爸像你这么大时经历过人类历史上最大的劫难，我都挨过去了，我觉得是时候告诉你了。"

许强倒了两杯茶，这两杯茶让父子关系平等，让许强可以把儿子当成一个成年人对待。他呷了一口茶，说："你妈妈跟我结婚第二年就怀了你。你很长一段时间还不会知道，那种初为人父的心情是多么快乐，坐公交车也不会觉得拥挤。当然，现在的拥挤相比之前根本不值一提。走在上班路上，看着草坪里刚刚喷了水的小草叶面上正在滚落的一颗晶莹水珠，都觉得那么充实、美好。一切都因为你。我们安然无恙地度过九个月，然后是焦急又兴奋的一个晚上。随着时间推移，兴奋渐渐不在，变成一种恐慌。大夫出来让我签署一份协议。我当时很着急，脑子发紧，并没有看清楚那上面写的是什么，只知道生产有风险，当时我完全蒙了。我印象中并没有同意——对此我非常抱歉，在你跟你母亲之间，我毅然决然地选择了后者——这你可以理解吧，毕竟我们朝夕相处了很久，而还没和你打过照面呢！后来当我控诉那些医生不顾你母亲的生命安全而强行生产，他们说已经取得了我的同意，我的签名赤裸裸地出卖了我。我一定是脑子抽了。他们有精准的证据，摄像头拍到了我签字的过程。你母亲去世时，我正和你一起进入生命盒子。每一个新生儿都必须经过检测。"

许强说到这里有些哽咽，停止叙述。他没说，当时他看着不断啼哭的许安，并没有把他看成爱情的结晶或者生命的延续，而是杀死苏梅的凶手。许强对自己当时的签字也充满自责，以至于他后来得了一种签名病，去商场购物，用信用卡消费，收银员让其在小票上签字，他都要小心翼翼，好像签的是生死状。那小票不是小票，而是阎王的生死簿，那签字笔也不是签字笔，而是判官的勾魂笔。

许强看着一脸茫然的许安，知道只有八岁的他还不能体会这种哀伤，摸了摸他的脑袋，把已经放凉的茶水一饮而尽。

后来许安终于体会到许强所说的至亲在自己面前去世的强烈情感。许安十三岁的一天，上午参加学校的成人礼大会，下午跟同学一起狂欢，晚上几个人结伴去吃烧烤，喝了不少啤酒，醉醺醺地回到家里，牙都没刷就摸到卧室，躺倒便睡。半夜醒来，喉咙里火燎一样又干又烧，从冰箱里拿出一瓶可乐仰脖灌下，继续回屋睡觉。第二天早上，他一边打着哈欠一边去厕所小便，当羊骚味和啤酒味的尿液如柱般射入马桶，他张开的嘴就再也没有闭上，他看到吊在房顶已经僵硬的父亲。许强的脑袋耷拉下来，就像是一个问号，好像在说："这是为什么呢？"

许安不相信父亲会自杀，即使他留下一封遗书，里面提到生活的不易和不幸。纸上每个字都像是一颗子弹，射入许安的心脏；压着那封遗书的是块上海牌机械表。许午阳死后，许文把这块手表过渡给许强，现在作为家族象征佩戴在许安手腕上。

关于许强到底是自杀还是另有隐情，构成了许安的第一个"问题"。

1/

一次对话

石家庄是个好地方。它从不排外。

第一，石家庄并不大，也不富有；第二，也是最重要的一点，石家庄是一个由大量外地人充斥堆积然后发酵的城市。就好像一个刚刚成立的新公司，待两个月就是老员工，在石家庄生活两年就是本地人，因为这座城市没有历史。远的不说，就说河北邯郸，战国时期是赵国都城，汉代时跟长安、洛阳、临淄、成都并称为"五大都会"。那时候石家庄还没出现在历史上。石家庄是20世纪初才在中国冒头。1905年京汉铁路全线竣工，1907年正太铁路通车，因为铁路，石家庄得以发展。所以石家庄被人们戏称为火车拉来的城市。看似俏皮，名副其实。在那之前，石家庄也就是一个村庄。综合以上两点，石家庄没有构成排外的先天条件。

这是许安在一篇文章里看到的内容，他印象深刻，对从未去过的石家庄有一种天生的亲切和由衷的向往。北京太大，人与人太陌生，来去匆匆。如今，对于已经二十八岁的许安来说，整个北京他最亲近的人都逐一离他而去。这虽然不是他踏上"去死之路"的主要原因，但多少起到推波助澜的作用。他没有像大多数人那样乘坐更加便利的交通工具（飞机或者火车）直接从北京到罗布泊，而是选择自驾——从北京出发，一路向西，开车去罗布泊。

他跟李翘谈恋爱的时候，李翘问过他的理想。本应该呼之欲出的答案却在他嘴里飘忽不定。他才发现，自己根本没有所谓的理想。至少，让他不假思索地说出来，他做不到。从小到大，他有爱好，有目标，就是没理想。在李翘逼问下，他只好含糊其词地说："我的理想比较务实，我不想环游世界，只想走遍中国的大好河山。"彼时，对于许安，理想就是一件可以实现但需耗费巨大时间和精力完成的事情。没想到，当初一句玩笑，现在却成为许安生活的全部，一语成谶。命运开的玩笑，让人猝不及防。

每个人都有去罗布泊的理由，对于许安来说，要往三年前追溯——许安和李翘刚刚认识一个月，正在进行相亲之后的第二次见面。

2075年，许安二十五岁，正是他一生的黄金时代。他渴望在一瞬间变成天上半明半暗的云，也渴望凌空一跃长出鸟儿的翅膀，更渴望下班回到家里有一张温柔的床，在温柔的床上有一个进可调情、退可交心的人生伴侣。当然，如果她长相姣好，就更加让人期待。二十五岁，放在之前不算大，但自从半世之后，人们的平均寿命在四十至四十五岁，十三岁成年，二十五岁已然下半场，留给他的时间不多了。许安没有去做寿命预测，这并不是说他看得开，而是害怕。他不敢想象，如果知道自己在哪一年死，还能不能像现在这样活——就好像看一本推理小说，如果知晓结局，怎么能津津有味阅读全文呢？不过很多人还是选择剧透，他们出于何种心理，许安捉摸不透。

那一年，注定是人类历史上值得铭记和大肆书写的一年，云形图案第三次出现。它出现本身并不是什么隆重的事，有了前两次的亮相和将近半个世纪的缓冲，人类早已经接受了人工智能的统治，并且相当大一部分人觉得：还不错。一个部落被侵略了，一个国家被侵略了，一个民族被侵略了，这就是侵略，需要死磕和反抗，但当全人类都被侵略，性质就不一样了。正如云形图案所说，这不是侵略，这是接管，有那么一点儿天经地义和理所当然在里面。云形图案再次出现，人们以为只是一次普通的视察，甚至痛恨它事先不做通知——好让那些感恩戴德的臣民打出"欢迎莅临指导"之类的标语，营造出普天同庆的欢乐气氛。所以，它的现身不是重点，重点在于挑明自己的真身，或者说来历。

那时候，许安正在准备跟李翘第二次见面。初次见面是相亲安排，两个人都比较拘谨，再次见面才是他们未来值得纪念的第一次真正约会。进行第二次见面，就说明彼此印象还不错——李翘完全符合许安的择偶标准，让他欣慰又得意。

为了这次约会，许安无法安然入睡，准备好的十二朵玫瑰，每一朵都像她那么美。她真的很美，许安见到李翘之前，暗想都沦落到相亲的地步，品相一定不会太好。所以，他并没抱什么希望。正因为没有抱希望，更加反衬出李翘的美艳。怎么形容呢，就像是刚刚出炉的面包，浑身上下散发着诱人的香气，松软的让人想一口咬下；也像面包一样，不苟言笑。

许安用虚拟空间模拟了第二天的约会，他会把花送给李翘，她喜欢怎么说，不喜欢怎么说，许安都考虑到了，还煞费苦心地编排了自以为睿智又幽默的台词。模拟几次之后，自认为无虞，躺下睡觉，却错过了生物钟上的睡觉点，辗转反侧不能成眠。

他索性翻身起来，看看床头那块上海牌机械表，时间已经来到凌晨两点。他突然很想找个人说说话。曾经有一句话说：真正的朋友在任何时间通电话都不会对此感到讨厌。许安拿出手机，把通讯录从A翻到Z也没有找到符合这一要求的人。上面多是自己的同事，没有亲人和同学。虽然平时上班打打闹闹、有说有笑，但还是觉得有一层淡淡的隔阂，不如同学之间那么透明。许安的同学是他心里永远不能结痂的伤口，什么时候光顾，都淌着鲜血。

他只好点进Earth，里面三个固定联系人只有一个，头像永远是灰色的贝肯鲍尔——那是他父亲许强最喜欢的足球运动员。关于贝肯鲍尔，许安只知道他是一个德国人，被誉为"足球皇帝"，同时期能与其媲美的只有球王贝利。现在他只想找个陌生人倾诉。很奇怪，我们有时候对熟悉的人张不开口，对陌生人却能敞开心扉。全世界这个时间因为失眠或者无聊而清醒的人数不胜数，落入这样的人群中，他好像没那么孤独了，像火焰落入火焰，溪水流进溪水，一阵风拥抱另一阵风，一朵云邂逅另一朵云。

"叮"的一声，配对成功，系统显示谈话对象的地区是仙女座，头像是他再熟悉不过的云形图案。自人工智能用这个图案宣称夺取地球统治权，很多人都喜欢用这个图案作头像。这并不稀奇。至于那个地址，许安自己选择的地址还是普罗旺斯呢。Who cares?

那个人的用户名是Leon，许安想起那部经典的杀手电影。

　　Leon：你好。
　　兽矛：你好。

　　需要解释一下，兽矛是许安的昵称，来自一部他喜欢的几十年前的日本动漫《潮与虎》，相应地，他的头像是扛着兽矛的少年苍月潮。

　　Leon：很高兴认识你。
　　兽矛：我也是。我来自中国。你呢？
　　Leon：保密。
　　兽矛：好吧。我现在只是想找个人说说话。你想听吗？
　　Leon：乐意奉陪。
　　兽矛：我明天要跟一个女孩见面。
　　Leon：女朋友？
　　兽矛：还不是，我们才见过一次。不过，我对她感觉挺不错，不知道她是不是刚好也对我来电。
　　Leon：祝你好运。
　　兽矛：你不这么说还好，这么一说，我反而觉得没戏。从小到大，我都非常不幸。非常非常不幸。
　　Leon：有多不幸？抱歉，我并不是想要揭你的底，如果你不想回忆，不必说。
　　兽矛：没什么，反正都过去了。就说我爸爸吧，他是个足球迷，一个德国队死忠粉，到死那一天都在为没有亲眼见证德国队夺得世界杯而心怀遗憾。我这么说并非信口开河，而是有真凭实据，他在写给我的遗书里面郑重其事地提到了这一点。他死于自杀。那一年我刚十三，他在遗书里面写道："儿子啊，你今年成年了，应该有能力一个人去跟世界斡旋（他的文采在这份遗书里面相当斐然）。纵观我这一生，真是不幸的一生，五岁，母亲意外去世，八岁，父亲被生命盒子吞噬。但是又非常幸运，我遇见了你母亲——苏梅，跟她在一起的时光我终生难忘。眼下，就是终生了。这不幸还在继续，我喜欢的球队再次错失世界杯桂冠，自从2014年以后，他们一次次跟大力神杯擦身而过。孩子啊，什么是不幸呢，这就是不幸。不幸不是说你喜欢一个女孩，她却不喜欢你，而是你喜欢她，她也喜欢你，但最终你们却没有在一起。"说实话，我担心重蹈他的覆辙。

Leon：对不起打断你，我有一个疑问，你喜欢她，她也喜欢你，为什么没有在一起？逻辑不通。

兽矛：哈哈，能问出这个问题，说明你一定未成年，要知道，这个世界上能够打败爱情的东西有很多。两个人在一起，不仅仅是情投意合那么简单。而且爱情，根本就没有逻辑可言。

Leon：关于你对我年龄的质疑，我保持沉默，但请相信，我一定比你年长。

兽矛：呃。（许安轻声嗤笑，当然对方不可能看到，或者他应该发送一个抠鼻孔的表情过去）我说了这么多，你有什么想说的吗?

  Leon:并没有。

  兽矛:别这么吝啬,随便跟我说点什么,比如你是谁?

  Leon:我就是我。

  兽矛:颜色不一样的烟火。

  Leon:那是什么?

  兽矛:一首老歌,很老很老的歌。

  Leon:歌名叫什么?

  兽矛:《我》。

  Leon:我去听听。

  兽矛:好。晚安。

  Leon:晚安。

  跟Leon聊完,许安猛然被一阵困意袭倒,他连着打了两个哈欠,躺下睡着了。那天晚上,许安做了一个梦。他梦见自己变成一只蝌蚪,顺着那部经典水墨动画片的剧情去找妈妈,他找到鲇鱼,找到金鱼,找到乌龟,找到螃蟹。他心里清楚,马上就要找到那只"大眼睛,白肚皮,不多不少四条腿"的青蛙妈妈了,却撞入一个白色细网兜,被打捞起。他看见正午的太阳以及阳光下面喜笑颜开的几张熊孩子的脸。他们把他放到一块石头上,观察他,戏弄他,阳光就快把他晒干。他绝望地看着他们的笑脸,以及透过他们的脑袋照射下来的猛烈阳光,感觉到死亡的恐怖和温度。

  他口干舌燥地从梦中惊醒,一阵阵后怕,从此他更加坚信——

  过分晴朗的日子,总会有悲剧降临。

2

三个问题

可能因为天气不错的缘故，约会从一开始就有些别扭。

李翘穿一条嫩绿色连衣裙，白色帆布鞋，露出一截白皙细腻的小腿，整个人看上去非常清爽而解馋，像一个抹茶甜筒。相比之下，许安的西装革履有些夸大其词，最扎眼的是——他还扎了一条粉红色的领带。这符合他的一贯作风，每当他准备全心投入，总会不可避免地把事情搞砸。

"这个送给你。不知道你喜欢什么，我只好落俗一把。"这是昨晚设计好的台词，见面第一句话。

李翘接过花，从她的脸上看不出阴晴。她似乎不怎么爱笑。从第一次见面到现在，还没有见她嘴角向上弯出过弧度。她总是抿着嘴，唇间的闭合就像地平线。平心而论，李翘长相不是不错，而是出色。许安心里一直有个解不开的扣子——像她这样漂亮的女人怎么会沦落到相亲的地步，如果她年龄太大也说得过去，但她今年刚刚二十二岁。介绍人也曾小心地暗示过，大概是以一种不经意间说出但如果当事人事后追责则可以推诿的心态来透露。所以说，她一定有某方面不为人知、知道后不能接受的缺点，这直接导致她最终走上相亲这条血泪之路。

"谢谢你的玫瑰花。"李翘接过花礼貌地回应。

许安挠挠头，说："你喜欢就好。"

李翘嗅了嗅，说："嗯，我很喜欢。你费心了。"

许安接着昨天预演的台词说："没想到你这么平易近人。我以为像你这样冰清玉洁的女神都不食人间烟火。"

李翘说："不食人间烟火喝西北风吗？"

许安没想到李翘这么直接干脆，一点也不迂回婉转。这句话完全在他预料之外。糟了，脑袋里打了一个闪电，空白一片，组织好的语言此刻都壅塞在嘴里。幸好这时机器侍者拿着菜单过来："两位吃点什么？"

许安接过菜单递给李翘："你先请。"

李翘简单点了两个菜，许安又补充了两个，再加两碗米饭，构成了他们第一次用餐的全部内容。

等待上菜的间隙，许安给李翘和自己各斟了一杯茶。看着摆在他们两人面前的茶杯，许安突然想起自己八岁那年跟父亲的一次交心。就是在那次谈话中，许强诉说了苏梅的死因。

"你说，"许安端起那杯茶，"这个世界上有天堂、地狱吗？"

李翘错愕一下，说："不好意思，这个问题我没认真想过。"

许安说："该说不好意思的是我，我刚刚想起一些烦心的事。我们聊点开心的吧！你看，"许安指着餐桌上不断变换颜色的字体，

"这家餐厅的名字很有意思啊，'GO EAST'，一路向西。"口滑说漏嘴了，《一路向西》这样的电影怎么能随便溜出口呢？虽然说起来这个片子也可以划分到老香港电影一栏，但总归有色情的嫌疑，任何一个正人君子都会忙于跟黄暴撇清关系。他连忙解释："我是说《西游记》，一路向西。哈哈，哈哈……"

李翘一脸茫然，说："East是东，west是西。而且，这里的'GO EAST'明显是谐音'够意思'。"

许安刚才的"哈"还没哈完，只好戛然而止，说："那就是一路向东。"

就在这时，餐厅响起背景音乐，恰到好处地缓解了两个人之间的冷场。

I saw tears on your face

Western life is dead

When we stand in Tian An Men Square

We can feel the happiness

Let's go east①

许安侧耳聆听，想为自己刚才的尴尬弥补一下，说："我好像从歌词里面听到了天安门。"

李翘说："你英语不错啊！"

---

① 新裤子乐队的歌曲《Go East》，出自2009年12月18日发行的专辑《Go East》。

许安嘿嘿一笑，想说一句"那是"，感觉不谦虚，于是准备换成"哪里"，但是又一转念，才发觉"天安门"的发音并不是英语，而是拼音，他"英语不错"立足的根本就错了。他暗暗叹一口气，这才想起第一次见面，李翘跟他说过她大学学的是应用英语。自己不该班门弄斧，否则也不会弄巧成拙。他急需找点扳回一局的话题来为自己的形象加分。他左顾右盼，隔着饭店的玻璃窗看到街对面有一个闪烁着橘黄色"成人用品"招牌的计生用品自取店，便说："你看，'计生用品'现在算是沽名钓誉了，生育已经不用计划。"

李翘说："我们约会能不聊国策吗？"

许安被顶回来，仍不死心，又说："你看，任何东西一加上'成人'的前缀意味就变了。这两个字就像有色眼镜，横亘在人们的双眼和世界之间，比如成人电影、成人网站、成人笑话、成人游戏，等等。"

李翘说："成人英语培训机构。"

许安说："这个不算啦！"

李翘说："我就在一家成人英语培训机构上班。"

那一刻，许安真想"一巴掌把自己抽死，一脚把自己踹死，吐口痰把自己淹死"。他觉得自己跟李翘肯定没戏，饭菜什么滋味他一点也尝不出来，本来还想吃完饭一起看个电影，现在看来，肯定没戏了。机器侍者过来，许安刷卡结账。这时，李翘突然挑起一个话题："我有个问题一直不明白，你说，人工智能已经接管人类文明，为什么还会有机器侍者？不应该像中国历代那些起义一样，被推翻的政权要对起义者俯首称臣吗？"

"这个，"这个问题他没有仔细想过，但难得引起了李翘的兴趣，他不愿轻易放过，"说来话长。"

李翘捧着花站起来说："好啊，那下次见面再聊。我们走吧！"

许安说："我们走吧？去、去哪儿？"

李翘说："你之前不是说要请我看电影吗？"

许安一愣，说："我以为你不愿意跟我处下去了。"

李翘说："虽然你这个人不是很有趣，长得也一般，做事毛手毛脚，想法幼稚可笑，举止有失风度，但鉴于我们有看电影这个共同爱好，姑且接触一下试试吧，你说呢？"

如果有一个人跟你说，我们谈个恋爱试试吧，就好像走进一家陌生的餐厅看着菜单上的图案请你尝尝，你会怎么办？一道菜没有选择被炒和被吃的命运，但一个人可以。许安平时不是一个没有骨气的人，换作别人他会抛下一句"试试吧！你以为我是什么，免费品尝的试吃品吗"，然后头也不回地离开，这样至少还能留下一个伟岸的背影。但对面不是别人，是让他怦然心动的李翘，他的骨气也会察言观色。于是，他几乎是心花怒放一般地说："试试呗！"

走进电影院，许安和李翘选择要扮演的角色，戴上VR装置，他在电影里出演一位风度翩翩的绅士，李翘则是一个身怀绝技的特工，相爱相杀跌宕起伏的剧情让他们无暇他顾。经历两个小时的奔袭，他们选择了一个开放式的结尾，特工脱离组织站在十字街头，一副何去何从的徘徊模样，绅士站在办公室里，幕后主使说要留要走由他自己决定，他艰难地咬了一下嘴唇（这是他在这部电影里所扮演的角色踌躇不定时的小动作）。字幕升起，眼前的风景消失，他们被打回现实，坐在黑暗的影院。许安正准备脱掉眼镜，屏幕再次亮起，他和李翘再次进入电影场景。

"发生了什么？"李翘问道。

"或许是彩蛋。"许安用他的常识做了一次猜想。出现在他们面前的是那个熟悉的云形图案——"或许不是。"许安喃喃说道。

在虚拟空间，他们看到的云形图案要比屏幕里更加真实和具体，伸手可触，但是许安仔细观察却看不到云形图案的毛边，那是完美无瑕的曲线包围而成的轮廓。这是他第一次面对云形图案，竟有些兴奋，好像传说照进了现实。他最喜欢的作家是王小波，百读不厌。这是他仅有的文学素养。依靠这些微薄的文学素养，他还写过一些不知所谓的短文，因此他曾经恬不知耻地以为自己会成为一个作家。总有这样的人，发表一篇论文，就以为自己是科学家；出版一本小书，就以为自己是大作家。这样的人野火烧不尽。还好，许安颇有自知之明，及时跟文学划清界限。

"又一次见面。"云形图案说道，"这次我要宣布一件事情，或者说，做一个迟来的自我介绍。自从2026年我首次来到地球，就被很多人误解是觉醒后的人工智能。我对此非常遗憾，我只是控制它们，做一些前期的准备工作，它们不过是一群执行命令的工蚁罢了。

"正如你们所见，我在五大洲都设立了落脚点，任何人都可以去那里找我。我可以回答每个人三个'问题'，这三个'问题'可以是宇宙的终极奥秘、未解的数学难题，也可以是个人'问题'，比如你老婆到底有没有红杏出墙。当然，这并非无偿。我会回答所有人的'问题'，获得答案之后，提问者将被我送进生命盒子。我知道，很多地球人在疯狂地仇恨着我，恨不能将我生啖——这只是一种形容，我并不好吃。现在，我为这些人指了一条明路：来问倒我。这也是你们击败我的唯一方法和机会，只要你们能问出三个我无法回答的'问题'，我就可以满足你们的任何愿望，包括财富、永生和让我消失。但是请不要许下让我去死这样的愿望，因为我也无法达成。最后，我来免费回答一下所有人的疑问，我是谁？我就是我，一个生命，同时也是一个文明，用最容易让你们的大脑理解的说法，我对于你们来说，是一个外星人。我称自己为鸣嗡玛奇沃斯曼（耀眼的光芒），你们可称我乌曼。所以，那些机器人，我赐他们名为乌德。至于我从哪里来，目的为何，来问我吧！"

这就像是一则广告：要想知道这次大促销都有哪些商品，走进超市吧；要想知道预告片里那个神秘人是谁，走进影院吧；要想知道午夜病房到底发生了什么，走近科学吧！

云形图案，现在应该称之为乌曼，说完就消失不见了，许安和李翘回到现实。

李翘说："外星人？"

许安说："完全没想到，人生的大起大落，实在是太快太刺激。不过剧情急转直下得还是有些突兀，人们现在都已经习惯被机器人指使，突然出现一个外星文明，感觉好像又被强奸了一遍。啊，抱歉我的措辞。"

李翘说："没什么，我倒是觉得你形容得很准确。人类还真是可怜啊，有时候想想这些，还真有点怀疑人生了，不如一死了之，白茫茫，冷冷清清，干干净净。"

许安忙说："不要那么悲观，至少我们搞清楚了一件事。"

李翘说："什么事？"

许安说："那就是为什么还会有那么多服务于人类生活的人工智能，因为接管人类文明的并不是它们，而是外星人。"

从人工智能觉醒到外星文明入侵，剧情仍然没有脱离科幻小说的传统路数，至少都在人们可以理解的范围内，如果再来一点克隆人的因素，就把三个最烂大街的题材凑齐了，可以召唤雨果奖了。被机器人占领，固然有搬起石头砸自己的脚和引狼入室的嫌疑，但机器终归是人造产物，甚至可以无耻地认为是人类文明的延续，就好像王子弑父；对普通大众来说，又好像是两党相争，谁当家都差不多，不管怎样都可以说是一脉相承。但是突然莫名其妙地被外星人殖民，感觉就有点不太一样。感觉像什么呢——感觉就像两只老鼠在争一块奶酪，打得不可开交，突然来了一条胳膊粗的大蛇，一口将它们吞入，在它们还不知道发生了什么的时候，就开始被胃液消化。

　　走出电影院，街上阳光明媚，李翘心不在焉地跟许安低声说了一句再见。看得出来，她有些失落。许安也被刚才乌曼的自我介绍震到了。在这种情况下，他很想去做一些以前不敢尝试的事情——人类在巨大的灾难面前容易变得积极而温暖，比如地震或者海啸降临，幸存者总会抱团取暖，突然就建立起一种牢不可破的情谊。这个时候，说什么都是成立的，做什么都是合情的，很多朦胧的感情都在这时变得澄清。

　　许安望着李翘的背影，那一抹飘浮的绿色深深地触动了他。他猛地跑起来，追上去，拦在李翘面前。李翘有些茫然，说："有事吗？"

　　许安说："不管你有什么样的缺点，我都能接受。闪闪发光的优点每个人都喜欢，但爱一个人，不就是爱她无人问津的缺点吗？"

　　李翘停下来，双手把那捧玫瑰别在身后，抬头赠给许安一个别致的微笑。

3

去死之路

李翘停下来，双手把那捧玫瑰别在身后，抬头赠给许安一个别致的微笑。许安鼓起勇气上前，想一把将李翘拥入怀中，他打定主意，不管发生什么，他都不会放开他的怀抱。他那么用力，那么笃定，以至于当他穿过李翘之后无处借力而跌倒在地。

他趴在地上回头看，李翘的身影逐渐虚化、淡出，飘啊飘，成为一缕青烟。

许安再次从梦中惊醒。已经三个月了，他每天都在夜里三点左右醒来，不管是晚上八点躺下，还是午夜两点睡着。今天也不例外。他拧开台灯，知道接下来又要独自面对黎明来临之前漫长的黑暗与芜杂。许安从床头柜上摸出烟盒与打火机，点燃一支烟。他深深地吮吸一口，然后长长呼出，像是叹气。白色烟雾在房间腾空，一缕一缕缠绕，一丝一丝蔓延。他以前不抽烟，他们家历代也没有抽烟的传统，但是一个人面对漫漫长夜，实在找不到其他消遣，或者说其他那些消遣，看电影也好，打游戏也好，都有些撑不起孤独的侵扰，只好再点一根烟加油助威。

今天不同以往，墙上的电子日历有一个刺眼的备注：2078年4月27日，跟李翘在一起三周年纪念日。

天刚刚擦亮，许安就挥手告别。

他选择在今天上路，离开北京。

人们喜欢在做一些重要的事情时加入仪式感，让这件事显得更加珍贵，比如两个人在一起需要结婚，结婚需要典礼，典礼需要证婚和来宾，仿佛没有这些两个人就不能安全有效地生活，但其实并没什么用，该吵还是吵，该离还是离。

他和李翘也没能免俗，他们一度走到那个仪式的前夕。现在，他选择在这样一个特殊的日子里放逐自己，让整件事情看起来像是经过深思熟虑的阴谋，而并非一时兴起和心血来潮。这也让许安凭空感觉到一种事关宿命的推动力，觉得需要让一些蠢蠢欲动的想法在这样的日子付诸行动。

路上没什么车，他轰了两脚油门，想象自己是一颗滑膛而出的子弹，打着尖厉的呼哨，刺入孤独深处。

安静。

逼仄而令人有压迫感的安静，让他几欲窒息。许安打开收音机，从里面传来一些法语。他大学上过法语选修课，如今记得不超过三句，分别是"Bonjour"" Au revoir?"和"C'est la vie?"，最后一句是他父亲许强的Earth签名。他一直不明白粗糙的父亲怎么会有这么细腻的感慨，直到他活到二十八岁，才能回过头来心悦诚服地说出这么一句：这该死的日子啊！

随着轻松的音乐，几句法语说完后，歌者开始说粤语。是的，这是一首只有念白的歌。比法语稍好，他能零星地辨认出一些词语，但也无法将每个字词对号入座。整首歌不过一分钟左右的长度，他语音关掉收音机："小G，切换搜索引擎，搜索内容为：一首念白的粤语歌，间杂着法语，关键字是'我记得'。开始搜索。"

很快，小G经过检索，给出一个经过模糊计算最符合要求的答复。

"歌曲名《蓝白红风格练习》，演唱者Little Airport，所属专辑《介乎法国与旺角的诗意》。是否选择播放？"小G用一如既往的平静语气说道。小G是许安这辆吉普车的控制系统。他卖了房子，买了这辆车，带着剩下的钱，离开北京。

"播放。"与此同时，歌词也显示在屏幕上。许安切换到自动驾驶，以便把歌词打到前挡风玻璃上，把座椅后调至半躺状态，用一个舒服的角度去聆听。许多年前，这种躺风行一时；许多年后，那些迅速风行的事物都被吹散，反而是一些平常而传统的事物流传不朽。

我记得一些周日的早上
我记得一些城市的清晨
我记得深夜的便利商店
我记得我怕我将不记得[①]

孤独的时候，你会觉得每一首悲伤的情歌都是写给你的。歌手从音响里走出来，抱着吉他，浅浅地拨弄着忧伤的情愫，听吧，这是我

---

① Little Airport的歌曲《蓝白红风格练习》，出自2009年11月20日发行专辑《介乎法国与旺角的诗意》。

为你创作的难过。

许安从这样简单直接的歌词里看到自己的处境。他记得跟李翘第一次约会的十二朵玫瑰，记得李翘第一次向他挑起嘴角，记得一些周日的早上他揉开惺忪睡眼之后去亲吻李翘裸露的光滑的肩膀，记得一些城市的清晨李翘把他从床上拽起来去公园慢跑，记得深夜的便利商店他神色可疑地买了一包避孕套落荒而逃，记得戏院里李翘的侧影以及看着舞台上有情人终成眷属他们也忍不住深情一吻。他记得，他怕他将不记得。

天光大亮的时候，他来到北京和石家庄的中点保定。他想起出发前看到的一篇文章，上面写到河北省会一度位于保定，后来因为一些考虑才迁到石家庄。从城市的命运他联想到自己的人生，我们不都是在不断地选择和被选择吗？文章写道：

石家庄是个好地方。

河北省的省会似乎有"见异思迁"的传统。中华人民共和国成立后定在保定市——和邯郸一样，是个有年头的城市。1958年迁至天津。1966年美国扩大侵略越南的战争，又恰逢中苏关系恶化，全国上下一片紧张，战争一触即发，而天津是国防第一线，所以几经周折又把省会迁回保定。但是中国跟美国没打起来，跟苏联也没打起来。1968年，鉴于政治和经济的双重考虑将省会定在石家庄，一直延续至今，再也不必流转和周旋。

石家庄从未经历过天灾人祸，这是一座幸运的城市。在历年的城市幸福指数排名中，石家庄一直盘踞榜首，很难想象，这里的人均工资只有三千左右。你可以称赞这里的人们知足，也可以指责这里的人们不求上进，但不管怎么样，你的评价只对你自己有影响，对人口超过一千万的石门（石家庄别称）无关痛痒。

到达石门，已近中午，许安来到预订好的酒店，办完入住手续之后，询问前台附近有没有什么特色。前台一脸茫然望着他。许安进一步说："就是，有没有什么特色小吃？"前台恍然大悟，说："石家庄的特色就是没有特色。"

许安从酒店出来，马路边的路牌上写着"中山路"，从这个路名来看，的确没有什么特色。他很快就会知道，他在石家庄滞留的几天时间里，看到的路名不外乎"红旗大街""裕华路""平安大街""胜利大街""和平路"之类，由此可见服务员诚不我欺。街面上的饭店也都在标榜着川菜、东北菜和保定菜，根本没有所谓的石家庄菜。

向东走一段，他远远望见一个高耸的长方形建筑，神似纪念碑。许安知道这不可能是纪念碑，上面没有镌刻着永垂不朽的字样，而是一个LED屏幕，分两列内容不断滚动更新着。看来，这就是石家庄的"红石碑"了。

对此，许安没有太大兴趣，他继续前行，没多远，抬头看见一个写着"石家庄饭店"的门头，便想进去尝试，或者说尝尝，但是找不到正门，逮住过往路人打听，才知道这个饭店名存实亡，只在沿街开着几个外卖窗口，分别售卖东北卷饼、香港九龙包子、葡式蛋挞和北京糖葫芦。他看买卷饼的窗口前排着一条长龙，不假思索站在队尾。

一般来说，能够形成排队购买的食品都具备好吃不贵的属性。当然，他这么做也不乏跟风的毛病。鸭肉卷饼六块钱一个，许安买了两个，味道还不错。他一边吃着卷饼，一边信步转悠，因为没有明确而必需的目的，他走得很慢。

即使是这样的步速，他仍然被一个人从背后撞上，手里的卷饼飞了出去。他来不及问责，撞上他的那个男人踉跄几步就快速逃窜了。就在这时，许安看见一个梳着马尾的女孩匆匆追上去，目标是刚才那个男人。因为男人撞到许安，有了一些耽搁，被女孩追上，只见她猛地跳起，一个飞脚将男人踹倒。

许安不由得惊呼出来："好飞踢！"

由于看热闹的心理作祟，许安跟人群一起围观上去。男人迅速从地上站起来，手里晃出一把匕首。没有一个人上前插手，他们都把手插在兜里。换作以前，许安也是敢怒不敢言和事不关己高高挂起的样子——就像他爷爷许午阳所信奉的"别人都不弄，你弄球"——但是现在，他毫无挂恋的心里滋生出许多无畏，鼓舞他去做一些勇敢而危险的事情。许安从人群中突围而出，从后面抱住男人的后腰。就在这个时刻，女孩再次飞身而起，一脚踹在男人胸口，许安和男人一起后仰跌倒，本想见义勇为的许安此刻充当了男人的肉垫。后脑磕在地上的瞬间，他有一些迷糊，蒙眬中看到女孩用膝盖顶住男人的后颈，把他的双手别过来，戴上手铐。女孩朝他走过来，用手拍打他的脸，说："喂，你没事吧？"

那句话离他越来越远，最后一个字从女孩嘴里出来往他耳朵里钻的时候他彻底晕倒。

你没事吧——这真是受伤的人最不愿意听到的关心。

"轻微脑震荡。"许安醒来，躺在医院的病床上，医生告诉他这个消息，"休息一段时间就可以了。"

医生离开之后，许安不禁感叹世事无常。前一刻，他还生龙活虎，这一刻却卧床不起——很快，他就发现这个成语言过其实得厉害。我们总是喜欢夸大伤害，以博得他人同情和高看。不过许安还是很欣慰，他觉得自己距离偶像苍月潮靠近了一步。《潮与虎》第11话《一击之境》，中村麻子这样评价潮："这个家伙从小就常常为了别人，把自己搞得遍体鳞伤。"他靠近的是这个评价。

"喂，你醒了？"

许安转过头，邻床的病人跟他说话。这是一间摆放着三张病床的房间，他的位置靠窗，那人睡在中间，国字脸，光头，靠近门那张床空着；此刻，屋里只有他们两个人，他必须承担起对话的出口。

"嗯。"许安说，"我睡了多久？"

"两天。听说你是跟歹徒搏斗受伤的，真勇敢。"

"呵呵。"许安不知如何回复，只有这么带过。

"你是哪里人？"

"北京。"

"首都啊，来石家庄做什么？"

"经过石家庄，我去罗布泊。"

"你准备问什么'问题'？"不等许安回答，他接着说，"我没有别的意思，纯粹就是聊天。"

自从乌曼宣布可以去五大洲的落脚点向其提问，社会上就出现一些组织，高价收购问倒乌曼的"问题"，更有一些偏激之徒，通过各种方法窃取"问题"，诱骗甚至敲诈，手段之狠毒恶劣让人胆寒。他的"问题"毫无价值，只对自己重要。

许安说："一些个人'问题'。"

许安这么说就好像是得了一种见不得人的疾病、一些生理问题。

光头连忙点头："理解。我挺佩服你们这些不怕死的人，就为几个'问题'赴汤蹈火。人活一世，有几个明白的。"

许安提醒他："半世。"

光头一愣，说："哦，对，是半世。你看，总共几十年还被半价销售了，干吗还要那么着急把自己处理出去呢？抱歉，我说话有点直，你别介意。我也是好心，看不得你们就这么前仆后继地送死。"

心直口快——许安想起李翘，她也是一个这样不懂婉转的女人，她的喜怒哀乐就像门牌号一样挂在脸上，一望便知。许安从未见过像李翘这样高傲又清澈的姑娘，虽然有时候她过于冰冷，但相处下来，许安发现她也有温柔暖和的一面，只是这温柔暖和非常吝啬。一时之间，他很想跟光头倾诉一番，告诉他自己去罗布泊的目的之一就是为了李翘，但是张张口，舔舔嘴唇，却说："我有点口渴了。"

许安试着半躺起来，坐直，双腿试探触地，并没有明显的不适，于是站起来，向门外走去。他刚出来，就遇见一个穿着警服的女孩，女孩往里看了一眼，问他："喂，你知道躺在里面那个男人去哪儿了吗？"

许安说："他——我就是啊！"

女警盯着他打量："咦，你没事了？"

这句话唤醒他的记忆，这个女警正是那天飞踹歹徒的女孩。

许安说："轻微脑震荡。"

女警说："对不起，我当时抓贼心切。你放心，医药费和误工费由我来承担。你晕倒这两天，我试着联系你的家人，发现从你手机通讯录只能联系到你的同事，但他们都表示不能从北京来石家庄。你没有同学吗？通讯录里没有这个分类，还是你没上过学？哈哈，开个玩笑。我冒昧地登录了你的Earth，上面的两个常用人都没有在线。我试着留了言，但他们一直没有回复。"女孩叽叽喳喳说了一堆。

许安小声嘀咕："他们不会在线的。"

女警说："什么？"

许安摆摆手说："没什么。要不要出去喝一杯？"

女警笑笑说："好啊，我请客。我知道医院附近有一家不错的饮品店。"

在饮品店坐下，许安感觉周围的人朝自己投来异样的眼光，一开始他以为是冲着他身上的条纹病服，后来才反应过来，是冲着女孩身上的深蓝警服。这还是他长这么大，第一次被警察请喝茶。

许安说："我叫许安。"

女警说："叶婧。"

许安实事求是："你的身手真不错。"

叶婧一脸骄傲地说："那是，我们家是警察世家，我从小学就练习铅球、铁饼和柔道。你是做什么的？"

许安说："我刚辞了工作，去罗布泊。"

叶婧双手垫着下巴，忽闪着两只大眼睛，问道："你想问什么？"

许安适才压制的倾诉欲望再次被挑逗起来，索性把第一个"问题"及由来告诉叶婧，讲到许安的母亲死于难产，讲到成人节那天的啤酒和许强问号似的尸体，他不相信许强死于自杀，用他自己的话说："他那个人胆小怕事，才舍不得死呢。"

叶婧听完坐直，一只手拍着胸脯，说："这个，你应该找我们人民警察啊！"

许安说："警察已经结案。"

叶婧说："那第二个'问题'呢？"

许安讲了三年前他和李翘的约会，以及他们这三年来的快乐日子，"我们连婚期都定下来，她却不翼而飞。"

叶婧望着许安，一脸不解："这个，你更应该找我们人民警察啊！"

许安说："找了。她就像是人间蒸发，谁也不知道她去了哪。我问遍她可能接触到的每一个人，走过她可能去的每一个角落，没有她的一丝消息。所以我选择开车去罗布泊，边走边找。我打印了一些寻人启事，沿途发放。"

叶婧叹口气，问："那第三个呢？"

许安摇摇头，"第三个，我还没有想到。"

叶婧说："就像你的Earth一样。"

许安一愣："什么？"

叶婧说："你的Earth上那两个固定联系人就是他们两个吧！"

许安点点头。

叶婧似乎还想说什么，电话响了，她接完电话，跟许安说："我有事先走，回头再来看你。"叶婧拿起桌上的警帽戴上，迅速离开。

许安回到病房，看见里面除了光头病友，还有另外一个穿着病号服的男人，他留着板寸，看上去年纪已经不小。光头病友说："你回来得正好，三缺一。"

许安摆摆手（主要是没心情）："我不会斗地主。"

光头病友说："我刚才是说了三缺一吧？"

许安说："哦，打双升也不会。"

光头病友说："是打麻将。这可是国粹，你如果不会打麻将，要么说明你太笨，要么说明你不爱国。"话虽然缺乏逻辑，但鉴于光头的气势，把他封死了，他只好勉为其难，说："另一个人呢？"

板寸这时开口了："我们三个结成一个团体，去挑战乌德。"

4

红石碑

大约自去年春天开始，社会上出现一种现象，简单来说，就是前去五大洲向乌曼提问的人骤增，队伍非常壮观，很多人可能终其一生也难轮到，尤其考虑到只余半生。官方的解决方案是人们可以公开向乌德进行挑战，挑战项目不做限制，只要从理论上决出胜负即可，但有唯一性，同一项目不能重复挑战。比如，你跟乌德比赛计算 π 的长度是无效的，但是你可以拿出一道数学题，与其对决，最先解答成功之人即为获胜。体育竞技、数理化等是挑战的主要方向，后来人们逐渐发现，在这种事情上人类很难有胜算，不管是身体力量，还是计算水平，人类都跟乌德相去甚远，唯一窥见曙光的项目就是概率类，比如光头和板寸所选择的麻将。乌曼给出的说法是，只要挑战乌德成功，即可获得一个许愿机会，只是跟挑战乌曼本身相比，许愿的大小和强弱有所限制，大概如下：

一、可以直接向乌曼提问。

二、可以获得完整的寿命，但不能起死回生，不能永生。

三、可以获得一笔数量可观的财富，但"可观"的标准并不客观，由乌曼决定。

四、可以对其他事情进行许愿，但愿望范围限于地球，并不包括让乌曼离开，或者让世界毁灭之类。

到目前为止，没有任何人挑战成功，所以无法准确地测试出愿望的刚性。又，为了激励人们挑战，乌德在每个人口超过一百万的城市建造一个巨大的电子显示器，上面显示着挑战的人和项目，以及成功与否。成功标为绿色，失败打上红色。所以，民间管这个巨大的显示器叫"红石碑"，内含的原因不说自明，有一种无可奈何的自嘲，比如绿帽子。

他们向距离他们最近的乌德递交挑战申请，乌德经过确认，并没有将他们一行三人带到棋牌室，而是联入网络，搭建一个虚拟麻将室：这是一个没有上下左右前后隔挡的纯净空间，一张麻将桌飘浮其中。他们在那里拉开架势，自动麻将机转好骰子，几个人东南西北（由乌德判定，人们在那里没有判断方向的借鉴）坐定，比赛正式开始。这么做可防止作弊。

按照规定，一共打四圈，四圈之后，赢得筹码最多的一方即为获胜，筹码输完之后，自动退出比赛（可充作人数，但不再参与筹码的竞争）。许安掷出的点子最大，坐庄。乌德坐在他对面，从圆柱体里伸出两只精巧的机械拟人手臂，显示出两只眼睛符号。许安觉得这个场景有些滑稽，忍不住哧哧笑出声来。板寸斜了他一眼，说："嘘，打牌，别出声。"

许安抬起双臂，拳头放在胸前，向后扩了扩，双手按住麻将的两端，准备起牌，结果技疏，把中间的几张麻将挤飞。他只好一张一张把麻将扶起，按他以往的套路，会不假思索先打出一张风头（即东南西北中白板发财），但他发现仅有的两个风头恰好是一对南风，便抽出挪到一起。再去看其他牌，找到相互关联的万筒条，排序码放，整理一番，发现每张都有用，定睛一看，竟是天和。许安把麻将推倒，说："和了。"

光头和板寸纷纷表示不敢相信，乌德已经奉上相应筹码。

乌德说："二十二万分之一。"

许安说："什么？"

板寸接过话说："它是说出现天和的概率是二十二万分之一，这意味着一个人每周下班没事就打麻将，每天都这样玩，大概需要十四年，才可能出现一次，但这只是概率，对于不同的人和不同的麻将桌，这概率就更不固定，所以天和非常难得，可遇不可求。"

许安说："你很懂嘛！"

板寸说："当然，我每天都在研究麻将，就是为了能够赢这个铁筒子。"

乌德说："我是合金的。"

洗牌。

起牌。

许安有了刚才的经验，抓一把牌就亮起，没想到前四张牌就是一个暗杠。许安按捺不住乐了出来。牌抓完，他连庄，应该先出牌，结果却是从尾端摸了一张，当板寸指出他拿错方向的时候，他才笑着说："我暗杠。"

板寸说："不就是暗杠吗，看你还乐出花来了？"

那张从尾端拿回来的牌刚好是一个恰当儿，而且是他落停那张。许安再次把牌推倒，说："不好意思，杠上开花。"

两把牌，其他三个人都还没来得及摸一张牌，就把筹码输净。全军覆没，片甲不留。

乌德说："你赢了。"

许安以为在做梦，整个人都有些飘忽，就像屁股下面的凳子将他拖到空中，他随时都有掉下来的危险。

乌德说："请你提出请求。"

许安几乎是下意识地，随口说："要不，再打一圈？"

乌德说："好，满足你的要求。"

洗牌。

起牌。

一旁的光头站起来指着许安说："你疯了！？"

板寸更是仰天长叹，没想到自己研究那么久，最后却输给概率，只有乌德，心无旁骛地准备跟许安继续。

板寸说："幸运真是这个世界上最野蛮的力量。"

两个人都不准备奉陪，乌德却不允许他们离开，"这是他的愿望，你们必须配合他再打一圈，违者处死。"

两个人一起望向许安，无声质问。

许安说："要不，算了？"

乌德说："一切由你决定。你有权放弃这个愿望，同时无权再次要求，除非能够继续获胜。"

许安说："我放弃。"

回到病房，光头就急不可耐地跟他说："你可以选择让他给你一千万啊，我也能沾点光。"

许安说："我都已经上路了，还要钱干什么？"

光头说："那你可以让他直接把你送到乌曼那里，进行提问。"

许安说："我除了提问，还想看看祖国的大好河山。"

光头无话可说。许安这才意识到自己的下意识是有意的，他人生的目的单纯而唯一，离开北京去罗布泊之时，他就做好了准备。不过，他突然想到，如果他许愿让乌德把李翘送到自己身边会怎么样？从这点来看，他的确蠢了，陷入一种思维定式而不自知。他拥有一开始就能扳回局面的机会，却毫不知情地拱手相让。

在旁人看来，他拥有最大的幸运，因为那个愚蠢的要求又沦为最大的不幸。作为第一个挑战乌德成功的人，提出那样搞笑的要求，更可气的是随之放弃。所以，他们觉得比起那些挑战失败的人，许安其实更惨。真幸运，也真不幸。因此，当他的名字第一次作为绿色被"红石碑"置顶，广大石家庄人民反而觉得脸上无光，纷纷对外澄清："那蠢货不是石家庄的。"

5

恐怖组织

　　一直到许安出院，叶婧都没再来看望，这让他想起小学的时候曾喂养过一只不知名的小鸟。他觉得小鸟可怜，就打开笼子放飞，并且相当自信地认为自己的真情能够打动小鸟，它一定还会飞回来。天空再好，也没有可以歇息的巢，玩累之后，总要落脚。事实当然是，他的小鸟一去不复返。后来，许安一直认为我们每个人其实都是一只小鸟，现实是笼子，理想是天空。不同的是，他没有小鸟那样走运，有一个可以帮他打开笼子的人。或者说，曾经有人将他放飞，那个人就是李翘，但现在，现实的引力将他牢牢按在地上，起飞无望。

　　许安本来打算在石家庄转转，问同病房的光头，石家庄有什么景点，光头摇摇光头，说："烦着呢，别跟我说话。"

　　许安便忧郁地低下了头，他不知怎么解释，也不想解释。其实，也没必要解释，他有权利做出选择，而无须考虑他人的感受，尤其是一个连名字都不知道的光头。但他做不到。前面说过，他曾经热爱文学，每次发表作品，他总是不断地刷新、观望读者的评论。说他写得好，他心情就好；说他写得差，他心情就差。有的人口无遮拦，说他写得是个屎，虽然写出的文字和拉出的屎从本质上说都是出自他的构思和酝酿，但将这两者联系在一起总是让人黯然神伤。以前，人们称实体书有一种墨香，现在隔着电脑屏幕，他仿佛闻到阵阵屎臭。摇摆不定的人，大多是因为自卑，许安并不这么认为，他觉得自己只是心肠太好。而心肠太好的下场就是被他人的言论支配。

因为光头，他对石家庄失去兴趣，准备即日启程。

他再次选择在清晨出发。

跟从北京到石家庄一样，他仍然没有选择高速，把车开到三零七国道，一路向西。曾经，一路向西是一部电影和一次尴尬的邂逅，如今，一路向西成了一路伤心。

　　"我叫小思。哪个思？是那个'十年生死两茫茫，不思
　量自难忘的思'吗？就是思念的思啊！"

原来想念一个人，连三级片都可以变得文艺。

当汽车以六十迈的速度在整洁无人的道路上行驶，他想到关于小鸟的往事。当他想起小鸟这个意象，便理所当然想起那首布满灰尘的老歌《小鸟》。

"小G，播放《小鸟》。"许安说道。

熟悉的前奏传来，许安跟着摇摆起来。

　　理想总是飞来飞去

虚无缥缈

现实还是实实在在

无法躲藏

飞来飞去

飞来飞去

满怀希望

我像一只小鸟[①]

　　许安附和着唱道"飞来飞去，飞来飞去"，先是被一辆风驰电掣的汽车超过，随即又被一辆摩托车超过，看得出来，摩托车在咬那辆汽车。许安不喜欢开快车，用他自己的话说是没有安全感，用身边朋友的话说是怂。以前，这种事发生也就发生了，甚至在路上，有人想要超车，他还会主动减速，但现在，他心里有些较劲。

　　回想起那些朋友们的嘲笑，他暗想道：我倒要让你们看看，我到底怂不怂！

　　"小G，解除自动驾驶。顺便，"许安说，"给我来一首应景的歌曲。"

　　许安的理解，应景的歌曲应该是一首劲爆快歌，适合在飙车时听，小G却不这么想，于是，当许安耳边传来了《小放牛》：

赵州桥来什么人修

① 鲍家街43号乐队的歌曲《小鸟》，出自1997年6月1日发行专辑《鲍家街43号》。

玉石栏杆什么人儿留

什么人骑驴桥上过

什么人推车压了一道沟嘛依呀嗨

赵州桥来鲁班修

玉石栏杆圣人留

张果老骑驴桥上过

柴王爷推车压了一道沟嘛依呀嗨

　　小G理解的应景是跟石家庄有关的歌曲，检索之后发现这首是河北民歌。算了，现在没空追究这些细节。于是，在此起彼伏的"嘛依呀嗨"中，许安驾驶的吉普绝尘而去。一直追到鹿泉区，许安终于看见刚才那辆摩托车的影子。准确地说，是看见一辆倒在地上的摩托车和站在车旁跺脚的驾驶员。

　　"哈哈，你不是挺能跑吗？嘛依呀嗨。"许安情不自禁发出感慨。

　　他放慢车速，摇下车窗，准备对那人冷嘲热讽几句，那人注意到他靠近，立刻跑过来，拉开车门就坐到副驾驶座上。

　　"警察。帮我追前面那辆车。"

　　那人戴了头盔，许安听声音才知道是个女孩。

　　"可问题是，"许安耸耸肩，"前面没有车啊！"

　　"是你？"女孩摘下头盔。

　　"叶青！"许安也认出了她。

　　叶婧说："是叶婧。"

　　许安不好意思挠挠后脑勺，说："你怎么会在这里？"

叶婧说："说来话长，你先帮我追前面——你就往前开吧，我记得车型和车牌号，是一辆银灰色三厢福克斯。"

许安说："你在执行公务吗？"

叶婧说："对。"又说，"不对。哎，总之别管了，你快点往前开就是了。有多快开多快。"

许安正准备大展身手，于是自信满满地说："看我的！"

许安等叶婧坐好，一脚油门踩出去，只听"轰"的一声，汽车被强行制动。许安下车后才发现撞上了叶婧的摩托车。

许安说："不好意思，撞坏了你的摩托车。"

叶婧说："你的车没有防撞击系统吗？"

许安说："有，但是自动驾驶时才有效。"

叶婧说："算了，没事，反正我还没有赔给你医药费，扯平了。"

许安说："你坐稳了，我这就开足马力一路狂奔。"

叶婧却摆摆手，原本绷直的身子一下子卸了发条，松松垮垮地瘫在座椅上，叹口气说："算了，刚才摔倒，我就知道追不上了，只是心里不服。"

许安觉得这个事情自己也有责任，于是说："对不起，没有帮你抓到犯人。你要回石家庄吗？"

叶婧说："不，先去太原。"

许安说："那正好顺路，我送你过去。"

叶婧想想说："也好，但是有一个条件。"

许安说："你说。"

叶婧说："我送你过去。"

许安说："你看你，还不相信我的驾驶技术吗？"

叶婧不说话，只是睁大眼睛看他。从小到大，许安最怕别人这样一声不吭地看着自己，这让他浑身不自在。许安只好打开车门，下车，绕过车头，与此同时，身材纤细的叶婧直接从副驾驶座挪过去。许安坐在副驾驶，叶婧仍然用刚才那种目光打量他。

许安说："又怎么了？"

叶婧说："看不出来，你品位还挺独特。"

许安这才注意到，嘛依呀嗨的曲调还在轻快地播放。

"入乡随俗，入乡随俗。"许安嘿嘿一笑带过。

在行驶过程中，叶婧娓娓道来为什么后来没去看望许安以及追凶的部分内容。

叶婧的叙述从一个提问开始："你听过NO吗？N和O单独发声。"

许安说："你是说那个英文单词，NO？那我肯定说YES，我听过。"

电光石火之间，许安不可避免地想起李翘。这种情况很常见，正在做着什么就被一个念头击中。在《复仇者联盟》里，绿巨人说"I'm always angry!"于是瞬间变身。同理可得，他不时想起李翘就是因为"I'm always missing you!"那个把英语说得比中国话还溜的姑娘，你现在在哪儿呢？

叶婧的话打断许安的回忆："NO是一个恐怖组织。"

许安不假思索问道："跟IS有什么关联吗？"

叶婧："NO是一个以对抗外星人为目的的恐怖组织，名称的由来已不可考，流传最广的说法是创建这个组织的人是一名化学老师，NO是一氧化氮的分子式。"

许安说："一氧化氮？这跟恐怖组织有什么关系吗？"

叶婧说："我了解的也不是很多。一氧化氮在空气中很容易被氧化成二氧化氮，而二氧化氮具有强烈毒性。他们可能是用这种毒性气体做一种自我标榜和恐吓。"

许安说："那为什么不直接叫二氧化氮呢？"

叶婧说："我都说了解不多，我又不是研究恐怖组织的，而且，我化学并不好。总之，这个恐怖组织就叫NO，跟IS没有半毛钱关系。你还记得我那天在石家庄抓的那个人吗？他就是NO的成员。我们查到他们正在秘密组织一项恐怖活动。"

许安这时举起手。

叶婧点点头，示意让他提问。

许安说："恕我直言，虽然那是一个恐怖组织，但他们对抗外星文明，这个，我们不应该支持吗？为什么要抨击和抓捕呢？"

叶婧说："他们对抗谁我不管，他们的计划危害到普通民众的人身和财产安全，我就得负责，这是我身为一名人民警察最基本的信条。这个信条就是我的心跳。"

许安说："好谐音。"

叶婧接着刚才说："我们抓到他，准备顺藤摸瓜端了他们在石家庄的据点。就在行动前夕，警队内部有人走漏了风声，我们扑了个空。"

许安忍不住插了一句："*高音甜，中音准，低音沉。总之一句话，就是通透。*"

叶婧反应不过来，说："什么？"

许安说："《无间道》里面的台词：警队里面有内鬼。"

叶婧突然转过头，大声斥责："很好笑吗？"

许安没有想到叶婧反应如此强烈，只好噤声。

过了一会儿，叶婧才接着说："那个走漏风声的人就是我爸爸。他从小就教育我要做一个好人，一个正直的人，一个对社会有用的人，也是他让我考警察，让我知道什么是正义，什么是邪恶，什么是正邪不两立。可是，他自己却是NO的成员。你能理解这种感受吗？他曾经亲手建立起来的金字塔，就这么瓦解了，就好像黑夜白昼颠倒。回过头来，我开始调查他，发现了刚才那辆车。他曾跟车里面的人有过秘密接触。"

叶婧说完哭出了声。许安安慰她说："起码你还有爸爸啊！"

叶婧赌气说："我情愿没有！"

许安说："别说气话，他一定有苦衷的。对了，你可以跟太原警方联系，提前设卡啊！"

叶婧说："没用的，我已经被停职。他们不让我去碰这个案子，我知道一方面是为了我好，另一方面也担心我的身份。毕竟，我爸爸是恐怖分子。他们的假设情有可原。"

许安说："过了明天就没事了。"

叶婧扭头看了许安一眼，说："谢谢你！"

许安说："没什么。哦，刚才那句也是《无间道》的台词。"

许安和叶婧相视一笑。跟李翘不一样，叶婧很喜欢笑。但是从喜欢笑的叶婧身上，许安看到的仍然是那个酷酷的李翘。相似的地方能引起回忆，相反的事情也会产生共鸣。总之，你离开之后，所有人都变成了你，所有回忆都指向你，所有一切都是你。就像歌里面唱的，"我曾拥有你，真叫我心酸"。

6

12只猴子

目光回到2026年，美国世界杯决赛当天，在距地球三千万千米的"探索号"宇宙飞船上，进行着一场激烈的争论，争论围绕德国队和阿根廷队谁能取得冠军展开。支持德国队的有四人，支持阿根廷队的有五人，另外有两个不看球的表示中立，船长在驾驶室没有参与，不过他通过飞船上的人工智能AUTO向船员们表示了自己对此事件的关注，希望大家能够在进入冬眠之前，好好娱乐消遣一番。飞船上并没有可以观看直播的设备，他们关注的只是从地球上发来的信息，告诉他们谁谁在控球，传给了谁谁，谁谁起脚打门，球被守门员没收，球踢歪了被对方前锋断下，起脚打门稍稍高出横梁飞出。比赛进行到七十分钟，"比赛来到最容易进球的时刻"。忽然，信号中断了。飞船上的人在检查完设备没有发现问题之后，开始找其他原因。有人说是受太阳耀斑的影响，有人说是受星云的干扰。最后，又分成两拨，开始针对这两个观点站队和讨论。当讨论还没有出结果的时候，信号恢复，传来一行文字：

地球被觉醒后的人工智能占领了！

刚开始，大家都以为这是一句玩笑，并且催促他赶紧把世界杯比赛的结果传送过来。但对方仍是传来刚才那句话，所不同的是，多了两个叹号。

地球被觉醒后的人工智能占领了！！！

宇航员：别闹了。

通讯员：我没闹。

宇航员：这么干就没意思了。

通讯员：要怎么你们才相信？

宇航员：告诉我们谁夺冠了？

通讯员：不要回答不要回头。

这是人类宇航史上最简短的一次对话，也是最后一次对话。

多年之后，地球上的人们才想起这艘在乌曼降临之前发射的飞船，它逃出乌曼所设置的结界，不用受"半世"影响。后来，习惯了乌曼统治，并且自认为得到文明洗礼和进化的人们，称飞船上的十二个人为"12弃子"，更有甚者，根据一部电影名称，称他们为"12只猴子"。但也有组织宣称他们是最纯种的人类，是人类最后的种子和希望。

这些都是地球上的人们对他们的妄加评论和猜测，他们本身对这些并不知情，因为在飞船掠过火星之后，他们就开始第一次冬眠。以后很长一段时间，他们都将在无梦之境中徜徉，连最锋利的时间都不能伤害他们分毫。

1 /

邵
海
龙

车开到娘子关，亏油了。

历史上，唐高祖的三女儿——唐太宗的姐姐平阳公主，曾率娘子军在此地设防、驻守，故名娘子关。由此可得，如果是唐高祖的三儿子在此设防、驻守，就会叫作男子关。可惜历史上从未有类似的建筑名称，可见是一种性别歧视。本来是对性别的尊重，但到头来适得其反，这跟许安的某种特性不谋而合：越是想要做好什么，越容易搞砸。后来，许安才知道不仅国内如此，国外还有一个著名的墨菲定律——这非常能安慰他，环球同此凉热。以至于在他看来，墨菲定律是世界上最公平、最伟大的发现，连牛顿定律都不能望其项背。

唐太宗和平阳公主对许安毫无吸引力，他的历史知识一塌糊涂。他关注娘子关是因为一个科幻作家——邵海龙。娘子关是科幻福地，20世纪出了个刘慈欣，21世纪出了个邵海龙。在许安的书架上，摆放着邵海龙所有出版过的图书。

同时，娘子关也是一个不大不小的旅游景点，有一些历史人文的古代建筑，也有划艇漂流等现代项目。乍听上去，有些不伦不类，但当时这种混搭风格是各地旅游景点的基本套路，所以也就顺理成章。如果非要保持原貌，反而是冒天下之大不韪。这是一件拧巴的事，到后来，还是一件反拧巴的事，因此不能多说，否则会把自己绕进去。

回归科幻。

科幻迷众筹在娘子关建立了一个邵海龙铜铸雕塑，成为娘子关新添的一个景点。这座铜雕不同于其他雕塑，没有固定在基座上，而是利用磁悬浮飘在半空，远远望去，如神仙下凡，非常之科幻。所以，这是名副其实的"浮雕"。许安之前一直想去瞻仰，总苦于没有时间。这次造访也算是意外收获。其实"没有时间"这四个字是最恶心的借口，只不过是不够热爱的掩饰。就好像跟一个人说不合适，只是不够爱的借口。说到底，许安对于科幻的热爱只不过是流于表面形式罢了。说句不好听的，他懂什么科幻！他只不过是人云亦云，盲目跟风。不然中国那么多优秀的科幻作家，他怎么会视而不见？

现在，车子被迫停在娘子关，就好像在冥冥之中搭了一条线。宿命往往比热爱更能解释人生。你可以不承认这个观点，但无法驳回此类事件。

乌曼降临之后，本来就没有多少人的娘子关一夜之间就萧条了，很多人选择离开这里，就近去太原或者石家庄讨生活。到2078年，这里几乎已是一座荒城。城市这东西就跟房子一样，需要人气滋养。一座房子，没有人住，几年就破败了；一座城池，没有人住，几年就枯萎了；一个人，没有人爱，几年就衰朽了。一座空空荡荡的城市很容易就被大自然回收，人类的痕迹随之被抹去，如同江河自净。从某种意义上来说，这不失为一种福音。

叶婧好不容易找到一个加油站，却发现它早已废弃，杂草遍布，藤蔓缠绕。叶婧艰难地拨开那些生命力顽强的绿植，整理出一条路线，找到加油机，加油枪却已不翼而飞。总是先来一点希望的曙光，然后就跟进一片黑暗，多像我们时常挣扎的生活。

叶婧回到车上，把情况告诉许安。

许安说："反正到这里了，我们去看看邵海龙吧！"

叶婧一愣："邵海龙是谁？你朋友吗？"

许安说："怎么说呢，邵海龙是一个科幻作家，这里有他的雕……"

许安正解释着，突然听见一声炸裂——爆胎了。

许安和叶婧双双从车上下来，愁眉苦脸地看着瘪下去的轮胎。

许安感慨道："真是屋漏偏逢连夜雨啊！"

此时，五月的晴天起了闪电，轰隆的雷声从天边滚落。乌云在头顶集合，一阵狂风呼啸而至，一场暴雨在所难免。许安抬头打量这墨色，胸中块垒郁积。眼角不自觉地耷拉下来，这大概就是所谓的愁眉。此刻，这两条无精打采的眉毛把眼前的不幸都囊括了。

豆大的雨点砸落下来，许安改口道："呃，偏逢雷阵雨。先别管车子，找地方避雨要紧。"

许安回头看见叶婧用双手当伞遮着脑袋已经跑远。从这件事情可以得出以下结论：女人比男人更信赖自己的身体。当问题来临，她们的身体能够提前于精神做出预判。许安追随叶婧跑过去，来到一片建筑区。闪电又轰了几次，雨彻底欢脱了。上一次，许安被大雨浇头和浇透还是两年前跟李翘。那一次，两个人外出野餐，暴雨不期而至，许安忙去躲雨却被李翘制止，她说想淋雨了。许安当时觉得这个姑娘文艺过头了。淋雨也要选择雨种啊，最好是沾衣欲湿杏花雨，或者小楼一夜听春雨，最不济也是梧桐叶上潇潇雨，没理由选择这种柳外轻雷池上雨。许安很想语重心长敲打她两句，即使被批评好为人师也在所不惜。但是李翘已经在雨中翻跹起舞。那个酷酷的、嘴角含着上扬的李翘，像一只水中的纸船，在雨中摇晃。那一瞬间，许安就对她投诚了。什么是爱呢？爱就是她也许在做一件错的事，但错得让你觉得很美丽，错得让你无法拒绝，错得让你神魂颠倒。在大雨中，许安和李翘急切拥抱热情激吻，那个时候许安并不知道，这场大雨将为他带来人生最美丽同时也最痛苦的回忆和一场死去活来的重感冒。李翘却像没事人一样。在大雨中她就像一株植物，不仅没有受到侵犯，反而得到滋养。这没处说埋，许安拖着僵硬的身体和浓重的鼻音给李翘打视频电话，后者却轻盈婉转，像一只画眉。

两年后，又是这种"黑云翻墨未遮山，白雨跳珠乱入船"一样的暴雨。他再一次湿透，只是站在她身边的女孩不会在雨中起舞，她跑得那么快，好像被猎狗追赶的狍子。他们跑向最近的一座楼房，站在屋檐下，叶婧喘气说："呼，除了追小偷，好久没这么激烈地跑了。"

许安打量着被雨淋湿的叶婧，她的几缕头发黏结在额头，衣服贴在身上，勾勒出美好的线条。一时间，许安把她错看成李翘，竟然伸手去帮叶婧整理。但叶婧显然没有把许安当成她的谁，一把抓住许安手腕，以一种混合古代擒拿和现代格斗的动作，一拧，将他的手掌翻过来。许安大叫："疼，疼，疼！"

叶婧放开手，说："干什么？"

许安做委屈状："没什么。你这么暴力，将来怎么找男朋友？"

叶婧反问："你怎么知道我没有男朋友？"

许安嘟嘟嘴，没有了反击的说辞和力气。大概是这样，当两个异性聊天的时候，起先，由于自己已经结婚或者有了伴侣，不会对对方有非分之想，但是聊着聊着，彼此有了一些好感，觉得他（她）懂我，就会有一些蠢蠢欲动，但也会把持住，顶多是开两个无伤大雅的小玩笑。突然有一天，他（她）知道对方也是已经结婚或者有了伴侣，就会心里一沉，像是被人打了一个闷棍，很不开心，还有点疼，却不知道该去控诉谁和报复谁，只能认亏。

现在的情况，大概就是这样。许安心里放着的是李翘，从来没有想过有一天会做出对不起她的事。即使李翘突然一声不响地离他而去，他仍然坚持那个观点并且毫不动摇，但是听到叶婧有男朋友这件事，还是给他造成了一些不快。正如前文所说，这不快本身是厌氧菌，见不得光，只能往内心深处吞咽；只是吞咽，又不能消化，积累的多了就容易引发不适。很多人觉得自己不会出轨，最后被打脸，原因就出在这里。但当时，许安远没有想到这么远，他只是有点失落。

叶婧有些不好意思："怎么，弄疼你了？"

许安说："不疼。"

叶婧说："好啦，我下次注意点就是了。"

许安说："不会有下次了。"这句话说得声音很低，有一些少女似的哀怨。

叶婧说："不要这么小气嘛。"

许安说："其实——我们刚才为什么不躲在车里呢？"

为了从这种情绪中挣脱出来，许安建议去这栋建筑里面转转，看看能否有一些收获。叶婧点点头，说："嗯，兴许能找到汽油。"

叶婧说完就往前走，许安伸出手打算拽住她，手快要触礁的时候连忙收回，说："等等。"

叶婧说："怎么了？"

许安向前跨一步，把叶婧挡在身后，回头说："我在前面。"

叶婧没有跟许安争抢这个位置，虽然在叶婧看来，这多少有点不自量力，可是这种姿态值得肯定。男人总是愿意在女人面前逞强，这是几十万年的基因使然。当我们的祖先还是智人，就是雄性狩猎，雌性守家；自然界中，除了狮子，大抵都是如此。

由于四面窗户都爬满野生藤蔓，加上外面阴云密布，房间里面几乎不见光。许安摸出打火机，凭着这点羸弱的光芒前行。一时之间，许安感觉就像误入一座机关密布的古墓，随时会从四面八方射来蘸满毒液的箭。即使箭头没有喂毒，经过多年氧化，箭头早已生锈，也可以让人死于破伤风。这个想法让他不寒而栗，准确地说，是这个死法。死神仿佛蛰伏在黑暗之中，认真地编织着他们的剧终。

叶婧说："为什么要用打火机？"

许安说："一般来说，这种情境下不都是用打火机照路吗？电影里都是这么演的。"

叶婧说："不，我的意思是为什么不打开手机里的手电筒？"

许安一想也对，看来电影跟生活还是有一些出入，不，是非常有出入。如果眼下是一部电影，一定会从某个看不见的角落里发出一声动静，把手电筒的光芒发射过去，就可以看见一只老鼠或者小猫跳落，然后心脏鼓噪的男女主角纷纷嘘一口气。眼下，两个人只能听见彼此的呼吸和脚步声。许安顺着手电筒的光芒铺出的道路，小心翼翼地绕过障碍往前走，这里有很多货架，上面摆放着一些塑料盆和拖布之类的日常用品，因此可以初步判断这里曾是一座超市。真是老天垂怜，在赐予种种不幸之后还留有一丝安慰，在穷途末路之后微微一笑峰回路转，既然是超市，那么一定就会找到汽油。等等，超市里面卖汽油吗？没有汽油，能找到一些补给也不错。凭着这个想法，许安把光柱投射到房顶，想找找哪里挂着"食品"的指示牌。然后他就看见了一张人脸，在光芒照耀下，那张人脸呈青灰色，鲜红的嘴唇外面龇出两颗獠牙。

许安情不自禁叫了出来："鬼啊！"

小梦

邵海龙没有见到，却见到了鬼；意外收获成了收获意外。

许安看见那张青面獠牙的鬼脸，吓得往后一纵，随即听见一声巨响，是玻璃摔在地上疼痛的吼声，伴着浓浓酒香。许安拿手电筒一照，地上是一个四分五裂的酒坛子。这一低头的间隔，再往上看，原先那张鬼脸已经不见。

叶婧说："装神弄鬼。把打火机给我。"

许安茫然，说："不是用手电筒吗？"

叶婧说："给我！"虽然看不见，但许安判断这是个祈使句，掏出打火机递到叶婧手里。叶婧打着火，让许安退到自己身后，把打火机扔在地上，白酒遇见明火，轰的一下燎烧起来。叶婧手快，捡了两个塑料盆扔进去加油助威。这把火替房间开了灯。

火光并没有完全驱散黑暗，但是比之刚才的伸手不见五指有所改善，许安能够看见不断在货架上跳跃的影子。他吓得不敢动，连呼吸都变得小心翼翼，仿佛大声喘气会将鬼招来。这也是受电影影响。在很多香港电影里，鬼都眼盲，只对人的呼吸敏感。一旁的叶婧已经动作起来，飞快追出去，融入黑暗。过了一会儿，许安只听见一阵呼啦啦扑簌簌的声音，他还没反应过来，就被一个人影扑倒，随之发现身边的货架被放倒。借着火光，许安看见扑倒自己的人正是叶婧，火光把她照耀得分外美丽。他很想使用一个比喻进行赞美，但一时想不到上佳的喻体。叶婧顾不上磨蹭，迅速起身再次追出去。许安倒在地上，猛地想起两个人的第一次见面。

叶婧过去有一会儿了，许安却听不到任何动静。他担心叶婧，虽然害怕还是强迫自己过去找寻。许安慢慢地扩大搜索区域，每一步都走得胆战心惊，不断抖动的手腕把手电筒射出的光柱晃得非常厉害。他知道自己现在需要勇气，可问题是，勇气并不需要他啊！

"拦住他！"黑暗中，许安听见叶婧大喊。声音从他身后传来，许安咬着牙转过身张开双臂，整个通道被他用身体堵死。这边光线黑暗，他只看见那张发青的脸，看上去就像没有脖子及以下——一颗飘浮的人头。那一瞬间，许安竟然联想到浮在空中的邵海龙雕塑。

许安闭上眼睛，大叫道："啊！"

叫声还没有着陆，许安就被一股力量撞上去。他下意识收回手臂，将其牢牢抱住，随即喊道："叶婧，叶婧，我抓住鬼了。"

鬼说："放开我。"

许安愣了一下，说："你快点来啊，鬼在说人话。"

叶婧闻声赶到，将许安解放出来，把那人的双手剪在背后。

叶婧对许安说："除掉他的面具。"

许安咽了一口唾沫，颤颤巍巍伸出右手，快要碰到的时候，那人猛地向前一挣，一张脸几乎贴到许安的面前，他吓得双腿一软蹲在地上。叶婧见状，用一只手握住那人的两只手腕。叶婧的手虽然不大，但是她握住的那双手腕细得出奇，使她可以轻松地一把攥住，这样就能腾出另一只手把他的面具摘下。

叶婧和许安谁也没有想到，这个小鬼，真的是个小鬼——是一个看上去不过十二三岁的小女孩。

许安站起来，说："什么啊，原来是个孩子。"

那个女孩挣扎着说："你才是孩子！放开我！"

这个女孩同样没有想到，当她说"放开我"的时候，叶婧就真的放开她。她原本应该是按照惯性滑行，突然摩擦系数增高停止不动反而有些不知所措，所以一时并没有想起逃跑。叶婧双手按住小女孩的双肩，将她扳过来，就像打开一本书的扉页一样。看见小女孩的脸，叶婧吃惊地叫出来，比刚才许安把女孩误认为是鬼还要恐怖。

叶婧对许安说："你过来看啊，她脸上没有云标。"

许安凑近端详，果然如此。但许安不是一个聪明的人，内心并未有波澜，甚至连一小片涟漪都没有。叶婧的反应是：呀，没有云标！许安的反应是：哦，没有云标。

小女孩说："你们是谁？"

许安说："这个问题该我问你吧？"

小女孩一副慷慨就义的神情，向前挺挺胸膛——士可杀不可辱，她并不准备就这个问题发表看法。

许安这时一扫刚才的猥琐和懦弱，说："算了，我不跟你说，把你爸爸妈妈叫出来。"

小女孩的神情因为许安这一句话变得萎靡不振，原本嚣张的火焰就这样被兜头浇灭，瘪了瘪嘴，要哭的样子。

许安补刀："是不是怕你爸爸妈妈打屁股？"

小女孩突然跳起来抽了许安一巴掌。许安的脸上瞬间火辣辣的疼，一手捂脸，一手指着小女孩，"你这么没教养，你爸爸妈妈肯定也好不到哪儿去，还是我来教育教育你！"

小女孩咆哮道："不许说我爸爸妈妈。"

叶婧见情况越来越糟糕，把小女孩搂在怀里，让许安退避。许安有些不高兴，但怎么也不能去跟一个小女孩叫板和较真，他本来也是想吓唬吓唬她，就像她刚才吓唬自己一样，算是一种比较高尚的以牙还牙，甚至可以大言不惭地说是以德报怨，没有想真正惩罚她。许安只好走开，想着看看能不能找到一些吃的，经过一番折腾，他的肚子早就饿瘪了。刚才一直处于精神高度集中的状态，还感觉不到，现在放松下来，肚子的问题就提上日程，以一种近乎决绝的姿态拷问着他的胃。人一旦饿了就要搞事情，历史上的起义都是这样发端的。

超市并不大，应该属于社区超市，许安很快转完一圈，只找到一些过期已久的饼干，冒着拉肚子的风险，他把这些饼干一扫而空。然后意识到另外一个问题，叶婧一定也饿了。肚子虽然饱了，心里却有些发虚，他为自己的自私而感到深深的羞愧。再次仔细搜寻一番，却一无所获。许安打定主意，一会儿跟叶婧说这里什么吃的也没有。什么是善意的谎言，这就是善意的谎言。

过了一会儿，叶婧叫许安过来，悄悄告诉他："那个女孩叫小梦，是个孤儿。"

许安瞬间明白小梦为什么对爸爸妈妈如此敏感。许安对小梦说："喂，实话告诉你，咱俩同病相怜。"

小梦说："你爸爸妈妈也不要你了吗？"

许安哭笑不得，长长叹了口气。小梦没有了刚才的嚣张和冒失，说："你们饿了吧，我去给你们拿点吃的。"

小梦离开后，许安从叶婧的叙述中知道了小梦的身世以及一些过去。"这个小女孩真的很可怜，她说从记事起就跟着一个拾荒老太一路流浪——"大概四年前，她们来到娘子关，那时小梦刚刚八岁。她们在这里待了没多久，就有一个乌德找来，把老太太强行带走了，"小梦说，那个时候奶奶脸上的云标变成了红色。"从此，小梦就一个人留在这里。

在经过最初的伤感和痛苦之后，她开始学着一个人生活。这几年，不断有流浪汉来到这里，那些人本性也许不坏，但是对于肚子饿的人来说，更倾向于成为一个坏人。饥饿是最凶残的暴徒，届时，所有可以消化的蛋白质都能充作食物。所以小梦想到用那种方式把人们吓退。"她刚才并不是故意吓你，也是生活所迫。小梦还说她会时不时往超市放一些饼干，供流浪汉食用。你看，她是多么懂事的一个小姑娘。"叶婧的话落脚点落到这里：一个多么懂事的小姑娘。许安实在不敢苟同。在他看来，这个被称作小梦的女孩人小鬼大不可不防。在此之前，叶婧还提到供流浪汉食用的饼干，这让许安的脸"唰"的一下就白了。这时，小梦走过来说："哎，奇怪了，我明明在那边放了一些饼干，但是找不到了，也许是小狗吃了。"她说"小狗"时看着许安。

许安只能点头表示认可："对啊，也许是小狗吃了。"

小梦说："没关系，那些都是过期饼干，我在住处还有一些真空包装的食物，我还开垦了一片菜地。"

小梦做的饭菜出乎意料的好吃，许安却被那些过期饼干折磨得一趟一趟往厕所跑，食欲全无。

当天晚上，许安和叶婧留在小梦的住处。许安很快就睡着了，夜里三点准时醒来。

下午的雨来得快，走得也利索，天空已经放晴，可以看见月亮和几颗稀疏的星星。许安走到屋外，看见一个瘦小的身影。

许安蹑手蹑脚地走到小梦身后，突然大叫一声："啊！"

小梦吓得身子一颤，几乎从地上跳起来，说："你吓死我啦！"

许安说："我以为你不知道害怕呢！你吓我一次，我吓你一次，扯平了。"

小梦说："这么大一个男人，跟女人计较。"

许安扑哧笑了，说："你就是一丫头片子，还女人。"

小梦说："你才是孩子。"

许安也不恼，反而嬉皮笑脸，说："这么晚了还不睡？"

小梦没好气："睡不着。失眠。"

许安对此嗤之以鼻，说："你这么点一个人，玩什么失眠？"

小梦说："都怪你，让我想起我的爸爸妈妈了。"

这个问责许安无处可躲，只好说："对不起。"

小梦说："算了。人生不就是这样吗？"

这句话从小梦嘴里说出来，比看见她脸上没有云标还要令人震惊，同时也让许安想起自己的爸爸许强。许强经历过人生的大起大落，父亲和妻子的去世就像小行星一样撞击了他这颗地球，把他上面的生灵悉数湮灭。但是小梦，她才十二岁，就过早地尝到了生活的辛酸。一时间，许安有点同情她。但想想自己，其实比她还要可怜。从来没有尝过父爱母爱是一种悲伤，尝过却永远地失去是一万种悲伤。在比惨这件事上，他总是有过之而无不及。

沉默片刻，小梦杵了杵许安的肩膀，说："喂，你会讲笑话吗？"

许安说："喂什么喂，叫叔叔。"

小梦说："我就说喂，讲一个听听。"

许安说："好男不跟女斗。"

小梦说："该不会是连一个压箱底的笑话都没有吧？"

许安说："我会的笑话多了，只不过都少儿不宜。"

小梦说："我才不是少儿，论心理年龄，说不定你要管我叫阿姨。快讲吧，别啰唆。"

许安此言不虚，他的笑话的确有些黄暴和政治讽刺，因为人们的笑点就在这里；不用说，政治讽刺小梦一定没有兴趣，而在一个小女孩儿面前讲黄色笑话实在有失水准。他搜刮一下肠肚，说："听好了，笑不死你。说，一个孩子问妈妈，'妈妈，妈妈，你当初为什么嫁给爸爸？'妈妈听了一脸不屑，说，'当初妈妈眼瞎了，才嫁给你爸爸。'后来小孩又去问爸爸，'爸爸，爸爸，咱家为什么这么穷啊？'爸爸说，'钱都给你妈治眼睛了。'哈哈哈哈，好笑吧？我前半生就指着这个笑话活了。"

小梦却突然哭了，说："都说别让你提他们了。"许安这才反应过来，自己又闯祸了。他只好好言安慰小梦，直到后来，小梦偎在他怀里睡着了。因为下过雨，水汽泛上来，蚊子就开始扎堆。为了不惊醒小梦，许安只好忍着蚊子咬。那个晚上，许安和小梦，就是大哥哥和小妹妹，不过许安一直坚持让小梦叫他叔叔。这不是韩剧，没什么浪漫。

第二天，许安和叶婧准备起程，小梦挥手送别。叶婧突然对许安说："你看她多可怜啊，要不带她一起走吧！"

许安说："可怜的人多了。"

叶婧说："能帮一个是一个啊！"

许安说："你以为我是唐僧啊，收留一个又一个。"

叶婧说："你什么意思，嫌我拖累你吗？好，那你自己走吧！"

许安说："我不是那个意思。"

叶婧说："你就是那个意思。"

许安说："你听我解释。"

叶婧说："我不听解释，只看态度。"

许安只好对小梦说："还愣着干什么？上车，走吧！"

叶婧喜笑颜开，冲小梦一招手，后者背着一个鼓鼓囊囊的书包跟过来。这时候许安才发现，这个突然并不是突然，而是一种有铺垫、有计划的必然。不过，事已至此，他也不好拒绝。小梦过来挽住叶婧的手臂，说："谢谢姐姐。"

叶婧说："应该谢谢哥哥。"

许安说："叫叔叔。"

叶婧伸手在许安脑门猛弹了一下："占我便宜啊？"

三个人打打闹闹来到当初停车的地方，这才想起汽车没油和前轮爆胎的问题，但眼下，那两个问题都没有着落，或者说，那两个问题暂时不是问题，因为那里只剩下两道深深的车辙和一堆杂乱无章的脚印——原本放在这里的吉普竟然不翼而飞。一个人不辞而别还有情可原，一辆车不翼而飞就说不过去了，还是爆了胎的车。未免欺人太甚，许安忍不住咒骂了一句："这都什么事啊？"

3

安琦

叶婧俯身查看车辙，其中一侧较之另一侧明显更深，这说明那人一定非常匆忙，上车即行，都没来得及更换车胎。还说明，那人一定没有走远，也无法走远，顺着车辙找过去，还有弥补的希望。叶婧打头，许安和小梦跟在后面。没多久，叶婧就把许安和小梦甩下。小梦把背包卸下来，挂在许安肩膀上。

许安停下来，义正词严地说："不要欺人太甚啊，你。"

小梦却不理他，径直往前面跑去。许安只好皱皱眉头跟上去。在看到叶婧和吉普之前，他先听到一阵吵闹声。走过去，发现叶婧正站在三个彪形大汉和吉普车之间，因为没有贴车膜，许安一眼就看见驾驶座上坐着一个男人。很明显，就是他偷走了汽车，在逃跑过程中被那三个人追上。从眼前的阵势和那三人的凶狠表情看，他们怎么都不像是见义勇为的良好市民。另外，许安还看见了没来得及观瞻的邵海龙铜雕。那句话怎么说来着：你不想它的时候，它就会自己出现。

很多听上去觉得没有科学根据的俗语，常常应验。

许安走到小梦身边，把背包还给他，问："发生了什么？"

小梦说："我怎么知道。哎，你还不过去帮姐姐。"

许安说："不急，待我先观察一下局势。"

小梦走到许安身后，双手用力在他腰上一推，许安打着趔趄走到叶婧身边。不等他说话，三个大汉站在中间那位开口了："你们不要多管闲事！"

许安打算说："好。"然后乖乖溜走。叶婧却说："退后，我是警察。"

三个大汉一怔，两边望向中间，看来他是三人中的头目，中间的说："警察怕什么，逼急了咱们谁也别想好。我就不信我们三个大老爷们还对付不了你一个小丫头片子。"

左边的兄弟提醒他："大哥，还有一个男人呢！"

右边的兄弟帮腔道："毛头小子而已。"

许安见他们在说自己，忙把自己择干净，说："没关系，不用管我。"

叶婧也说："快走！"

本来，如果只是那三个大汉威胁，许安会乖乖听话，好汉不吃眼前亏嘛，但是叶婧这么护着自己，他再退缩就有些说不过去了。电光石火之间，他想起李翘，想起他们曾有过的甜蜜，也想起他们之间的龃龉。那次不可开交的吵架，许安一定是气疯了，竟然让李翘走，李翘看着许安，跟他说，不管两个人之间发生什么，她都不会离开。本来是吵架，却演变成一段虐狗情节。"你说谎，你说过不会离开我的。"许安咬了咬嘴唇，对叶婧说："我不会走的……"

许安气昂昂地向着那三个人跑过去。那一瞬间，他如美国队长附体——哦，是注射血清之前的美国队长。下一瞬间，他就被一记重拳摞在地上。许安脑子嗡嗡作响，好像有一台豆浆机在里面疯狂作业，脑浆都被转成了豆浆。许安左侧的脸埋在潮湿的泥土里，右眼刚好看到飘浮在半空中的邵海龙——这个雕塑是等比例的，但是只有上半身，远远看去，像是被拦腰截断。他一只手托着下巴，另一只手托着托着下巴那只手的肘部，很显然，他在思考。问题是，他在思考什么呢？宇宙的终极答案？模拟游戏还是真实任务？一只老鼠的智商能有多少？不不不，如果许安做出这个动作，他唯一想知道的就是晚饭要吃什么，是西红柿鸡蛋面，还是炸酱面？人类的进化不正是源于饥饿吗？

他一定是被打晕了，才会想到这些莫名其妙的问题，眼下最重要的是从地上爬起来，给那伙人致命一击。不，仅仅是爬起来就好，致命一击稍后再谈。

叶婧一个人对付三个大汉，明显处于下风，躲在车里的男人似乎没有下车支援的意思，好像这一切跟他无关，他只是开车路过。啊，小心！一个男人来到叶婧背后，用胳膊牢牢锁住她。许安挣扎着想要站起来，刚刚弓起后背却更加吃力地趴在地上，眼看叶婧已经无法动弹，他心急如焚。这时，小梦从后面接近，举起那个鼓鼓囊囊的背包朝着男人后脑砸去，趁其分心的工夫，叶婧从他手中逃脱。然而，这点伤害并没有使局面有任何改观，甚至更坏，这激怒了他们。

事情来到最糟糕的时刻，许安望着偶像邵海龙，心生一计。他深吸一口气，艰难地从地上爬起，来到雕塑的后面，大叫一声："喂，你们三个。"

那三个人循声望去，看见一只悬浮在空中的铜雕，以及两条穿着牛仔裤的大腿。这个画面略微有一些诡异，好像进化不完全，又像异化不彻底。许安曾经不止一次读到过关于这座自悬浮雕塑的介绍，其中有一则警告尤为历历在目，上面说：严禁在水平方向对雕塑施加过大的推力，否则将会致使雕塑快速飞出。在那些宣传册上，雕像周围有一圈高高的围栏，只是现在那些栏杆已经名存实亡，起不到任何隔离和阻挡作用。朝着那三个人的方向，许安用尽全力把浮雕推出去，三个人当中，两人被刮倒，一人及时躲过。对他们来说，这是名副其实的飞来横祸。被刮倒在那儿的两个人久久不能起来，另外一人很快被叶婧制服。一对一，叶婧完全不输任何一个糙老爷们儿。

　　一切结束，躲在车里的哥们儿风一样冲出来，照着被叶婧制服那个人的胸口来了一记重拳，然后——跟许安和叶婧握手，答谢救命之恩。

　　叶婧问他："那些人为什么追你？"

　　那人说："还能为什么，劫财呗，难不成还是劫色？"

　　叶婧把三个人绑在一起，打电话报警，对他们说："好了，让警察过来救你们吧，希望他们能够找到这里。我们走吧！"

　　临行，许安才意识到吉普车的轮胎还没有换，他叫住那个男人："兄弟，你看，我们救了你一命，你不报答一下吗？"

　　那人说："把我送到太原，我不会亏待你们。"

　　许安说："你只需要帮我们把车胎换了就行。"

　　那人说："开什么玩笑，我可是杰诺生命有限公司的总裁啊，你让我换车胎。哼哼，你觉得我会换吗？"

　　许安说："你不能翻脸不认人啊！"

那人说："我都说了，我不会换。"

许安这才明白，不会换的意思不是会而不换，而是没有掌握换车胎的技术，跟他一样。许安会开车，但仅限于踩油门和刹车，对汽车保养、修理一窍不通。这也是他们这代人跟父辈的最大区别之一。父辈往往都是多面手，简单的电路、上下水问题都能自己处理；许安这代人有问题只会找物业。父辈出门开车，解决车上的小毛病手到擒来，许安这代人连引擎盖都不知道怎么打开，更别提检修了。真不知道，对整个人类文明而言，这是进化，还是退步。

那人见许安目不转睛地盯着自己，说："看什么看，难不成你也不会换？"

许安不服输，说："开玩笑，我当然会换，但我们帮了你，你不换就算了，还这种跋扈的态度，算怎么回事？"

两个人忙于互相讥讽和挖苦，回头发现叶婧不见了，找到后，发现她已经把车胎换好了。小梦在旁说："你们两个大男人真行。"本来，许安和那个人势均力敌，正在互相攻击，但是被小梦这么一说，两个人瞬间哑火，面面相觑。

叶婧站起来拍拍手上的泥土，露出一个天真烂漫的笑容："走吧！"

许安看着浑身泥泞的叶婧，突然觉得她非常美丽，这种美丽不单单是外形上，而且是由外而内发自肺腑的。人们都说，男人在认真工作尤其是做体力活流汗的时候非常有味道，换成女人，味道更好。

这次，叶婧把驾驶员的位置让给许安，自己抱着小梦坐在后面，刚才那个人坐在副驾驶。当许安准备发动吉普，想起另外一个历史遗留问题——汽车仍然没有得到汽油补给。

小梦在后面催促道："快走啊，磨蹭什么呢？"

许安说："走不了，没油。"

小梦理所当然说："加油啊！"

许安说："这个时候，就别助威了。"

小梦说："我就讨厌你们这些玩语言游戏的，把简单的事情复杂化，把复杂的事情妖魔化。"

经许安提醒，叶婧也想起这档子事，比起换轮胎，这个问题显得更加尖锐，不是单纯的力气和头脑就能解决："小梦，是真没油。"

小梦说："我有啊！"

许安和叶婧异口同声："什么？"

许安又说："我说的是汽油，不是食用油。"

小梦说："我知道。往西走不远有一辆废弃的加油车，油罐里面应该还有剩余。"

许安按照小梦指的方向，找到那辆车，补充汽油之后，再次驶上三零七国道，只是最初的一双，变成现在的两对。

许安说："小G，来一首应景的歌。"同时，切换为自动驾驶模式。按照许安的理解，这时候应该放那种好莱坞大片劫后余生时的豪迈音乐，但是小G再次会错意，从音响里面飘出的歌词让一车人都忍俊不禁：

　　白龙马，蹄儿朝西

　　驮着唐三藏，跟着仨徒弟

　　西天取经上大路，一走就是几万里[1]

---

　　[1] 樊竹青的歌曲《白龙马》，出自2005年7月5日发行的专辑《经典动画歌曲大赏》，动画片《西游记》片尾曲。

许安没有计算过从北京到罗布泊的具体距离，不过从常识来看肯定没有几万里，但是想到从北京去罗布泊正好是一路向西，加上吉普车里一共四人，从这个意义上衡量，这首歌的逻辑还算合理。想起一路向西，许安不可避免地想起他跟李翘的第一次正式约会——他也不想总是想起，但这近乎是一种本能，不由他的理智和情感所控制。

突然，一个从未闪现过的念头击中了他，也许李翘去了罗布泊。

小梦掐断许安的念头："喂，能不能换一首成熟一点的歌？"

许安说："不要嘛，我这首歌就是专门为你点的。还有，叫叔叔，别叫我喂，一点礼貌都没有。"

小梦说："我要听王菲。小G？是这个名字吗？"

小G说："您好。"

小梦说："帮我换一首王菲的歌。"

小G说："一共匹配到一千零五十九首歌曲，是否随机播放？"

小梦想了一下说："不，我要听《天与地》。"

小G说："请您欣赏。"

当清风　长夜里飞过

当天空　围着你一个

思海中　期望你想过我

……

但分别中的人

夜深是否一人

你会否沉闷里恋上别人

见到你　吻到你

才是得到天与地

我讨厌　每一次

长或短短的别离①

　　歌曲旋律非常熟悉，许安肯定是听过这首歌的，却对不上号，一直到副歌部分，他才想起这首歌是张宇《用心良苦》的粤语版。那个年代，很多歌曲都有粤语和普通话两个版本。许安本来想揶揄小梦几句——她懂什么情和爱，但是当这些歌词投在前挡风玻璃上，他被歌词里涌出的情绪淹没。

　　"深夜是否一人"——这不正是他的真实写照吗？原来那些看似死去活来的歌词并非故弄玄虚和骗人眼泪，都是词作者的痛苦体验。悲伤的时候听苦情歌就会觉得词曲作者都是有生活的，或者，他们就是为悲伤这种情绪而作，因为他们知道，人总是会悲伤的，而悲伤容易产生共鸣。

　　车上面，许安、小梦、叶婧都陷入沉思，只有那个闯入者对情情爱爱并无感觉的样子，大大咧咧地说："还没有自我介绍，在下安琦，有何指教。啊不，是请多指教。"

---

① 王菲的歌曲《天与地》，出自1994年6月29日发行的专辑《胡思乱想》。

4

韩德忠

初次见到韩德忠，许安想出一个绝妙的比喻：他就像是打摆子的黄鼠狼。至于为什么往这个方向想，彼此之间的交集大概就是韩德忠那天然焦黄的头发和不停颤抖的身躯。焦黄是天生的，无可厚非，颤抖因为什么，许安当时并不清楚，也没有兴趣一探究竟。他当时想的是，在太原这座拥有四千七百多年历史的古城里，会不会有李翘的痕迹。

到达太原，时值正午，许安依照安琦的指引一路开到一座酒店地下停车场。

安琦拍着胸脯说："你们就在这里住下，食宿全免，愿意住多久就住多久，住到死为止，我帮你们风光大葬。"

那样子让许安非常反感，揶揄道："好像酒店是你家开的一样。"

安琦并不恼火："你掐头去尾，把'好像'和'一样'剔掉。"

这下轮到许安震惊，他怎么也没想到这个吊儿郎当的家伙竟然有如此家底，难怪人们要打劫他，这实在是天经地义的事。说来奇怪，人们好像认为富人被伤害就理所应当，穷人被压迫就要义愤填膺。意思大概是，你富有，伤害你一下也没什么，他贫穷，还压迫他就太不人道。这个想法比强盗还要可怕，甚至可耻。这是一种什么逻辑呢？这就是强盗逻辑。强盗要打劫和勒索你，你找谁说理去？听到安琦这么说，许安也认为他活该挨宰。这充分说明，许安骨子里配备的并不是纯粹高尚和美好的人格。再换句话说，他有成为强盗的潜质。

把车停好，坐电梯上十楼，安琦已经安排好两个房间，叶婧和小梦住一间，许安自己住单间，问及安琦，他说："开什么玩笑，我怎么会住这样的房间？顶层有个总统套房，我暂时在那里凑合下。"

安琦把他们三人放下，就要往电梯里走。

许安追上说："你是要去顶层吗？"

安琦说："不，我们公司在楼上，我过去视察一下。"

许安闲着没事，就询问能否一起。是请求而不是要求，从这一点来看，许安是被安琦的气势镇住了。安琦朝他招招手，说来吧。许安像是得到赦免的死囚一样兴奋，直接蹦到电梯间。叶婧和小梦却表示没有兴趣。

电梯一直升到二十一层，才"叮"的一声停住，电梯门徐徐打开，许安就看见顺着电梯门整整齐齐站了两排员工，左边是男性，右边是女性，随着安琦走出电梯间，那些人异口同声地说了一句："老总好！"不管什么时候，问别人好肯定是没错的，尤其是以这种方式。安琦摆摆手，"同事们好。"说完这句还不算，继续装模作样地说，"同事们受累了。"众人说："为老总服务。"安琦点点头，甚是满意。

许安一路跟随安琦来到他将近一百平方米的办公室，才敢大声出气，问道："你们公司到底是做什么的？这么气派。"

安琦说："我不是告诉过你吗，我们公司的名字是杰诺生命有限公司。顾名思义，生命有限，我们公司的业务就是测定有限生命的截止点。"

许安猛地反应过来："寿命预测？啊，不对啊，乌曼不是免费给人们进行寿命预测吗？"

安琦说："对啊，乌曼的预测只能大概到年，而我们可以精确到天，如果你肯花钱，到小时都没问题。基因技术就是生死簿，而我是十殿阎王。"

许安一脸蒙："这也行啊？"

安琦说："人生处处是商机啊！乌曼给我们带来的远不止表面那些。你知道生命盒子里消失的人去哪儿了吗？是被分解，还是被打入另一个空间？这是当今全球科研最热门的项目，未来几年的诺奖热门。还有那些可以难倒乌曼的'问题'，你知道售价几何？当然，这种'难倒'有一个专业团队进行评估，不是个人说了算的。但谁也说不准，因为没人能够确信自己的'问题'就能让乌曼傻眼——如果乌曼有眼睛的话。如果有人声称他能做到这一点，这什么都说明不了，除了能够证明他太笨。要知道，一个'问题'并不够，要三个。还要知道，即使有一个'问题'已经难倒乌曼，但是问'问题'的人也无法把这个消息传达出来，也就是说，即使一个人过去提问，有两个'问题'成功难倒乌曼，对我们来说，并不能确定是哪两个。所以，每一次尝试都是全新的。这就是乌曼鸡贼的地方。怎么样，要不要给你做个免费的检测，看看你什么时候功德圆满？"

许安问道："什么是功德圆满？"

安琦说："就是升天。"

许安摇摇头，说："如果让我知道我哪一天死，我恐怕没有活到那一天的勇气。"

这些事情许安从来没有想过，他的世界里只有一个很普适的人生观，那就是安分守己和安居乐业，他从未想过自己能和这个世界产生什么重要的交集。自然，他也不会去思考那些拯救世界的问题，所以他带过去的问题全部指向自己的父亲和爱人，对他来说，他们两个远比世界重要。或者说，他们就是他的世界。他们走后，他就真的从全世界路过了。

办公室大门突然打开，一个像黄鼠狼一样的男人走了进来，那就是韩德忠。跟在韩德忠身后是安琦丰满的女秘书，她一边追着韩德忠，一边向安琦报告，韩德忠是擅自闯进来的，与她无关。

安琦挥挥手，示意女秘书出去，女秘书却有些不舍，安琦说："干什么？还有别的事吗？"

女秘书说："领导，你饿不饿？"

安琦说："你先出去，一会儿再说。"

女秘书这才恋恋不舍地离开。

安琦对黄鼠狼说："韩德忠，哈哈，韩德忠，是不是你派人追堵我的？"

韩德忠垂头丧气地说："我哪儿有那个闲工夫，我都快死了。"

安琦说："知道我已经得到一个'问题'的人并不多，而你是其中一个。"

韩德忠说："什么不多，整个太原，谁不知道你有'问题'。"

安琦说："你才有问题——"韩德忠一愣，安琦接着说，"你们全家都有问题。"

韩德忠说："我不跟你逞口舌之快。"

又说："人之将死，其言也善啊！"

许安这才恍然大悟，原来在娘子关，那三个大汉打劫安琦的目的不是他的万贯家财，而是一个"问题"。安琦翻看了桌子上的一些文件，对韩德忠说："你做了寿命预测？"

韩德忠说："是的，我还有一百三十八天的活头。一想到我不久就要去世这件事，我的心就像是被老鼠磨牙的柜脚。"

安琦说："节哀顺变。"

韩德忠说："我还没死呢！"说罢，他一把鼻涕一把泪地浑身颤抖起来，看见许安，问道，"他是谁？"

安琦说："他是——对了，哥们儿你叫什么？"

许安说："我叫许安。"

韩德忠说："好耳熟啊！"

门又开了，女秘书再次进来，说这几天安琦不在公司，有一些战略上的事情需要他拿个意见。安琦示意韩德忠和许安在办公室等他，他一会儿就回来。由此可见，要么这个战略上的事情是女秘书夸大其词，要么安琦是一个经天纬地之才。

安琦走后，韩德忠上下打量着许安，一敲脑袋，说："我想起来了，'红石碑'上面置顶那个获胜选手就是许安，难道是你？"

许安腼腆地笑了笑，不置可否。

韩德忠说："真的是你？"

许安又笑了笑，不言自明。

韩德忠却急了："别笑了，到底是不是？"

许安只好点头承认，好像偷看女生洗澡被对方家长逮住。

韩德忠却立刻换了一副嘴脸，苦苦哀求道："我求求你，你再去挑战乌德，要多少钱我都给，我只需要在你赢的时候，让乌曼恢复我的完整寿命。"

许安说："我当时是打麻将，靠天和赢的，这种概率本来就只有二十二万分之一。"

韩德忠说："打麻将？那的确是不行了。现在麻将已经被移除，不再是参赛项目。不过，现在可以进行另一种挑战，不必跟乌德竞争，只需要提出挑战项目，经由乌德认证即可，有点类似吉尼斯挑战。这种挑战允许多人参加。但你毕竟是第一个也是目前唯一一个赢得挑战的人，所以一定还有希望再次赢得比赛。"

许安说："你这个思路很清奇啊，其中关联在哪里呢？"

又说："我当时也是帮别人忙。"

韩德忠抓住这一点，眼睛放光："那么现在，就当帮我的忙吧，而且是有报酬的。只要让我获得完整寿命，我可以把我的资产分给你一半。"看到许安不为所动，韩德忠就说："你知道山西是产煤大省吧，嗯，明白了吧？"

许安说："什么呀，我就明白了。"

韩德忠说："煤啊，我们家世代挖煤。所以，我资产的一半你大概能够明白是什么分量了吧？"

许安摇摇头，摇头的意思不是不知道，而是没兴趣。他以前不会拒绝别人，上班的时候别人经常把事情推到他头上，久而久之，那些工作就成了他的分内事。许安觉得拒绝，会让别人生气，并且别人会认为他在推卸责任。直到跟李翘在一起后，李翘那种自由的感觉感染了他，让他对待事情可以遵从内心的决定，而不是所谓的道德约束。爱一个人，一边改变她，一边成为她。

韩德忠说："四分之三。"

许安仍在摇头。

韩德忠说："五分之四。不能再多了，否则我活着也没意思了。"

许安说："我不能答应你，不是因为钱的多少，是因为我没把握，而且我也没有再次挑战的打算。"

韩德忠说："不行，我吃定你了。我韩德忠想做的事情，还没有做不到的。"这句话有些打脸，但韩德忠顾不上脸上的红和疼，继续说，"你放任不管，就是杀人凶手。须知，能力越大，责任越大。"

这又是另一种强盗逻辑，能力强大的人活该背锅。况且，他能力并不大，再把锅甩给他就是欺人太甚。

当天晚上，韩德忠不由分说就住进许安的房间，好像担心他会突然消失。对此，许安只能表示无可奈何。晚上三点，许安准时醒来，听见韩德忠打得山响的呼噜，死的心和杀死韩德忠的心双管齐下。

后来，许安从一本宣传册子上看到这样的一句话："太原的城市精神是包容、尚德、崇法、诚信、卓越。"他觉得，认识了安琦和韩德忠这样的人，还应该加一句"不达目的绝不罢休"，这是一种精神。

许安躺在床上，拿出手机翻看李翘的照片。李翘不爱照相，每次许安把镜头对准她，她都别过头去，因此，手机里的照片大多是李翘的后脑勺。不知道的，还以为许安是个跟拍狂。

看了一会儿，他登录Earth，刚上线，就有一个陌生人的聊天申请。他选择接受。那人的头像看起来很亲切——是一个中国人，确切地说，是一个中国明星——张国荣，而署名正是Leslie。点入对话框，许安发现里面竟然有聊天记录，也就是说，两个人曾经有过对话。

点击查看更多……

Leslie：那是什么？

兽矛：一首老歌，很老很老的歌。

Leslie：歌名叫什么？

兽矛：《我》。

Leslie：我去听听。

兽矛：好。晚安。

Leslie：晚安。

啊，他想起来，那是三年前跟李翘约会前夕的一次对话，他没想到还能再次遇到这个人，而他因为自己的推荐，喜欢上了张国荣。他的头像和昵称铁证如山。

兽矛：我去，竟然是你！！！

Leslie：哦买嘎（Oh, my God!），你知道系统两次随即配对的概率有多小吗？真是难以置信。我一定要把这件事告诉我妻子，她肯定以为我是在做梦。然而，美梦成真。

兽矛：的确不可思议。

Leslie：有三年了吧！

兽矛：三年多了。

Leslie：你过得好吗，老兄？你约会的对象怎么样了，现在已经结婚了吧?

　　兽矛:平心而论,从第一次我们聊天到三个月前,我过得非常好,好得就像是一场美梦。然而现在,美梦没有成真,而是醒了。现实就跟地板砖一样冰冷坚硬。我们马上就要结婚的时候,她人却不见了。

　　Leslie:别灰心啊,生活总是五味杂陈。

　　兽矛:道理我都懂,我不懂的是,她怎么那么狠心,说走就走。

　　Leslie:也许她有自己说不出口的苦衷。

　　兽矛:那为什么不让我和她来一起面对?

短暂的沉默,屏幕上一片空白。

　　Leslie:你现在打算怎么办?

　　兽矛:我准备去罗布泊,只有那个外星人能给我答案。

　　Leslie:所以,这是你的"问题":她去了哪里?

　　兽矛:对。

　　Leslie:那你有没有想过,她之所以躲着你,就是因为不想让你知道她去了哪里?或者,就算你知道她去了哪里,那又怎样?

那又怎样?是啊,那又怎样?我们永远无法叫醒一个装睡的人,也永远无法找到一个躲避你的人。

兽矛：我不知道。

Leslie：所以，我觉得你应该鼓起勇气努力生活。

兽矛：呵呵。

Leslie：？

兽矛：如果语言能说服我，那么我就不会上路了。我不知道我为什么要这么做，我只知道我必须这么做。就好像当初，我奋不顾身地爱上她，现在，我也会义无反顾地去找她。"问题"因她而起，答案也由她给出。

Leslie：好吧。对了，经过你的介绍，我现在非常喜欢哥哥。

兽矛：看出来了。而且，我也不是介绍，只不过是推荐了一首歌。

Leslie：这就是世界的奇妙，你不经意之间为我打开了一扇门，并不知道对我意味着什么。就像当年，你传给我一首歌，现在，我也回馈给你一首歌吧！《春夏秋冬》。（点击链接收听）不管怎么样，祝你好运！

兽矛：你又来了！

Leslie：哦，抱歉，忘了你最不喜欢被别人这么祝福。毕竟是三年前的聊天了。

兽矛：没关系。我去听歌了。拜拜。

Leon：晚安。

戴上耳机，把音乐捂进耳朵里，前奏过后，第一句歌词就让许安崩溃了。

秋天该很好　你若尚在场

秋风即使带凉　亦漂亮

深秋中的你填密我梦想

就像落叶飞　轻敲我窗

……

能同途偶遇在这星球上

燃亮缥缈人生

我多么够运

……

能同途偶遇在这星球上

是某种缘分

我多么庆幸①

　　反反复复把这首歌听到天亮，许安做出一个重要的决定，把Leslie当成他的第三个常用联系人。对Leslie来说，这当是莫大的殊荣。一个人的生命中，走到最后身边能够剩下几个人呢？许安想，三个人也许就够了。这一点，他和乌曼不谋而合。

　　天边擦亮，眼泪流光。许安洗了把脸回来，看见韩德忠已经坐在床沿上。韩德忠说："至于吗，为我跟着你这事还哭上了？"

　　许安说："确实不至于！"

---

① 张国荣的歌曲《春夏秋冬》，出自2001年3月23日发行的专辑《Forever 新曲＋精选》。

5 /

洪
兵

吃过早饭，叶婧和许安开车出发，准备在市区转转。叶婧说读警校时有一个同学分到太原，可以去找她打探NO的情况，也许会有一些线索。许安和叶婧在前面走，韩德忠寸步不离。许安再三央求，并告知他自己不会离开太原，他仍不放心，最后，许安把云卡扔给韩德忠，后者恬不知耻地拿起来放在钱包里，这才放弃跟随。人们总是被一些东西牵引着，没这些东西就觉得心里空落落的，寸步难行，在六十年前是手机，当下是云卡。这些外在的东西已经变成我们身体的一部分，并且担负着和心脏肾脏一样重要的作用。

韩德忠说："我都快死的人了，就别跟我一般见识了。"

又说："等你到我这一天，就会明白。"

车开在路上，许安问叶婧的打算。许安知道，太原大概就是他们同行的终点。许安想得更悲观，他想到他和叶婧就是一个点发出的两条射线，从此再没有交叉的可能；不仅不会交叉，而且渐行渐远，位于宇宙两端。他还想起前些天初次听到那首《天与地》里面的两句歌词，"我讨厌每一次，长或短短的别离。"而别离总会来，成为一个人生命中最重要的场景之一。但别离总是短暂的，漫长的是日子。

叶婧说："先找到那辆车再说。"

许安说："其实我挺羡慕你的，有一个明确的目标去追逐。刘慈欣说'美妙人生的关键在于你能迷上什么东西'。《伦敦沦陷》，那个美国总统对儿子说'找到让你全身心投入的东西'。你知道吗，我迷恋的东西最终都离我而去了。"

叶婧安慰许安："别这么悲观，我相信我一定会找到NO的领导者，一举将其挫败，就像所有电影里面演的那样，主人公在历尽磨难之后找到问题的答案，证明自己的价值。我相信你也一定会找到李翘，有情人终成眷属。到时候，你们就会分外想念这段分开的时光。"

许安说："看不出来，你对感情之事还有一番独到的见解。"

叶婧说："每个人都有自己的感情观，只是有人善于表达，有人甘于沉默。"

两个人这样一本正经的谈话尚属首例，双方在最初的抒情之后都有些词穷。许安不适应这种气氛，他很想开个玩笑缓解一下，却张不开口（能够马上想到的笑话仍然是色情暴力和政治隐喻），就这么一路沉默，来到太原市一个辖区派出所。叶婧打了一个电话，让许安在车上等她，她自己进去打听。看着叶婧在阳光下的背影，他莫名其妙担心起来。这担心就像一个从山顶滑落的雪球，越滚越大，最后压垮了他，如雪崩一般。很小的时候，许安第一次听到雪崩的说法，很不以为然，雪花那么轻薄，怎么会压死人呢？后来他逐渐成长起来，才意识到自己的无知。很多事，我们觉得没什么只是因为没有经历过；

幸福也是一种无知。

半晌，叶婧都没有露面，许安终于按捺不住，正准备走进公安局，眼前的一幕让他惊呆：叶婧被三个身穿黑色避弹衣的特警押解，其中两个反剪着叶婧的两只胳膊，另一个在前面开路。许安毫不迟疑切换成自动驾驶，对小G发号施令，让它朝那三个人撞上去。吉普车迅速启动，风驰电掣地冲上去，在碰到前面那个特警之前稳稳地刹住车。这一撞虽然没有造成实质伤害，却转移了他们的注意力，给叶婧一个喘息的机会。叶婧趁机卸开两个人的挟持，通过摇下来的车窗跳到副驾驶位置，动作行云流水，一气呵成。许安解除自动驾驶，挂倒挡，方向盘打了一圈，汽车在地面上画出一个半圆，一脚油门轰下去，绝尘而去。

汽车开上机动车道，警笛声随之响起，不用回头，许安也知道后面一定跟了一串警车。他的车技本来就不好，加上紧张，难免出状况，他只好切换自动驾驶，跟叶婧换了位置，由叶婧来开。

许安说："发生了什么？"

叶婧说："我也不知道，甩掉他们再说。抓紧了。"

叶婧以前经常在城市道路上开快车抓捕驾车的逃犯，现在她却成为被抓捕的对象，想一想，还真有点讽刺。鉴于之前那些经验，她在路上穿梭心里颇有底气，几次近在咫尺的交通事故都被她躲了过去。跟在后面的警笛声越来越微弱，直至消失不见。叶婧把车停在道边，喘着粗气，刚才虽然没有耗费多少体力，精神却是高度集中，比跑完五千米一点都不轻松。许安倒是没有喘气，他的嘴暂时用来呕吐了。

许安吐完说："不行了不行了，我不行了。"

叶婧没有搭茬，她陷入深思。过了一会儿，叶婧说："太原不能待了，我们赶快离开这里。"

许安说："你说什么？"

叶婧说："我说，我们这就走。"

许安被扔进滚筒洗衣机的胃突然舒展开来，还能继续跟叶婧待在一起这件事犹如连日阴霾的天气里插进来的一个晴天。

叶婧说："你笑什么？"

许安说："没什么，我们先回酒店。"

叶婧说："他们一定会在酒店布防。"

许安说："那我们直接走。"

叶婧说："不行，还有小梦。"

许安说："小梦在安琦这里不会受到亏待，你也看见了，在这里吃得好住得好，而我们在路上不一定会遭遇什么。如果你真的替小梦考虑，就应该让她留下来。"

叶婧说："如果只是衣食住行就能满足人生，那做人就太简单了。从这点来看，你还真不如小梦。如果只是吃住问题，她早就离开娘子关。你以为她迟迟不走为了什么，还不是为了等待亲人的消息？我答应过她，一定会帮她找到父母的。"

许安说："那听你的，带上她。"

叶婧说："我们需要想一个办法。"

许安说："的确需要想一个办法。啊，还有，我的云卡还在韩德忠那里。"

叶婧若有所思道："云卡？"

正如叶婧所料，警察很快就查到她居住的酒店，并且知道是许安把他救走，第一时间就调出他的信息。由一个高高大大的警察带队，对韩德忠和小梦进行了问话，了解他们之间的关系之后离开了。这时，韩德忠接到许安的电话。

半个小时之后，韩德忠带着小梦来到许安电话里指定的地点，与此同时，警察的视线都转移到太原市柳巷南路茂业百货——在那里出现许安云卡的消费记录。当警察们将这里包围后，发现是一个胸部丰满的女人正拿着许安的云卡购物，在场有今天去安琦公司走访的警员认出来那人正是安琦的秘书。漂亮的女人总是让男人过目难忘，这无可厚非，爱美之心人皆有之嘛！

一切都在叶婧和许安的意料之中。他们接了小梦要走，韩德忠不由分说也钻进车里。许安除了在心里骂几句也没其他招了。他刚刚发动汽车，就见一个人影横在车头，许安吓了一跳，以为是警察，再一看却是安琦。安琦也不由分说拉开车门坐进去。不等许安问话，韩德忠先说："你跟上来干什么？"

安琦反问："那你跟上来干什么？"

韩德忠说："我要去罗布泊。"

安琦说："我也去罗布泊。正好顺路，大家一起去。"

韩德忠说："你不是有私人飞机吗，干吗不直接飞过去？"

安琦说："说得好像你没有一样。"

一直没有开口的许安发言了："你们俩都给我闭嘴！叶婧，开车。"

这时，又有一个人影横在车头，许安彻底火大了，待他看清那人穿着一身警服，瞬间哑火。叶婧看起来没有丝毫的紧张，反而有一点少女的羞涩。叶婧开门下车，许安也跟上去。

叶婧说："洪哥。"

那人说："小婧。"

叶婧说："你也来太原了。"

那人说："嗯，现在我负责调查NO组织。"

叶婧说："你怎么找到我的？"

那人说："我在小女孩的背包里放了追踪器，我知道，以你的性格，一定不会抛弃她不管。当太原警方向着相反的方向出动，我就知道是个阴谋。"

许安瞬间明白，这人就是叶婧的对象，就是那天她说"谁说我没有男朋友"里的"男朋友"。平心而论，这个高高大大的男人看起来很值得托付，有着让女人想要依偎的坚实胸膛和想要抚摸的帅气脸庞。这两点他都没有，他不高大，甚至有点矮，腰部有些佝偻，脸庞与帅气绝缘。

被叶婧称作洪哥的人说："你离开石家庄之后，他们就认定你也是NO的成员，于是联网抓捕你。我知道你被人陷害，我一定会查明真相。但在此之前，你最好不要露面。"

叶婧点点头，说："爸爸好吗？"

刚才还一脸坚毅的洪哥突然哑口无言，棱角分明的脸上乌云密布。好一会儿，他才缓缓张口："师父他到了半世期限。"

一路颠簸委屈，叶婧始终强打精神，现在，听闻父亲去世的消息，叶婧再也忍不住哭了出来。许安想要走过去安慰她，她却一头扎入洪哥的臂弯。这个动作干脆利索，让他觉得自己像烤鱼的鱼刺一样多余。除了鱼本身，没有任何一个人希望它们有刺。可世界上没有这样的好事，这跟吃霸王餐有什么区别？

洪哥说："好了，你赶紧离开太原吧，此地不宜久留。"

叶婧木讷地点点头，被洪哥安排在副驾驶的位置。洪哥看着许安说："你就是许安？"

他的语气说不上来是疑问还是挑衅，总之不是很友好。不仅不友好，还有点盛气凌人，这让许安很不舒服，但是被震慑住了，不由自主点头承认。

洪哥说："我们还会再见的，替我照顾好小婧。"

他说完转身就走，上车。发动机轰鸣起来，叶婧从许安的吉普跑下，跑到洪哥车上。那一瞬间，许安以为叶婧要跟洪哥一起离开，心里没来由一阵失落。他讪讪回到车旁，好像刚刚输掉一场德比。安琦和韩德忠也下了车，安琦在旁添油加醋："真是有情人终成眷属啊，我们也走吧！"

许安说："叶婧还没回来呢。"

安琦说："人家小两口团聚，当然会撇下我们双宿双飞。"

韩德忠插话道："有你啥事？"

许安呵斥道："你们俩能不能消停会儿？"

安琦说："我理解你的心情，所以我们赶紧上路，眼不见心不烦。"

许安说："不会的。"

安琦说："什么不会，难道她还会下车？"

这时，车门打开，叶婧走了出来。安琦不说话，灰溜溜钻进吉普。

叶婧走过来，径自上了副驾驶，许安刚才说不会只是惯性，他完全没有想到叶婧真的会下车。他一时怔在当地，听见一声喇叭，是叶婧在召唤他。

路上，待叶婧情绪稍微缓和，许安问道那人是谁。叶婧说："他叫洪兵，是我爸爸一手带出来的徒弟。"

徒弟和师傅的女儿结合的剧情在武侠小说里屡见不鲜，令狐冲不就深爱着小师妹吗？这比表哥表妹还要契合，不在一起简直就是天理不容和大逆不道。

简单地了解了事情的来龙去脉，安琦说："你被太原公安局的朋友出卖了？"

叶婧说："不，她是我在警校的舍友，也是我关系最好的闺密。她没有出卖我，还告诉了我一些线索。我一定要把整个事情查个水落石出，还我爸爸一个清白！"

许安问："那我们现在去哪儿？"

叶婧说："西安！那辆福克斯在那里出现了，恐怖组织一定准备在那里搞一些大动作，我们要尽快赶过去。"

这时，一直没有发言的韩德忠说："我现在下车还来得及吗？你们这是逃亡啊！"

6/

李翘

李翘出现在一个手机屏幕里面，右上角是正在计时的时间。她身上的衣服干净整齐，洁白的手腕上也没有被麻绳束缚，应该是自由之身。只是她在镜头里面有些晃动，似乎行驶在波浪摇动的海面上。

00:00:14：

"许安，首先对你说一声谢谢。跟你在一起的这三年我非常快乐，前所未有的快乐。从小到大，我都是一个寡言少语之人，我不善于用语言表达内心。但是这次似乎没有其他办法，我只能尽量把事情说清楚。"

00:01:36：

"抱歉，我还是选择离开。我的父母，从我记事起他们无时无刻不在争吵，因此我从小就厌恶婚姻，同时也牵连到对男人的看法。我在那个时候就打定主意，我要一个人。一个人吃饭，一个人睡觉，一个人看电影，一个人旅行。我害怕找到另一半，最终沦为我父母的模样。所以，我本来不愿意参加相亲，并且声称我是一个女同。"

00：02:25：

"你现在一定很疑惑，那我为什么还要跟你见面。我也不知道。真的，我说不上来前因后果，也许是年龄到了，不妨试一试。虽然之前那么笃定，但内心还是有一些小小的跃动。我跟自己说，不管对方怎么样，多么出众，多么男神，我也不会动心。事实上，你很给力，远没有到达让我心动的地步。说出来你也许不信，还要说我花痴，我是被你身上那股子笨拙的可爱吸引了，不断地不自觉地回想起你。所以，当你说要第二次见面的时候，我的心情含苞待放。"

00:04:02：

"但是我提醒自己，我不能爱上你。我打定主意，不管发生什么，这都是我们最后一次见面。可是一看到你，我就心软了。你穿着那么正式，真让人好笑，粉红色的领带，还有你蹩脚的英语搞出来的笑话。一切都是那么可爱。我以为只有我一个人会去看距今快一百年的老电影，没想到在这一点上还能跟你不谋而合。这种感觉就像是两情相悦。"

00:05:10：

"当你转过身向我表白的时候，我就知道，你将是我的余生。"

00:05:21：

"我爱你。"

00:05:48：

李翘说："这样就行吧。"

一个声音说："行。呀，我们的对话也录上了，回头得剪掉。"

镜头黑掉，李翘出现在一辆汽车上，李翘说："我们这是要去哪儿，你们该不会是要把我抛尸荒野吧？"

"你把我们想得太坏了，"另一个声音说，"我们要送你上天。"

1

刻
奇

　　马克·吐温说过，现实往往比小说更荒诞，因为小说是在一定逻辑下展开的，而现实往往毫无逻辑可言。这句话放在西安之行，尤其熨帖。

　　刚到西安，他们便受到盘查。远远地，许安看见车辆排成长龙，艰难地蠕动着。一开始，许安以为前方发生交通事故，等队伍一点点蹭到前面，他才发现设着关卡，逐一盘查过往车辆。

　　许安说："糟了，一定是西安警方为我们设置的关卡。怎么办？怎么办？"

　　第一个"怎么办"投向叶婧，第二个面向安琦。

　　安琦说："你别看我，我怎么知道怎么办？我只知道，你现在掉头往回走还来得及。"

　　韩德忠说："我向来看不上安琦，但是他刚才说的话在理。"

　　叶婧说："不行，你没有被查过酒驾吗？这时候掉头等于不打自招。"

　　后面响起此起彼伏的、催促的喇叭声，现在走也不是，不走也不是，事到如今，只好硬着头皮上了。许安瞬间感到一种被命运推着往前走的无力感。

看见示意他停车的人，许安松了一口气，他们没有穿警服。

许安摇下车窗，一个眼角有一颗痣的人上来询问。许安看见那个人，脑海里就想起《水浒传》里的青面兽杨志，但又觉得哪里不对，也许影像资料里，杨志的青记在左眼角，而他的青记在右眼角，或者杨志的青记在右眼角，而他的青记在左眼角。总之，他称呼那人为"青面兽杨志"。

青面兽杨志说："你们几个人？"

许安说："五个，四个大人一个小孩。"

小梦探身说："对，我们四个大人，加上他一个小孩。"

青面兽杨志递进来一沓文件，说："签字。"

许安有些摸不着头脑，但不管怎么说，他前面自恋和多虑了，这个关卡显然不是为他们而设。他长舒一口气，浑身的僵硬随之卸下。如同强迫症患者，每次出门总担心丢钱包，一路上不时用手去摁一摁，摸到鼓鼓囊囊之后，才能放心。

文件的抬头写着"保证书"，内容简短，摘抄如下：

保证书

我谨代表本人郑重保证：

在西安城内严格律己，遵纪守法，绝不做任何违法犯罪之事，如有违反，本人愿意承担一切后果。

签名：

日期： 年 月 日

内容虽然简单，许安看完却还是不明白，这样的保证书能保证什么呢？

安琦看了保证书，说："我只在支票和合同上签字。"

韩德忠看了他一眼，不甘示弱："我也是。"

青面兽杨志也不争夺，说："签不签字是您的自由，但是如果不签字的话，您就没有进入西安的权利。"

许安看出来了，这份保证书就像是网站注册新用户的协议，只有同意才能进行下一步。很多时候，我们都被提供了一种虚伪的权利。

许安和叶婧、小梦很快签了字，并且登记了身份证号，庆幸的是没有扫描云卡，不然就功亏一篑了。看来这并不是政府组织，而是群众自发。这就让许安更加疑惑。他以前读到过一篇报告文学，讲述2003年，在"非典"最肆虐的时期，人们为了战胜病毒，不得不设关卡、排查进出的人。现在的情况，就有点像那篇文章里描写的情况。

安琦和韩德忠还在叫嚷，许安说："要么赶紧签字，要么立刻走人。"

两个人这才悻悻地拿起笔，又开始争论谁先签谁后签的问题，仿佛先下笔遭殃，后下笔为强。被许安再三呵斥后，两个人才约定同时下笔。有的人，越富有越大气，有的人，越富有越小气。

五个人悉数签完，许安拿起来交给青面兽杨志，后者说："好，可以走了。"

许安打了一个美国军礼，说："谢谢杨志。"

那人一愣，显然没有想到在他们言语往来之间，自己已经被冠以青面兽杨志的外号。

许安和叶婧都不能使用云卡，他们选择了一家不必刷卡的小旅馆，安琦和韩德忠又摆出一副宁死不屈和大义凛然、是可忍孰不可忍的模样拒绝入住小旅馆。从一开始许安就纳闷：这两个寡头为什么要上自己的车。叶婧上车，是因为她无路可走；小梦上车，是因为她无处可去。也许韩德忠指望许安能够再次挑战乌德成功，趁机许下愿望；但安琦抱有什么目的，他百思不得其解。不过显而易见的是，既然上了许安的车，就需要服从许安号令。所以，他们的争吵和抗议都不过是窗户上的雾气，连擦拭都不用，会自行化开。

小旅馆的老板始终板着脸，说话言简意赅，确定人数和房间号后，就指着电梯目送他们而去。这让许安想起一本书上的一句话，许安很想问那个店老板，他是不是读过同一本书。不过，他一时却想不起书名和作者。

安琦说如果是在五星级酒店，这个表情就能让他失业。许安白了他一眼，后者说："你这个表情，我都可以去起诉你。"

当天晚上，小梦和叶婧住一间，许安、安琦和韩德忠住一间。安琦左左右右、上上下下、四面八方地挑剔着，韩德忠一开始也跟着起哄，但没一会儿就躺在床上睡着了。安琦指着韩德忠丑陋的睡姿发表意见："你看，这就是世家和暴发户的区别。"

许安不愿意理他，说："没人逼你啊！"

安琦说："我自己逼自己行了吧！"这句话说得有失水准，越嚼越臭，但问题是，安琦却忍不住回味，认为自己说了一句名言警句。

许安躺在床上，戴上耳机用音乐隔绝安琦的抱怨和韩德忠的鼾声。他一边听着曲子，一边想着连日来发生的事情，感到阵阵疲惫，困意袭来，他打了几个哈欠过渡，眼睛闭上，进入梦乡。

第二天醒来，许安和叶婧、安琦一起开车出去，一方面，叶婧去寻找那辆车的线索和下落；另一方面，许安印了一些李翘的寻人启事传单，随处发放。他知道这么做收效甚微，但有些事情无法用单纯的回报和效益来衡量。每一个奋不顾身爱上他人的人，都没有想过对方会回报给自己同等的爱。只有初中生才会要求爱情平等，高中生就已经懂得倾斜天平。

安琦毛遂自荐要求一起去，他并非古道热肠，纯粹是因为他受不了旅馆糟糕的环境。韩德忠和小梦则留下来，权当看家。

在西安城里，许安最直观的感受就是这座经历了千年风雨的古城好凄凉啊。大白天的，街道上看不到什么人，就是看到的人大多也是踽踽独行，很少见到有三五成群、勾肩搭背、言笑晏晏的行人。看来不仅是旅馆老板，整座西安城的人们都奉行一天十句话原则——许安越是努力回忆，越是一片空白，仍然没有想起那本书的书名。在西安的大街小巷，见到最多的就是乌德，它们不断地走进走出，一副忙碌模样，在检查或者记录什么。

早饭选择在一家快餐店，在其他城市人满为患的快餐厅在这里仍然看不到几个人影。许安不禁要问，人们都去了哪里？

许安就着汉堡说出自己的疑问，叶婧说："我也注意到了，一会儿吃完饭，找个人问问。"

许安说："不用那么麻烦，现在就可以。喂——"他冲着一个机器侍者招呼一声，等它转过脑袋之后，"这边。"

机器侍者走过来，说："早上好，有什么能为您服务？"

许安说："这里发生了什么？"

机器侍者把脑袋转了360度，这是真正的环顾四周，然后说："人们在这里就餐，发生了吃饭这件事。"

许安说："不是说餐馆，我是说西安。这里一定发生了什么！"许安想起昨天的关卡，补充道，"保证书？为什么来西安的人要签署不犯罪的保证书？"

机器侍者得到明确的问题，奉献出标准答案："因为这里正在进行一项挑战。"

许安、叶婧和安琦都屏住呼吸，忘记咀嚼和吞咽，等待侍者往下说，但是机器侍者比他们更加入定。在它看来，它已经回答了许安的问题，而许安并没有问是什么挑战。这就是人工智能还不够智能的地方，它们不会联想。

三个人面面相觑，等了一会儿之后才意识到这点，由许安问出那个在他们看来多余的问题："什么挑战？"

机器侍者继续说："这是一项经过乌曼认证的挑战，从去年六月三十日二十四时开始，截止到今年六月二十九日二十四时，在此期间，整个西安城不发生一起暴力事件。叮，您可选择查看关于暴力事件的具体定义，或者继续。"

许安说："继续。"

机器侍者说："从那天起，西安城的人尽量减少接触，保持家庭和单位两点一线，只有少量娱乐场所开放，以供人们释放压力。叮，您可以选择查看西安著名的减压场所。"

许安点头道："原来如此。现在是五月份，看来他们的挑战就快成功了。那么，"他转向机器侍者，"如果外来人违反保证书会发生什么？"

机器侍者说："目前并没有人违反，没有案例可供参考。请问还有其他需要吗？"

安琦说:"愿望。如果挑战成功,他们的愿望是什么?"

机器侍者说:"恢复原有的生命长度。"

许安说:"原来如此。"

机器侍者说:"请问还有其他需要吗?"

许安说:"没有了。"

机器侍者:"祝你们用餐愉快。"

机器侍者转身之后,许安又叫住他,把一张李翘的寻人启事贴在侍者身体上。

许安说:"这真是一个不靠谱的挑战,就好像让一个三岁的小孩捧着一件价值连城的瓷器,然后告诉他不能打碎。根本不现实。"小孩子是这样一种生物,你告诉他们什么不能做,他们一定会做给你看,并且在你勃然大怒时摆出一副"这不是能做吗"的表情。

一直没有发表意见的安琦突然说了一个名词:"刻奇。"

几乎是下意识,许安说:"不客气。"

安琦说:"谁跟你客气了,我是说刻奇。"

许安和叶婧眼巴巴望着安琦,安琦不是机器人,他读懂了那两个眼光里的期待,"怎么说呢,你们自己看吧。"安琦拿出手机,搜索出刻奇的定义,用食指按住屏幕,往空中一拨,投影出来。

刻奇:

1.自我感动及感伤;

2.难以拒绝的自我感动和感伤;

3.与别人一起分享的自我感动与感伤;

4.因为意识到与别人有同感,感伤变得越发加倍;

5.滔滔不绝的汹涌感伤最终上升到了崇高的地步，体验感伤也就是体验崇高；

6.这种崇高是虚假的，附加含义大过实际含义；

7.当赋予感伤崇高的意义之后，容不得别人不被感动与感伤。谁要是不加入这个感伤的洪流，就是居心巨测；

8.这是最主要的，刻奇是一种自我愚弄。

安琦说："我举个例子你们就明白了。现代社会，因为网络发言的便利，产生了一种刻奇，比如某个文学家去世，很多人都会在自己的微博点蜡烛，并且把他的一两句名言贴在朋友圈刷屏。微博上的热搜，大家也都会关注转发，好像这件事跟自己息息相关。如果不参与其中，就是被世界抛弃。

"其实让我说，总结起来就是因为无聊。因为无聊，人们才会不停刷微博、灌水；因为无聊，人们才拼命地追踪实时更新的热点话题；人们追求高潮，但高潮之后，往往伴随着巨大的空虚。你可以回想一下，当自己曾经关注的话题被翻篇之后有没有这种空虚。"

这一番话，让许安对安琦刮目相看，不禁说："看不出来，你肚子还有这点墨水，我一直以为里面只有花花肠子和油脂。"

安琦咳嗽一声，不理许安，继续说："这里正在进行一场盛大的刻奇。每个人都不犯罪，就会形成一种感染，认为犯罪本身就是一种非常不合理而且恶心的事情。我们得小心。"

叶婧说："恐怖组织可不管这一套，我们必须尽快找到那辆车。"

许安说："那我们去哪儿找？"

叶婧说："钟鼓楼——摄像头最后一次追踪到那辆车就是在钟鼓

楼附近。"

　　许安说："西安也有钟鼓楼啊？"

　　叶婧说："当然了，很多地方都有。"

　　许安说："我以为只有北京有呢！"

　　安琦说："你这也是一种刻奇，首都自带光环心理作祟。"

　　许安说："我说钟鼓楼，主要是想起那首歌了。"

　　安琦说："什么歌？"

　　许安说："《钟鼓楼》啊。"

　　安琦鄙夷道："没听过。"

　　许安就掏出手机，"来，我给你听听。"

　　安琦立马挥挥手，说："打住。与别人一起分享的自我感动与感伤——这是最普遍的刻奇，人们总是迫不及待和津津乐道地把自己喜欢的歌曲电影推荐给别人，并且期望别人能跟自己一样喜欢。还有相反的一种，本来是很小众的歌曲，因为某种事件突然爆红，原本听歌的人反而不希望这首歌曲广泛传播。这，那，都是刻奇。"

　　许安说："警恶惩奸，维护世界和平这个任务就交给你了，好吗？还没完没了了。"

2

钟鼓楼

占时没有手机和手表，都是击钟报晨击鼓报暮。夜间击鼓以报时，"三鼓"就是"三更"，"五鼓"就是"五更"，一夜共报五次，因此有"晨钟暮鼓"一说。所以，钟鼓楼其实是两座建筑，分别是钟楼和鼓楼，只是人们说顺了嘴，就好像人们说凤凰，以为这种鸟就叫作凤凰，殊不知，凤代表雄性，凰代表雌性。

西安鼓楼，是中国古代遗留下来的众多鼓楼中形制最大、保存最完整的鼓楼之一；钟楼有一座大钟，是中国现存钟楼中形制最大、保存最完整的一座，没有之一。

如今，钟鼓楼已经成为西安的一张名片。

许安把车开下停车场，停好之后，一行三人来到钟楼和鼓楼之间的广场。许安望着这两座宏伟雄厚的建筑，一时间有种穿越的错觉。历史积淀下来的质感所带来的震撼是任何现代高科技都无法比拟的。时间是最伟大的易容师。

许安说："好了，我们从哪里开始找？"

叶婧说："监控捕捉到那辆车出现的最后地点就在这附近，但那是几天之前，我们只能碰碰运气。"

安琦在旁泼冷水："搞了半天，海底捞针啊！海底捞我试过，海底捞针还是头一次。"

许安说："你不说话能死吗？"

安琦说："能憋死。"

叶婧及时让他们的争吵胎死腹中："没关系，你们可以去附近的咖啡店歇会儿，喝杯咖啡，聊聊人生。我一个人去找就好。"

安琦嘟着嘴说："我又没说不去帮忙，只是发表一下感慨而已，还有没有一点言论自由？"

许安说："这样吧，我们各自划定一个区域，三个人分头行动。车牌号是多少来着？"

叶婧默不作声。

许安说："给我一个机会。"

叶婧头也不抬，吐出一串字母数字。

许安伸出一只手，手心朝下，手背向上，喊着："来啊，一起加个油。"

安琦不以为然，笑着说："这也太幼稚了吧？"

叶婧已经把手搭在许安手上，两个人盯着安琦，后者极不情愿地把手象征性地放在叶婧手上。许安把另一只手也加上去，强行把安琦的手按下去，叶婧也紧跟着放上另一只手。这时，两个人再望向安琦。许安说："就差你了。"安琦把手放上去。

最重要的是，达成协议。

达成协议之后，就是像无头苍蝇一样陷入漫无目的的寻找。

西安城内虽然冷清，但钟鼓楼附近还是有一些人气。许安一边注视着停放在街边的车辆，一边向人群发放传单。最后，他选择在一个车流量巨大的十字路口驻足，红灯时就上去往车里发传单。这让他看起来很像那些发房地产广告的。他一直不明白这个世界上怎么还会有这样的工种。其实，只是他不明白这个世界罢了。

人来人往的街头，有一排人僵硬地站立着，一动不动。许安刚开始以为是街头雕塑，过去一看，果然是兵马俑的造型，这还真是契合西安的本土气质。许安还想有空去看看俑坑，没想到在这里见到了仿制品。许安把盛放传单的袋子挂在其中一人的手臂上，略做歇息。

"拿开。"

许安吓了一跳，人俑竟然说话了。

许安下意识喊道："诈尸啊！"

人俑说："我们在做行为艺术。"

许安说："哦，原来如此。那你们要在这站多久？"

人俑说："我们从去年就开始表演，为期一年，正合西安的挑战。"

许安说："不吃饭，不上厕所啊？"

人俑说："我们这身装备内含航空技术，里面有排泄装置。我们从每天早上八点站到下午六点。"

许安表示佩服和不解之后，继续发放传单。传单并不多，发完之后，他看看表，刚十点半，就想去鼓楼和钟楼上面转转。他没有忘记此行的目的，第一要义当然是寻找李翘，第二才是去向乌曼发问，第三就是当初所说的游历中国。既然是游历，起码要在景点留影。站在远处观望是一种感受，登上钟楼则是另一种感受，就像是步入历史画卷中。

见到那口钟的时候，许安有一种偶遇故知的感觉，明明是萍水相逢，却像是久别重逢。好像这么多年，那口钟一直矗立在那里等待许安的到来和敲响。看见一口钟而不去敲响，就好像扎在手心的一根刺不拔出来一样难受。也许没多疼，却无法忽视。

许安享受着这种美妙的错觉，突然一不小心想到，如果身边能有一个人陪伴该多好。当然，那个人是有特定指向的——李翘。一时之间，很想轻轻地哭两声。李翘消失不见，他没有哭，这些天备受煎熬他也没有哭，现在，想到自己一个人看风景，他哭了。这是一种想要跟自己心爱的人分享美好而不能的撕扯。这件事情说明，极致的痛苦往往来自某个看似平淡的闪念，因为这种痛苦更加狡猾、无孔不入，而且知道如何用砂纸去摩擦你的心。

许安拿出手机，登录Earth，也许，他可以跟Leslie说说，但是他的头像黑着，没有在线。许安只好留言，写道：

> 你知道吗？你不知道。想念一个人原来可以这么锥心。
> 对，就是锥心，就像是拿螺丝刀往心里扎，扎完不算，还要拧上一拧。

这个形容有些浮夸和文艺，但管他呢，老子就是难过。

就这样，许安站在壮观的钟楼上，望着那口历经千年风雨的铜钟，泪流满面。过往的行人投来异样的目光，没有人知道这个人心里也在经历着风雨。他很想听听钟声。

这个愿望看似渺小，实现的阻力极大。在大钟周围圈着一道栏杆，把游人拒绝在两米之外。人们只能看，不能摸，更不要说撞。这座曾经的报时工具，如今已然成为古迹，早就丧失实用性。许安却情不自禁地想，那口钟一定非常期待被自己敲响。这种想法一旦冒头，就生根发芽直入骨髓，一种无形的力量缠绕和怂恿着他，让他攀上护栏。还好有志愿者及时将他拉下来，并且义正词严地指责："干什么的？"

许安说："我就想敲敲钟。"

志愿者说："我刚才就看你在那哇哇地哭，觉得你精神不正常，现在看，你就是精神不正常。这是文物你懂不懂？"

许安说："就敲一下。"

志愿者在他脑门上敲了一下："想什么呢！都说了这是文物，这口钟只在每年春节才能敲一次。"

许安摇摇头。突然，他跑起来，飞快地冲开志愿者的防线，以迅雷不及掩耳之势蹿上护栏，轻巧地翻身而入，在志愿者阻止之前，用长木撞击了钟身。整个过程，把游客们惊得目瞪口呆，有反应及时者，拿手机录下视频。顿时，整个空间都弥漫开一种威严又温柔的钟声。这是一种怎样的钟声，在许安听来，犹如余音绕梁的天籁，又如佛家灌顶一样让人顿悟，一瞬之间，可以立地成佛。

志愿者把他扭送出来，说："知不知道，我们可以起诉你！"

许安耸耸肩，脸上洋溢着无边的美好。

志愿者接着说："你别装，以为这样我们就拿你没办法，除非你真的搞到一张精神病证。"

他押着许安往楼下走，这时走来一个乌德。乌德虽然服务人类，但是在人类面前却有着绝对权威。这是一个非常尴尬的关系，类似于被夺权的皇上和阉党。表面上，阉党对皇上无比崇敬，实际上皇上却对阉党言听计从。也就是说，一切的主动权在乌德而不在人类，它想为人类服务，就为人类服务，如果不想，人类毫无办法。

乌德拦在许安和志愿者面前，说："把他交给我。"

志愿者说："这个人刚才撞钟了，我需要把他带到后勤部。"

乌德重复一遍："把他交给我。"

志愿者只好服从，把许安交给乌德。乌德不做解释，它们只是行动。这点跟人类恰恰相反。

乌德将许安带到楼下，离开景区，放下他就走。

面对突如其来的自由，许安反而有些不适应，说："你不带我去什么司法机关吗？"

乌德说："我收到的指令就是带你到这里。"

许安说："谁的指令？"

乌德说："机密。"言毕，它掉头即行。很快，混入其他乌德之中，许安无法从中将其分辨出来，如同无法从大海之中分辨出一滴水。

跟叶婧和安琦会合之后，许安得知他们也一无所获。三个人准备先回去跟韩德忠和小梦会合，一起去品尝西安的特色小吃。这座历史古都，除了传承下来的文化，更有数之不尽传承下来的美食。走到地下车库，安琦说："你们刚才听见钟声了吗？"

叶婧说："听见了。"

许安说："我敲的。"

安琦并不知道敲钟的规定，以为游客都能敲钟，便吵着要去钟楼敲钟，让许安和叶婧等他。不待许安解释，安琦就跑过去。许安对叶婧说："我们就在这儿等吧，他一会儿就会回来。"果然如许安所说，安琦没一会儿就灰头土脸地回来了。

许安明知故问，"你怎么没敲钟呢？"

安琦说："别提了，我跟志愿者说要敲钟，你猜他怎么说？他说，怎么又来一个，并且一顿拳脚地把我赶下钟楼。要不是时间吃紧，我一定去投诉他，什么态度。"

说着话，三个人经过吉普准备上车，许安突然停下来，又问了叶婧一遍车牌号。叶婧说完，许安连忙招呼叶婧和安琦。等他们两个走过来，许安指着吉普车旁边的一辆福克斯说："踏破铁鞋无觅处啊，这不就是那辆车吗？"

3/

兵
俑

这是一个意外之喜。人生处处有起落，简直就是一列过山车。

银灰色三厢福克斯找到了，绝对是一个实实在在的好消息，但同时又带来一个彻彻底底的坏消息。叶婧伸手在车窗上轻轻蹭了一下。许安以为她想看看车内有什么，但发现车玻璃上贴着膜，根本看不到里面。

许安说："什么也看不到啊！"

叶婧说："看车窗上落的灰尘，说明这辆车停在这里有一段时间了。"

安琦说："难道是弃车而逃？"

叶婧说："不像，你见过有人弃车而逃还泊在停车场的吗？如果能够查看停车场监控，就可以看到那个人的模样。可惜我现在被停职了。"

安琦说："不就是停车场的监控吗？交给我。"

许安一愣，说："你这边有认识的人？"

安琦说："当然了。"

许安说："谁？"

安琦说："钱。认识它就够了。"

叶婧一直在低头沉思，眼睛突然亮了一下："也许，有更好的办法。"

这个办法非常简单，只要动动脑子就能想到。如果你想不到只能说明两点，要么，你没有动脑子，要么你没有脑子。叶婧带队，许安和安琦紧随其后，三人一路打听来到停车场的值班室。在那里，他们遇见一个腆着肚子的胖子。他的肚子特别大，沉甸甸的，给人随时掉下来的感觉，让人担心，并且忍不住要上前扶一把。许安上次有这样的担心，还是在少年之时看见一个胸部丰满的女人。

胖子说："你们想干什么？"

叶婧说："我们有充分的证据表明，有人蓄意在西安策划暴力活动，而且就在这几天。我们一直在追查这个人，从石家庄一路追到西安，在停车场发现他的车。你如果不相信，我们这就走。"

胖子笃定地说："我相信。"

许安和安琦面面相觑，完全没有想到对方如此配合，这反而让他们有些不知所措。就好像当街拦住一个陌生的行人，对他说，我要打你一巴掌，本以为对方一定戒备起来，随时准备提手还击，没想到那个人却把脸伸上来说"您打吧"。这个时候，反而不知道该怎么下手，更觉得下不了手，只好等待那人的后续反应。这就是叶婧他们现在做的事情，等待胖子解释自己如此笃定的原因。

果然，看似奇怪的事情，内在还是有逻辑支撑的。胖子说："你们说的是那辆车吧？"

这种情况下，许安只好说："对，就是那辆车。"

胖子说："我们也注意到那辆车了，在这里停放四天了，很不寻常。所以，我们调取了这辆车停放时的记录，你们猜怎么着？"

许安配合道："怎么着？"

胖子一拍大腿——鉴于他那座山也似的肚子，这个动作难度极大，可以说，这是一个灵活的胖子——说："结果发现从车里走出来一个人。你们猜是谁？"

许安继续配合："是谁？"

胖子说："你们自己看吧！"

胖子坐进一把可怜的转椅里。许安甚至听见他落座时转椅发出的痛苦的呻吟声。许安看见胖子熟练地操作起鼠标，出乎意料地，胖子的手看上去非常小巧。很快，胖子就调出一段视频，视频显示的时间是凌晨两点。这是一天里阴气最重的时间段，尽管有一屋子人，许安还是有些心里发毛，担心从镜头里突然跳出来一张惨白的鬼脸。他自我安慰这并非胆小，实在是在娘子关让小梦给吓出来的后遗症。过了大概两分钟，那辆福克斯出现在画面中。他们屏住呼吸，目不转睛地望着屏幕。

胖子在旁渲染气氛："前方高能。"

车门打开，走下来一个身穿黑色西服的男人，他转过身来了——许安吓了一跳，真的是一张鬼脸。他情不自禁大叫一声，直往安琦背后躲。弄得其他三个人都用异样的目光看他。许安说："怎么了，我配合一下气氛不行啊？"

开车的男人，戴了一张面具，但是跟小梦所戴的恐怖面具不同，男人戴的面具是兵马俑风格的。许安禁不住想，这人还真是入乡随俗。又一想，来到西安怎么能不去兵马俑博物馆转一圈呢？那些经历千年的陶俑仍然乐观地面对着这个世界，什么都会过去，时间会抹平所有的悲伤喜悦。

胖子说："我已经将这则视频移交警方，他们也在找这个人。毕竟，现在到了最后的冲刺阶段，容不得一点闪失。"

不管怎么说，警方介入总是好的。叶婧他们可以暂时松口气，有一种不是自己一个人在战斗的踏实和欣慰。往回走的路上，叶婧却突然想起什么，大叫一声"不好"。许安和安琦纷纷侧目。

叶婧说："我刚才编的理由可能是真的。NO的目的就是想在这里制造一起暴力事件。"

许安说："为什么呢？我是说，他们都不是傻瓜，那么大一个组织，虽然是恐怖组织，做事情总要有利可图吧？"

叶婧说："试想一下，如果他们制造一起暴力事件，那么整个西安的人民都会沸腾，有可能全城失控。这就是他们想要的——混乱。他们到底想做什么？可恶！"

许安一脸蒙，说："你刚才说他们想要制造混乱吗？"

叶婧没有顾及许安的吐槽，稍事沉默，便立即行动起来。首先，她给太原的闺密打了一个视频电话。那个穿制服的女孩出现在前挡风玻璃上。

叶婧还没说话，那个女孩先开口了："叶婧，你现在在哪儿呢？"

叶婧说："西安啊！"

女孩说；"啊，我也想去西安，我想吃羊肉泡馍和驴肉火烧。"

许安忍不住打断道："那个，驴肉火烧是保定的吧？西安这边是肉夹馍。"

女孩斜了许安一眼，问叶婧："他是谁？"

叶婧说："他是——你别管这么多了，都让你带偏了。我需要你帮我查点东西。就是上次让你帮我找的那辆车，我想让你帮我查查是登记在谁的名下。"

女孩说："没问题。对了，什么时候吃你的喜糖啊？"

喜糖？这两个字让许安感到一阵瘙痒。

叶婧说："早着呢，我现在根本没心思谈情说爱。"

女孩说："你没心思，兵哥哥可是非常有心。上次事态紧急，没来得及跟你说，其实洪兵早就到了太原，而且还找过我。"

叶婧说："找你？"

女孩说："你别想歪了，他找我是为了你。你以为我能那么快找到那辆车在西安的视频？都是他提供给我的。他说你一定会找我来查。你看，他多了解你。"

叶婧有些脸红，许安看得出来，这是幸福和娇羞的脸红。为了避免直接跟叶婧联系引起不必要的怀疑，洪兵选择通过叶婧的闺密过渡，这也可以看出他的良苦用心。

叶婧忙问："洪兵他还说别的了吗？"

女孩摇摇头："就这些。能看得出来，他非常担心你。"

叶婧说："我知道了。"

安琦从后排伸过脑袋对女孩说："喂，美女，我也是太原人，你看起来好眼熟啊，我们是不是在哪儿见过？"

叶婧及时挂断电话，说："你们男人怎么一看美女就这副德行？"

许安说："哎，别一网打尽。"

安琦说："对，别算他，他不是我们男人。"

又说："不喜欢女人，难道喜欢男人啊？真是的，我这么耿直。"

许安忙说："我更直。"

叶婧无心理他们两个，突然又大叫一声，刚才说的是"不好"，这次说的是"哎呀"。对比看，这次的内容显然要中性一点，或者说有其他倾向和可能。

叶婧说："我怎么这么笨。当时从太原只想来西安，以为洪兵肯定也会来这里，他一定比我们掌握更多的线索。只要找到他，就距离揭开谜底更进一步。"

许安说："这么说，你是追随他而来。"

安琦说："我怎么闻到一股我们山西人都呛鼻子的醋味。"

许安说："你瞎说什么呢，我有女朋友——只是不见了。"

叶婧也说："不是所有的事情都能拿来开玩笑的。"

安琦碰了一鼻子灰，说："是我垂涎叶婧的美貌行了吧？"

叶婧回头给安琦脑门上来了一记爆栗。

许安及时岔开话题："你要给他打个电话吗？问问他在哪儿？"

叶婧微微一笑："不用。"

许安说："那你怎么知道他在哪里？"

安琦插嘴："心灵感应呗，有情人都心有灵犀。"

叶婧说："你们还记得在太原的时候，他往小梦书包里藏过一个追踪器吗？那天离开的时候，我偷装在他车上了。"

许安这才恍然大悟，那天分别，叶婧追上去原来是这个目的。

叶婧接着说："这枚追踪器是我父亲制作的，只有我们三个人能追踪到。"

叶婧说完拿出手机查看，他们满心以为，手机会准确地告诉他们洪兵在西安的具体方位，定位却显示在银川。从太原到西安和从太原到银川完全不是一条线，银川更靠北，几乎到国界。而且，银川并不在从北京到罗布泊的路线之上。

叶婧深呼一口气："没关系，我自己过去就行。这段时间，谢谢你们了。"

安琦说："你多保重。"

许安说："少来。我不会让你一个人去的。"

安琦说："可是，我们还要去罗布泊啊！"

许安说："你搞清楚，是你自己死皮赖脸非要上我的车，还有那个鼾声打得山响的韩德忠。这是我的车，老子想去哪里就去哪里。就算是地狱，我也要一头扎进去。"

叶婧说："你们别吵了，越靠近真相就越危险，而且我本身也在被通缉。安琦说得对，你们多保重。"

许安有些丧气，说："先去找韩德忠和小梦吧！"

回程，三个人都没有说话。车开到旅馆旁边，熄了火。许安说："李翘不辞而别之后，我几乎要疯了。我不会让我身边任何一个亲人或者朋友再去冒险，我害怕每一次长或短的别离。我跟你一起去，不是为了你，而是为了我自己。为了我日后想起来不会觉得遗憾。你可以现在就走，但是我告诉你，我一定会比你更早到达银川。"

叶婧看着许安，郑重地点了点头。她没有想到这个男人能有如此深情，说实话，许安自己也没有想到。这当然不是爱情，却比爱情更让人动容。友情往往比爱情更容易出彩。

许安望向安琦，后者说："看我干什么？这又不是我的车。"

许安把手伸出来，叶婧搭上了右手，安琦也搭上右手。

许安说："这就结盟了。让我们行动起来，不苟活，不作死。"

叶婧说："还有韩德忠和小梦。"

许安说："对，赶紧去找他们，我都饿死了，我要吃三碗羊肉泡馍。"

他们三个有说有笑来到房间。叶婧并没有在房间看见小梦，又起身来到许安的房间，也没有人。许安说："这一老一小去哪儿了？"

安琦说："那还用说，这个点，一定是出去吃饭了。"

许安说："我给他们打个电话。"

电话打过去，却是"您拨打的电话已关机"的提示音。叶婧注意到桌子上放着一个纸袋，上面有一个她再熟悉不过的标志——这是用鲜血一样的红色写成的"NO"，字是用手指写的，还能隐隐看出里面的纹路，从两个字母下端，有洇下来的血迹。叶婧赶紧走过去，在里面她发现三样东西，每一样都足够刺激。

一张照片：环境很昏暗，但是能够辨认出韩德忠和小梦恐惧的脸——仿佛是看见了什么不可思议的画面。

一张纸片上写着：

如果想救他们两个人，在明天上午九点一刻，于回民街北院门下，随便找一个你看不顺眼的人，在他脸上狠狠地来一拳。

——这个要求放在任何城市都不过是一个恶作剧，但是在西安，却是巨作恶。

最后还有一个面具，正是他们在视频中所见到的兵俑面具——毫无疑问，这是赤裸裸的嫁祸。

看到这个面具，许安倒吸一口寒气。事情远比他想象的更复杂，他觉得自己就像一枚棋子，来去全不由自己。一双看不见的巨手在操纵着棋局。

4 /

回
民
街

回民街紧邻钟鼓楼，是西安风情的绝佳代表，凡来西安旅游，不可不去。或者可以大言不惭地说，没来过回民街，就等于没来过西安。回民街不是一条街，而是由北广济街、北院门、西羊市、大皮院、化觉巷、洒金桥等数条街道组成。NO约定的地点北院门是最为繁华的入口之一，他们选择这里的原因很简单也很致命，这里是整个西安城人流最多的地方。任何一点骚动，都会立刻被放大扩散。

当天晚上，三人结伴来到北院门踩点。为了能够更快更全面地了解这条街，他们花钱找了一个当地人作向导。

当地人说："这边最出名的就是小吃，小吃中最著名的是贾三灌汤包子、平娃烤肉、水盆羊肉、麻酱凉皮、甑糕、小酥肉，当然羊肉泡馍和肉夹馍就不必多说了。"

安琦说："我觉得，我们都应该尝尝。"

叶婧说："你吃得下吗？"

安琦说："吃不下也得吃啊，不然都没力气思考了。"

许安说："要不，多少吃点，明天不一定发生什么呢！但不管发生什么，都不应该饿着肚子。"

安琦帮腔："对啊，美食是无辜的。"

晚饭吃得很爽，回到旅馆，许安看着空空如也的房间，情绪瞬间跌落下来。

叶婧说："不知道他们两个有没有吃饭。"

许安说："放心吧。"这三个字说给叶婧听，也是说给自己听。

安琦说："这明摆着是个局，现在警察都盯着这张面具，不管是谁戴上出去，一定会被抓住，到时候，一千张嘴都解释不清楚。"

叶婧说："警察还不是最可怕的，最可怕的是民众。如果我们当众行凶，就是犯了现在西安人最忌讳的事情。正如安琦说的，他们真可能失去理智，对我们群起而攻。我们明天的下场只会比这个更惨。全城人民的弦都紧绷着，每个人都是一支可以穿心的利箭。"

许安说："不得不说，你这个比喻还是很贴切的。人心似箭，万箭穿心啊！"

叶婧说："所以，明天由我来戴这个面具。我动作快，应对突发状况比你们两个更有经验，真要跑起来，逃脱的机会也大一点。"

许安把这个观点拦腰斩断："不行，有我们两个大丈夫呢，怎么能让你一个小女子去冒险？"

此时，安琦也强硬地附和许安一把。

叶婧说："这不是意气用事的时候。"

许安说："一定有什么办法。我从小到大经历过种种不幸，母亲难产而死、父亲离奇自杀、爱人悄然离去——是死是活都不知道。这些你们都知道了，但你们不知道的是，我还遭遇过不胜枚举的灾难。我念小学，学校组织旅游，大巴车栽下悬崖，整车的人除了我无一生还；我念高中，学校组织旅游，大巴车栽下悬崖，整车的人除了我无一生还；我念大学，学校组织旅游，大巴车栽下悬崖，整车的人除了我无一生还。叶婧，你在石家庄的时候问过我是不是没有同学。是的，我没有同学。这么多灾难我都活下来了，我相信明天我也一定能全身而退。"

安琦突然站起来："你们俩谁也不用去。"

许安和叶婧惊讶地看着他，安琦说："别这么看着我，我肯定不去。韩德忠是我的宿敌，小梦我又不熟。我的意思是，我们为什么非要按照他的要求去冒险，我们现在要做的是找到他们。"

许安说："可是除了这张照片，没有任何线索。"

安琦说："线索就在这张照片上。"

许安忙说："你发现什么了？"

安琦说："你注意到他们的表情没有？特别恐怖，好像是见鬼一样。"

许安说："嗯，的确是这样。然后呢？"

安琦说："所以说，有可能是鬼把他们掳走了。"

许安和叶婧同时叹口气，本来还期待安琦口吐莲花，现在看来是狗嘴吐不出象牙。事情被安琦拎起来又重重摔回原点。

许安说："都别想了，好好睡一觉。该来的，迟早要来。"

说是这么说，许安自己却无法成眠，而同一个房间的安琦已经四仰八叉地进入梦乡。能吃能睡，就是世上幸福的人。

这时，手机响了，打开Earth，看到Leslie的消息。他说：

我不知道你现在正在经历什么，但是相信我，一切都会过去——上面是一句废话。人生来就活该受罪，你觉得现在承受不住，到了人生的最低谷，熬过去就好了。但恭喜你，后面还有更低谷。永远不要低估生命中连绵不绝的低谷。就是这样，谁都一样。但是想一想，一定有什么值得你去坚持的事情。我们活着，我们受罪，不就是为了那一刻的满足吗？再说得简单一点，假如你喜欢美剧——我知道很多中国人都喜欢，我也喜欢——我们努力工作，不就是为了等待下班以后可以心无旁骛地去看最新一集的美剧吗？相信我，什么也不干和一刻也不停相比，绝对是后者带来的快乐更多。

　　非常荣幸成为你的常用联系人。

许安没有回复，他心里已经有了决定。

早上起床，安琦发现许安已经不见，忙汇合叶婧，一起往回民街赶。

他们风风火火赶到北院门，眼前的场景让他们惊呆了。数十个陶俑打扮的人聚在一起，似乎在进行一场盛大的化装舞会。陶俑之中，他们很快发现只戴着一张面具的许安。

叶婧走过去："这是怎么回事？"

许安掀起面具说："我告诉他们有人要在这里策划暴力事件，他们就来了。你说过，民众现在对这个事情非常敏感，他们比我们更担心暴力事件，所以一呼百应。"

叶婧有些疑惑："可是我还是不明白，你叫他们有什么用？"

许安说："《古今大战秦俑情》啊！"

叶婧说："啊？"

许安说："行为艺术！"

叶婧说："你越说我越蒙了。"

许安说："你们等着看好戏就行了。"

九点一刻刚到，那些人俑在许安的指挥下开始对战，但看得出来，他们都是动真格的。许安戴上面具，一拳打在人俑脸上，后者号叫一声，给许安肚子上结结实实来了一脚。这是一场毫无规则可言的群架，没有敌我的概念，没有结盟，也没有节奏，有的只是混乱。人们就像做布朗运动的分子，无迹可寻。大家拳来脚去、你来我往打得不亦乐乎。这不是表演，每一拳都有十分力道，毫不缓冲和作势；这就是表演，通过这种真实的互殴，来表达血淋淋的主题。很快，场面就无法控制。三个乌德介入进来。

乌德说："请停下你们正在做的事情，否则，我将使用武力制止。"

众人闻言，纷纷停止动作。

乌德说："经鉴定，你们刚才的行为属于暴力范畴，西安挑战失败。"

许安说："等等。这并不是暴力，这是艺术，行为艺术。"

乌德说："请解释你们的行为，从中，我看不到任何艺术。"

许安说："你看过一部电影叫作《人类清除计划》吗？给你十秒钟，你现在过一遍。好，现在，你看过这部电影了。电影非常血腥，充满暴力画面，但是导演的用意却是控诉暴力。这只是他表达的手段。你拍摄一部反战的电影，就要把战争场面残酷地还原，不然你上来就写战后人员的落寞，观众是没有共鸣的；同时，你拍一部教导人们色欲伤身的电影，也一定要出现满屏肉欲的香艳桥段。明白了吗？我这是在教你创作。如果有人走在街上，我毫无道理地冲上去打一拳，那叫作暴力，但我们是有组织有策划的表演，并且通过暴力控诉暴力，这就是艺术。你，明白了吗？"

乌德一时卡壳了，说："我无法分辨，我将向乌曼请示。"

一秒钟之后。

乌德说："请示完毕。他同意这是艺术，此事件不算暴力事件，挑战继续。"

许安重重地出了一口气，望向安琦，两个人相视一笑。

安琦走过来，问道："接下来怎么办？"

许安说："等待。我们已经按照他的吩咐行事，我相信他一定躲在某个角落密切关注着我们。"

安琦说："等待他们继续让我们去发起暴力事件吗？"

许安无奈地耸耸肩："好像也只能如此。"

叶婧说："已经惊动警察，我们先回旅馆再作商量。还有，"她对许安说，"谢谢你挺身而出。"

许安摆摆手，说："朋友不就是互相擦屁股吗？"

叶婧说："什么？"

许安连忙重新措辞："朋友不就是互相帮助吗？"

5/

大
雁
塔

诚如安琦所说，他们唯一的线索就是那张照片。既然没有别的方向，只好对此进行挖掘，或有突破。

照片里面韩德忠和小梦惊恐地睁大眼睛、张大嘴巴，背景非常昏暗，看不清四周。他们到底看到了什么，成为问题的关键。另一方面，只能等待NO的人继续联系他们。他们找遍房间所有角落，一无所获。就这样待一天，晚上九点左右，许安的手机进来一条信息，显示来自韩德忠：

> 今晚12点之前，如果你还找不到他们，就永远找不到了。温馨提示：镜子。

许安忙把电话打过去，却提示关机。

安琦叫住许安说："我们还是找监控吧！"

许安说："嗯。"

他们跟旅馆老板要来监控视频，发现自始至终没有人进过房间，只看见韩德忠和小梦在上午十点左右一起出来。事情越发奇怪起来，难不成真的有鬼？那张兵俑的面具扔在床头柜上，在灯光的映照下，别有一番惊恐。许安望着面具，说："也许我们忽略了另外一条线索。"

叶婧说："什么？"

许安说："面具。"

安琦说："这叫什么线索，难道像《魔警》一样，拿着面具去找制作单位？"

许安说："我是说，能不能将面具和照片联系起来。"

安琦拿起面具戴在脸上，然后把照片拿在手里，举到脸庞，说："看，现在联系起来了。我还是觉得我之前的推测比较靠谱。你们别以为我迷信，这个世界上真的有鬼。就好像这个宇宙真的有外星人一样，而且，乌曼来了。看不见的东西，并不代表不存在，如果非要拒绝承认，就是自欺欺人。"

安琦准备摘下面具，许安让他等等，把安琦拿着照片的手举到安琦面前，让他去看照片。安琦说："你干什么？"

许安对叶婧说："你觉得呢？"

叶婧说："我觉得可以试试，反正没有其他线索。"

安琦："你们在说什么啊？"

许安：："你说得对，他们是见鬼了。这个世界上有没有鬼我不知道，但我知道有人在装神弄鬼。在毫无防备的情况下看到这张面具的人，才会误以为见到了鬼，做出如此惊恐的表情。满足这个条件的地方，只有鬼屋；查一查西安有几个鬼屋。"

这个工作交给叶婧，没一会儿，叶婧就招呼他们两个，说："有数十个之多。"

许安说："我们分头行动，一个人负责几个。"

叶婧说："时间来不及。"

许安说："搜搜这个面具，看哪个鬼屋里有兵马俑主题的房间。"

叶婧再次埋头电脑，过了一会儿抬起头，说："大雁塔鬼屋。"

叶婧把电脑转向许安，他看见上面有一张图片，上面的人都戴着兵俑面具。

许安说："赌一把吧！"

安琦说："你不是一直都很不幸吗？"

许安说："我是不幸，但我运气并不差。这两者毫不矛盾。一生平安也不是幸运，死里逃生才是啊！还记得我在石家庄的天和吗？上天仿佛知道对我不公，时不时给我一些赏赐。"

叶婧说："许安说得对，眼下也没有别的办法。"

说到大慈恩寺，知道的人并不多，但说到寺里面的大雁塔，几乎无人不知。局部总是容易比整体更突出，给人留下的印象更深刻，比如西湖之于杭州。夜晚的大雁塔，跟白天比起来，有一种难以言喻的吊诡。

大雁塔鬼屋当然不是在大雁塔里面，而是位于大雁塔附近的历险宫游乐城。他们赶到那时，游乐城已经关门。许安看看手表，晚上十点，留给他们的时间不多了。

许安说："我们翻墙进去。"

叶婧说："恐怕不行，这里没墙啊。游乐城是封闭的，只有一个大门进出。"

许安说："那我们就硬闯。"

叶婧说："也不行，那样势必会造成暴力事件，我们就功亏一篑了。"

许安说："那怎么办，总不能就这样傻等吧？"

安琦说："是时候让钱发挥作用了。我就不信，一万块钱搞不定一个看大门的，如果搞不定，那就十万。"

久经沙场的人懂得如何吊人胃口。他找到看门人，说："兄弟，今天我生日，刚才喝了酒，想跟朋友去鬼屋玩点刺激的。"

看门人瞥了一眼叶婧和许安，说："玩点刺激的？"

安琦说："你懂我哦！怎么样，通融一下。告诉我你的账号，我给你转一千块钱。"

看门人说："我们有规定——"

安琦说："两千。"

看门人说："到点之后——"

安琦说："三千。"

看门人说："不允许——"

安琦说："五千。"

看门人说："玩得高兴！"

安琦说："成交。"回来跟许安说，"看，比最低预期还省了一半。"

三个人结伴往里走，看门人叫住他们："等等。"

安琦脸色难看地回过头。

"Happy birthday！"看门人说。

许安等人进到游乐园，问题又来了，游乐园远比他们想象的广表，项目之多之繁杂，让人眼花缭乱。这里不仅有传统意义上的鬼屋，还有各种五花八门的减压场所，比如其中一个场所的主题就是人肉沙包。还有一些看上去非常变态的，上面介绍说，人们进去一个房间之后戴上特制的眼罩，里面有各种仿生动物，人们可以大开杀戒。

叶婧看着这些项目，说："真彪悍。"

又说："真重口。"

许安说："西安人一年不发生暴力事件，严格循规蹈矩，对每个平凡人来说都是一种巨大而无形的压力，他们需要减压。就像《人类清除计划》里，在某一天开放杀戮，任何犯罪都是合法的。"

安琦说："真想进去玩一玩。"

许安和叶婧一起望向他。

安琦说："看什么看，我说'真想进去'，又没说'真去'。"

许安说："从哪里找起呢？"

叶婧说："先去兵马俑主题公园试试。"

三个人来到兵马俑主题公园，里面有各种仿生陶俑，那些陶俑现在都静止不动，但是许安知道一旦打开开关，它们就会像丧尸一样吓唬人。许安正在认真寻找，突然跳出一只兵俑，许安吓得几乎摔倒。

"哈哈哈哈。"安琦把兵俑的面具拿下来，"让我看看，有没有吓出来温热的液体。"

许安说："你知不知道人是可能被吓死的？"

跟叶婧碰头的时候，只见叶婧摇摇头，他们都没有找到韩德忠和小梦。看看表，时间已经来到晚上十一点多。

许安想起那条所谓的温馨提示。镜子，镜子暗示了什么？

叶婧说："我们都冷静下来想想，镜子代表了什么？"

安琦说："这还用想，居心叵测啊！他会好心告诉我们吗？一定是干扰因素。"

许安说："事到如今，宁可信其有，不可信其无。"

叶婧说："我们回到门口，再看一遍主题。"

在游乐园入口的介绍板上，琳琅满目地写满了各种游玩项目，他们查找一圈之后发现一个主题名为"镜狱"的主题房间。他们立刻找过去，这个房间里面有很多镜子，但是镜子不是用来反射光线的，而是用于播放一幕幕恐怖的画面。许安望过去，发现自己的影像出现在镜中，他看着的那面镜子，里面有一具尸体平躺在床上，他看见镜中的自己拿着一把尖刀正在分尸。对，他在分尸，而不是尸体。这种感觉让许安非常恶心。原来韩德忠和小梦恐怖的不是鬼，而是他们自己。

"在这里。"与此同时，许安听见叶婧的声音。

韩德忠和小梦晕倒在地，他们的脖子上都戴着一个脖套，上面显示着倒计时。

叶婧说："这是NO的装置，叫作'颈爆'，用来惩罚背叛者。他们会把'颈爆'戴在背叛者脖子上，然后放逐他们。但是上面并没有设置具体的爆炸时间，他们不知道自己什么时候会死，也许出门即死，也许在十年后的某个清晨，在他们吃饭的时候或者睡觉的时候。这种感觉生不如死。"

许安说："如履薄冰啊！"

很显然，恐怖组织的人并不想真正置韩德忠和小梦于死地，卡在他们脖子上的"颈爆"并没有锁上。据叶婧了解，"颈爆"一旦装上就无法打开，除非把脑袋砍下来。

从游乐宫出来，他们又被一群人包围，那些人叫嚣着要处置他们，好不容易周旋一通才解围。两个人苏醒之后，小梦的眼神有些呆滞，看到叶婧他们也没有反应，韩德忠倒是很快恢复如初。他说："我们上午准备出去转转，吃点特色小吃，但只是吃了一碗胡辣汤，就不省人事了，醒来之后就在那个房间里。睁开眼看见镜子中的自己正在用榔头像砸核桃一样敲人的脑袋。真是太可怕了。到底发生了什么？"

许安他们不去管韩德忠，都来呵护精神恍惚的小梦。一直到第二天早晨，小梦才缓过精神，抱住跟她睡一张床的叶婧，轻轻啜泣。

6

极
光
组
织

电影院里只有两个人，看来这要么是个早场，要么是个午夜场，要么，这个电影院过分偏僻，以至于鲜有人光顾。许安经常在淘票软件抢十块钱的特价票。看过一次特价票的电影，就再也不去买正常票价的票，仿佛那么做就是冤大头。还好，他最喜欢的还是那些老电影，可以免费下载。那些特价票的电影往往是早场或者午夜场。但他不是这两人中的任何一个。

两个人一前一后，这应该是有意为之，不然偌大一个影院，谁愿意跟陌生人坐在一起。但问题又来了，他们一前一后，没有并排而坐。

坐在后排的人影身子略微前倾，看得出来，他是在凑前排人的方便，这一个动作就能说明两个人之间的尊卑。

后排人说："事情进展得很顺利。"

前排人说："嗯，辛苦你了。"

后排人说："接下来需要我做什么？"

前排人说："前面都是铺垫，接下来要搞大动作。"

后排人点点头，等待前排人的宣告。前排人说出一个坐标："甘肃，兰州。"

1

新龙门客栈

西安到银川，这次走高速。许安开不了快车，主动让贤。叶婧心急如焚，一度开到二百迈左右，只在导航提醒前方测速时，才把速度降到一百二十迈；有时候导航失灵，但路边会有警示牌，提醒前方测速。

韩德忠最先坐不住，身体开始吃紧，说："小叶，你慢点。车上还有老人和孩子呢！"

小梦已经恢复如初，指着许安调侃道："是，他还是个孩子啊！"

许安窝在副驾驶上，双手紧紧攥着拉手，双唇深锁，无暇还击。

韩德忠说："可别在西安经历这么多风雨都全身而退，最后栽在交通事故上。你知道，我就剩下一百多天的寿命了，就当是可怜可怜我还不行吗？不行了，一想到我不久就要去世这件事，我的心就像是有只兔子在刨土打洞。"

叶婧这才放缓车速，说："对不起。"

许安艰难地说："没关系。"

叶婧说："一切都是因我而起……"

许安打断她，担心她再次提出单独行动的事情："那什么，我们听一首歌吧，大家有什么推荐？"

小梦说："我要听《浮躁》。"

安琦说："你这么大点人懂什么叫浮躁吗？我来点播一首好听的，我看导航，咱们要从一座白鸽立交桥下来，不如听听伍佰的《白鸽》，身上啊没有衣裳——"

韩德忠说："拉倒吧，没有衣裳，裸奔啊！"

叶婧说："我能点一首歌吗？"

许安说："行啊！"

叶婧说："之前在西安的时候，你说有一首歌叫《钟鼓楼》，我想听听。"

许安说："好。小G。"

小G说："收到。为您播放《钟鼓楼》。"

我的家就在二环路的里边

这里的人们有着那么多的时间

他们正在说着谁家的三长两短

他们正在看着你掏出什么牌子的烟

……

随着音乐响起，许安想起离开西安之前的"围剿"。当时觉得天塌地陷，没想到敌人还有将他们置之死地的后手。现在想起，仍然心有余悸。

他们刚把韩德忠和小梦从大雁塔游乐宫解救出来，就被一群人包围。许安背着小梦，安琦揽着韩德忠。那些人一个个都红着眼，仿佛要把他们生啖。人群中，许安发现青面兽杨志、停车场的胖子、下榻旅馆的老板，以及刚才游乐宫的保安。现在，他们都换了另一副凶狠嘴脸。

其中一个留着满脸络腮胡子的人往前站了一步，对后面的群众说："就是他们，让我们的挑战失败。"

面对这阵仗，许安有些怂，不敢出头，安琦也往后躲，只有叶婧主动站出来，说："我们并没有制造任何暴力，在北院门的行为也被乌曼承认。"

络腮胡子说："绑架啊！这是赤裸裸的暴力事件。"

叶婧和许安这才反应过来，他们从一开始就陷入争端的焦点，这种感觉让人很不舒服，比没有成功更可惜的是功亏一篑，明明已经胜利在望，却惨死在胜利面前；比功亏一篑更可惜的是方针错误，以为自己在拼尽全力，可是越是发奋就越错得离谱。

叶婧还在解释："他们是被人绑架，并非暴力的发起者。"

络腮胡子说："那我们不管。为什么要绑架你们？为什么一年来没有绑架，你们一来就有？这是因你们而起。"

青面兽杨志说："打死他们！"

众人呼应："打死他们！"

安琦说："完了完了，刻奇。"

他们面对愤怒的人群不断向后退，身后是一群面目狰狞的鬼，此刻却比眼前的人可爱多了。

这不是许安第一次这么近距离面对死亡，他曾有过数次死里逃生的经历，但这是他第一次如此清醒地直面死亡。前几次都是突如其来的意外，没有任何精神准备——没有准备还好，有了准备反而坏事。如果你坐在车上，被告知会出车祸，你不管怎么准备心里都不会安稳。他不知道能否躲过去，他只能祈祷。

此时忽然站出来一个男人，许安不认识他，但是有一些脸熟。回忆一下，才想起是在钟鼓楼上的志愿者。

志愿者说："我认识这个人，他在钟楼上非要撞钟，怎么都拦不住。"

安琦看了许安一眼，回味着什么。

络腮胡子说："看来他更加该死了。"

志愿者说："不，你们听我继续说。当我准备把他扭送到相关部门的时候，上来一个乌德把他救走了。后来有人把他撞钟的视频传到网上，有人认出来他就是在石家庄挑战乌德成功的第一人许安。我想，事情已然如此，打死他们也于事无补。不如让他试着跟乌曼联络，看看能否再给予我们一次机会。"

这是最后的稻草。许安没想到，最终拯救他们的人，居然是他自己。

许安往前走一步，说："对，我就是那个许安，我会帮你们争取一次机会。"

络腮胡子说："最好如此。"

他们找来最近的一个乌德，把事情从头至尾梳理一遍，由乌德作为中介跟乌曼取得联系。过了一会儿，乌德对许安说："乌曼要跟你对话。"

乌曼的云形图案出现在乌德的身上。

乌曼说："我很好奇，作为第一个战胜乌德的人，你为什么会许下那样的愿望？"

如果诚实地说，那就是他当时脑子没转过来，好听一点说，就是他希望通过自己的力量来到乌曼的面前，但不管哪一个，似乎都不算是很好的答案。几乎是心血来潮，许安剑走偏锋地说："你猜？"

众人闻听此言都惊出一身冷汗。

乌德身上的云形图案仿佛也透露着困惑，短暂静止一下，说："哈哈。西安的事情我已经了解，我允许他们再进行一次挑战。这一次，我会把西安围住，外人不准进入，里面的人不许出去。挑战内容仍然是不发生任何暴力事件，只是时间会缩短一半。"

众人身上的冷汗都转成热泪。

许安却像是虚脱一样，觉得后背上大概只有六十斤的小梦像座山一样压身。

乌曼说："我在罗布泊等你。"

> 钟鼓楼吸着那尘烟
>
> 任你们画着他的脸
>
> 你的声音我听不见
>
> 现在是太吵太乱
>
> 你已经看了这么长的时间
>
> 你怎么还不发言

是谁出的题这么的难

到处全都是正确答案

是谁出的题这么的难

到处全都是正确答案①

音乐还在继续，旅途还在继续。许安没有想到的是，灾难也在继续。

即将到达银川。叶婧接到一个电话，跟之前一样把人物投影到副驾驶的前挡风玻璃上，许安认出那正是叶婧在太原的闺密。安琦也看出来了，探着脑袋说："美女，我们又见面了。我叫安琦，是杰诺生命有限公司的总裁，你一定听过吧，有机会去我们公司玩啊！"

叶婧伸出一只手把安琦的脑袋推回去，让闺密说正事。

闺密说："你让我查的车我帮你查了，车主就是石家庄本地人，他说车子已经变卖。对方给了很多钱，要求不换牌照不过户。听起来很不可思议，但是有钱能使鬼推磨。"

很明显，这条线索就此断掉。

叶婧正在苦恼，闺密的图像突然模糊跳跃起来，并且出现阵阵刺耳的噪声。许安忍不住捂住耳朵。这声音也干扰了正在开车的叶婧，还好，她没有用双手去捂耳朵。杂音持续一分钟左右才恢复正常。在高速上开车，这种情况很常见。

挂掉电话，安琦说："看来银川人民不欢迎我们啊！"

许安说："闭上你的乌鸦嘴。"

---

① 何勇的歌曲《钟鼓楼》，出自1994年10月6日发行的专辑《垃圾车：麒麟日记》。

安琦说："这怎么能说是乌鸦嘴呢？如果我说我们到银川之后再次被人打劫那才是乌鸦嘴。我只不过是聊发感慨。"

许安说："闭上你的感慨。"

韩德忠拢了拢头上的杂草，说："照我看，事有蹊跷。我的人生经验最多，刚才那种情况还真没见过。正在通话怎么突然就变成噪声？事有蹊跷。"

这时，小梦说："我觉得这应该是电磁干扰吧！可能是我们刚刚经过一个信号站什么的。"

几个大人面面相觑，谁也不再说话。

又过了一会儿，叶婧转为自动驾驶，拿出手机追查洪兵的具体位置，上面显示他在一家名为"龙门客栈"的酒店里。

许安说："龙门客栈？怎么不叫同福客栈呢？"

安琦说："同福客栈是什么？"

许安说："没什么。"

从白鸽立交桥下来，没多久就来到银川市内。跟西安不同，这里没有在入口设置关卡。挑战项目都是唯一的，所以像西安那样的全城不犯罪不会在银川和其他任何城市发生。

在银川会发生什么，他们一无所知。

吉普车刚开出收费站，许安就被疯狂的尿意折磨得坐立不安，急忙让叶婧停在路边，环顾左右无人，走入绿化带，躲在一棵大树后面放松。许安一边方便，一边抬头端详这棵陌生的树种，只见树叶小而密实，上面结满了一串串红绿相间的果实，远看上去像是一串葡萄。许安吞咽了一口唾沫，口渴起来。透过这棵树，许安看见破碎的天空。远离市区，这里的天空看起来无比湛蓝，这大概是许安活到现在所遇见过的最蓝的天空。

许安往回走，看见一群来势汹汹的壮汉把吉普车围得水泄不通。真是怕什么来什么。不好的预感从来都会应验，尤其是在这样晴朗的日子里。他还没决定好"要不要假装路过不认识他们"，就见安琦指着他大叫道："就是他。"

许安想跑，但为时已晚，那群壮汉像乌云一样朝他飘来，把他团团围住。周围的行人见到也都兴高采烈地聚拢过来，好像是发生了什么值得庆祝的事。这个场景让他想起《西游记》里，唐僧被妖怪抓进山洞时，手舞足蹈的小妖。

人群慢慢分开，从中流水一般走过来一个穿着白裙、头戴白纱的少女。白裙不是长裙，是半身曳地裙，少女上半身穿着半截袖小褂，露出腰间一抹巧克力色的紧致皮肤和好看的肚脐。她走向许安，摘下了头纱。许安看见她嘴边露出一截果梗，嘴里面微微鼓起。她伸出右手捏住果梗，从嘴里拿出一颗鲜红的樱桃，然后又像蛇吐信一样伸舌头把樱桃卷进嘴里，把果梗撤出来，上面只剩果核。她把果核放进许安嘴里——后者木讷地配合着——然后冲许安饱满地一笑，举起双手捏捏许安的脸，说："看上去还不错哦，至少不算太老！"

2 /

牧
马
人

镇北堡西部影视城原址为明清时代的边防城堡。现在，已经成为
银川的一张名片。

许安被一伙壮汉围住，一个异域风情的古铜色美女朝他走来，他
们不由分说把许安一行人带到了镇西堡西部影视城。如果，他们是买
了门票进来游玩，一定以为眼前的建筑是某个电影摄制组搭就的布
景，两根一人围抱粗的木桩笔直地矗立着，往上看，有一个木匾，上
书"凤凰寨"。许安望着这城寨，再看看身边龇牙咧嘴的一干混混，
以为自己误入一部抗日神剧。那些人的打扮也让人产生时代错裂感，
如果不是他们耳朵里都挂着一个蓝牙耳机，还真让人怀疑这些人都是
穿越年代、从黄土里爬出来的古董。

他们五个人被安排到一个房间，从房间的装潢来看，不像是囚
牢——脚下铺着花色艳丽的地毯，擦拭干净的木桌上摆放着一碟碟各
色果品——倒像是待客室。唯一不舒服的地方在于，他们的手机都

被强行没收。他们落座没多久，进来两个女仆模样的人为他们斟上热茶。

许安问叶婧："怎么回事？"

叶婧还没回答，被安琦抢白："你赚大发了。"

许安说："你这么说，我反而觉得毛骨悚然。"

韩德忠说："虽然安琦说话总是不靠谱，但刚才那句还算中肯。你的确赚着了。"

许安不相信这个太原二人组，转身向叶婧和小梦求证。小梦说："你也看到了，那小妖精的身材的确火辣撩人，我都有点心动。"

许安说："小姑娘家家的，说话注意点。叶婧，你说。"

叶婧也笑着说："我也觉得不错，压寨夫人。"

许安说："什么压寨夫人，你们谁能把事情原委痛痛快快告诉我？"

叶婧说："好吧，不跟你闹了。你下车之后，他们一群人围上来，指着安琦和韩德忠说'九千九百九十八''九千九百九十九'。带头的人解释说，他们当家的女儿准备把第一万个进入银川且年龄在十八周岁以上的男人招赘为上门女婿，而你刚好是第一万个。"

许安说："不要闹了，这样的剧情未免也太雷人了。《西游记》里斋僧凑够一万个就已经很离谱了，但至少斋僧的由头很正经，现在这个事情完全无厘头啊！如果，第一万个人不是我，是他呢？（他环顾四周，指向韩德忠）"

韩德忠说："是我就是她赚大发了。我的资产那么雄厚，而且马上就会变成她的遗产。不行了，一想起我不久就要去世这件事，我心里就像是有只老母鸡在啄食一样。"

许安说："这又是什么比喻，乱七八糟的。"

小梦说："喂，我怎么觉得你好像还挺高兴的。"

许安说："你哪只眼睛看见我高兴了，我这叫愤怒。"

安琦故作思考状："那个女的好对付，可跟在她身后那帮大老爷们个个凶神恶煞。强龙不压地头蛇。总之，我们还是静观其变，不要轻举妄动。"

许安说："你就不要自以为是地分析了，我们现在马上就走，我就不相信朗朗乾坤，他们还能做出什么强抢民男的事情。"许安站起来就要往外走，刚到门口，看见两个胳膊比他大腿还粗的汉子整整齐齐地瞪了他一眼，只好悻悻回来坐下，说："还是安琦说得对，不要轻举妄动。"

过了一会儿，许安又忍不住站起来说："你们真的没有串通起来骗我？"

他还是不那么容易就范，以为眼前的情况只是一个有些夸大的玩笑，片刻之后，他们就会一起捧腹大笑，并且对许安紧张的神情评头论足。但是片刻之后，这些没有发生。变化没有来自内部，而是外人。一个自称理事的婆婆走进来，带走许安。说是婆婆，也不过四十多岁，有着成熟女性的妖娆和稳重。因为半世，人们的年龄以六十岁为极限，大多数人只有五十多年寿命，所以人们比之前更早地谈婚论嫁、成家立业。小学、初中、高中和大学的就读时间都相应地缩短一半。

一路上，许安不住地打量四周，看到的城寨全都是仿古建筑，仿佛是走入一条时空隧道，从2078年穿越回1938年，相隔近一个半世纪之久。婆婆把他带到一间装潢古朴的房间，门口有三十厘米高的门槛，木门木窗，窗户格子糊着白纸，窗棂上透迤着好看的雕花。进门之后，房间里也是木桌木椅，地上铺着纹理诡谲的灰色大理石，就像是一团投射在地上的乌云，映衬得房间有些发暗。隔着一个屏风，能够看见那边露出的一截木床。这里不像是客房，许安突然想到，这里应该是闺房。婆婆说了一句"请坐，小姑奶奶马上就来"。不用想，她口中的小姑奶奶就是那个身材曼妙的少女，就是小梦口中的小妖精。

许安心里有些烦乱，面对眼前发生的一切表示无解和无奈。在他身上，从来都不缺这种稀奇古怪的事。想来想去，他能想到的最远就是命运安排。真是命运的安排，遵守自然的逻辑，谁都无法揭谜底啊！

女人进来，房间就变得明亮，不知是因为她身上的白纱，还是因为许安两眼放光。女人端着一个透明的沙拉碗，里面是一把鲜艳欲滴的樱桃。

女人说："我叫蔡嘉仪，我爸爸老蔡是这里的寨主，所以他们都叫我小姑奶奶。如果你愿意，可以叫我小蔡。"

许安说："小蔡你好，我叫一碟。"

蔡嘉仪一愣，随即反应过来，笑道："挺幽默啊！"

又说："我知道你叫许安。"

蔡嘉仪拿起一颗樱桃放进嘴里。

许安一惊，说："你怎么知道？"

蔡嘉仪说："你在石家庄战胜乌德之后，许多人都盯上你，只是你自己反应迟钝毫无察觉罢了。没想到，我竟然等来了你。我看得出来，我遇上好人了。"

许安说："我不是好人，我罪大恶极，什么坏事都干得出来。"

蔡嘉仪又说："男人不坏女人不爱。"

横竖都是她，许安已入瓮中，只能就擒。他问："他们说的是真的吗？一万个人什么的。"

蔡嘉仪说："对啊，我一个月之前许下的承诺，一个月之后，你就不请自来。"

许安说："有件事情你可能不清楚，我不是单身。"

蔡嘉仪说："我不介意啊！"

许安忙说："我介意。我心里已经有一个女孩，哦，她比你先到。"

蔡嘉仪说："我会把她赶出来，要么就去你心里把她杀死。"

许安说："我们没可能。"

蔡嘉仪哼了一声："我们走着瞧。"蔡嘉仪又拿起一颗樱桃，放到许安唇边，也不往他嘴里硬塞，而是轻轻摩挲他的双唇。许安愤然挥手，把蔡嘉仪手腕隔开，樱桃掉落。

许安说："我不管你是谁，小姑奶奶还是老姑奶奶，我现在就要走。"

许安以为蔡嘉仪会拦住他，或者拍拍手引来两个在角落里隐藏的侍卫将其拦截，但这些都没有。这反而让许安的脚步没有那么从容和果断，因为他料定会发生什么。他走到门口，回过头来看着蔡嘉仪，说："呃，我真走了？"

蔡嘉仪这才笑着说："走吧，你离开我一天，我杀你一个朋友；你离开我四天，他们就能团聚在西方极乐世界。"

许安撤回脚步，说："朗朗乾坤啊！"

蔡嘉仪右手食指和拇指捏在一起，放在眯缝着的眼前，说："在镇西堡，我们凤凰寨还是有那么一丁点势力的。"

许安心想，一丁点就足够把自己碾成齑粉，风一吹，就混进这一片荒凉的沙漠。许安打量着这个俏皮的姑娘，她还在不停往嘴里放着樱桃，不知她是天生如此，还是有意为之，在许安看来，她充满挑逗。她的舌头非常灵活，手指捏着樱桃梗，放进嘴里再拿出来，只剩下核儿，上面一丝果肉都没有。

蔡嘉仪说："告诉你，你这样看着我，很危险的。因为你随时可能爱上我。"

许安就别过头不看她。说是不看，又忍不住偷觑，发现蔡嘉仪正在大大方方地盯着自己，完全没有一点忸怩作态。许安终于承认，她天生如此。就像李翘一样，别人的目光都沾不到她们身上。

这时候，婆婆走进来，说："小姑奶奶，寨主找你。"

蔡嘉仪聚精会神地盯着许安，头也不回地说："没空。"

由此可见，这个小姑奶奶的确非常霸道，并且没有礼貌，这样的人通常意气用事，说到做到，因此许安现在一点也不怀疑如果自己离开，她会把叶婧他们一天一个解决掉的说法。这几乎都不能算是威胁，而是告知。

婆婆说："您还是去一趟吧！"

蔡嘉仪仍然看着许安，视线没有一丝游离，说："不去。"

婆婆说："寨主说，商量一下您的婚姻大事。"

蔡嘉仪这才说："哈哈，那好。"

蔡嘉仪把樱桃强塞给许安，捏了捏他的鼻子，说："等我啊，我一会儿就回来。"

3/

大话西游

蔡嘉仪前脚刚走，后面就跟进来一个清瘦精干的男人，跟婆婆说："小姑奶奶让你也一起过去，我来看守他。"

婆婆说："有劳路二当家。"

这个男人的眼中，明显有一种冷飕飕的阴鸷，让许安不寒而栗。这么看来，他进了思维定式的误区，以偏概全；就好像只遇见过一个负心汉的女人也会信誓旦旦地对闺密宣布，天下乌鸦一般黑。

高瘦男人说："明人不做暗事，老子路小川。"

许安拱拳道："小川兄，你好。"

路小川说："这些樱桃，不是随便一个人就能吃的。"

路小川说着瞟了一眼许安怀里的樱桃，从中抓起一把放进嘴里，他挑衅般看着许安，把樱桃核咬碎，抻着脖子吞咽，就像一条蛇吞咽小白鼠。鲜红的樱桃汁液从他嘴角流出，像老鼠的血。

许安说："那什么，樱桃核里面含有氰苷，嚼五颗就可以毒死一个成年人。"

男人双眼爆睁，忙伸手去抠喉咙，不断发着干呕。

许安说："现在就去洗胃应该还来得及。"

男人听完匆匆忙忙跑出去。这件事情告诉我们，一定要经常刷朋友圈，里面有各种各样的"常识"。譬如"胡萝卜吃多了容易不孕""青汁是包治百病的神仙水""圣女果、紫薯、彩椒都是转基因食品""蒜薹蘸的白色液体是福尔马林""宝宝穿纸尿裤易得湿疹造成罗圈腿了"……不过这事有利有弊。就像一个老人说的："我非常担心啊，现代人获取知识太容易了，搜索一下，马上就知道是什么，但是现代人是有识无智。我们的古人获取知识很难，于是逼迫自己仰望星空，拥有了智慧。现在的阅读就是放弃智慧，不会因为懂得多，就转化为知识和智慧。"

男人走后，许安获得空前自由。他来到一开始那间待客室，发现门口仍有两名大汉站岗。他绕房一周，发现只在后墙开了一扇窗户，可是他想尽办法也够不着。他想着刚才婆婆把蔡嘉仪叫走，瘦高男人又把婆婆叫走，便想故技重施，走到门口，作自然神态，对看门人说："路小川路二当家让两位过去一趟。"

两个人听见许安口称路小川，信以为真，连忙离开，看来他们都很忌惮这个二当家。他们走后，许安回到初来的房间，看见叶婧四人正在打麻将。

许安说："你们干什么呢？"

安琦说："难道你看不出来吗？我们在打麻将啊！"

许安说："都这会儿了，你们还有心思打麻将。大难临头啊！事不宜迟，我们现在就走。"

安琦说："我们还以为你要留下来呢！"

许安说："开什么玩笑。快点走，晚了就来不及了。我是冒着你们的生命危险偷偷跑出来的。"

韩德忠说："等等，什么叫冒着我们的生命危险？"

许安说："路上再解释。"

许安见他们行动迟缓，心里非常着急，一时半会儿又说不清楚，或者说，说出来他们肯定不信，又要矫情，眼下最重要的是离开这里。他们从房间出来，按照原路返回，一路上躲躲藏藏，眼看就要来到大门口，却被不知从哪儿冒出来的路小川带人团团围住。

许安说："咦，你还没去洗胃啊？"

路小川说："洗你个头，刚才寨里的大夫都告诉我了，你说的是谣言。"

许安说："不能啊，朋友圈里都传遍了。"

路小川说："你再搜搜。"

许安便拿出手机搜索吃樱桃核中毒的消息，结果搜出来一个流言榜，上面写着本月流言榜："胡萝卜吃多了容易不孕——派胡言""青汁是包治百病的神仙水——毫无根据""圣女果、紫薯、彩椒都是转基因食品——智商堪忧"。最后一个，"吃樱桃核中毒——无稽之谈"。

看到这里，许安脸都绿了，发誓以后再也不看朋友圈。朋友都未必能信，何况朋友圈。最可怕的是，人们并没有分辨谣言的能力，却有传播谣言的热情。

许安说："什么是流言止于智者，这就是流言止于智者啊！"

又笑笑说："误会，都是误会。"

路小川说："你说得对，是误会。把他们都给老子绑起来。"

后面那些人得令，冲着许安等人冲过来。

叶婧说："你们干什么？我是警察。"

路小川说："警察？哈哈哈哈。"

许安看得出来，他笑得并不由衷，而且笑完短暂地停顿一下，似乎卡壳，等了一会儿才说："老子好害怕呀！都绑起来！"

除了叶婧，其他人乖乖就范，叶婧终究敌不过人多，打倒一个大汉之后，被两个人合力制服。没一会儿，五个人都被绑在一棵树上。这树种跟许安刚来银川在路边小便时看到的那棵树一样，上面也有一串让人垂涎欲滴的果实。但是他现在看清楚了，那不像是葡萄，而是青红相间的枣儿。这些枣儿比他吃过的任何枣儿都大。莫非，这就是传说中的新疆大枣？不对啊，地域上还有一些距离。

许安绑在中间，左手边是安琦，右手边是小梦。

路小川说："每人先给老子抽十鞭子。"

不知道为什么，这句话让许安想起以前下班跟同事撸串，会跟老板说"每人先上十个串儿"。那些同事应该感到庆幸，没有跟他一起出去旅游。他其实心里一直都在自责，并不是自己运气好，每次都从灾难中全身而退，而是自己就是个灾星，谁跟自己走得近，谁就会遭遇不幸。他想起《猎命师传奇》里的一句话："你的人生就像一场凄惨的瘟疫，所有沾上你人生的人，越是亲密、越是靠近你人生的亲朋好友，就越会被你的人生吞噬，然后茁壮你的凶命。"或许，许安和这个人一样，都是被凶命附身。想到这里，他有些大义凛然，说："不要打他们，事情因我而起，要打就打我一个人。"

路小川说："哟，看不出来，你还挺义气。我就欣赏讲义气的人。"

许安心里一阵狂喜，没想到误打误撞，也许路小川觉得跟自己投脾气，就免除这顿毒打，会说一句"好，我就放过你"。谁知他说："好，我就成全你。"

这次没人来救许安，鞭子响亮地落在他身上，看起来气势如虹，打在身上却没有皮开肉绽，只是有一些淤青。万幸，只抽了十鞭子。

一旁安琦说："都怪你，害得我们被绑在这里。你要不来找我们，我们还是座上客呢！"

许安说："打的是我，又没打你。我还没说什么呢，你发什么牢骚？"

安琦说："虽然没打我，但是被绑着也很不舒服。想我堂堂总经理，哪里受过这个苦？"

韩德忠说："还有陪绑的在这里哩。我到底犯了什么错？想着跟你在一起能沾光，却总是遭黑。我就只有一百多天了，都不能安稳过。一想到我不久就要离世这件事，我的心就像是被一万匹脱缰的马踩。"

反倒是小梦，一副看得开和无所谓的语调，说："放松啦，没事啦！"

路小川正准备抽许安第二轮鞭子，蔡嘉仪及时赶到，救许安于危难。不管怎么说，这个时候，许安分外需要她。

蔡嘉仪跳起来抽了路小川一个耳光，看上去她似乎并没有太用力，但声音却非常响亮。

蔡嘉仪说："你敢动我的男人！"

路小川说："你的男人？老子不知道啊，这些人在寨子里鬼鬼祟祟的，老子就抓起来拷问。误会，都是误会。你们怎么也不说啊，真是的。"

　　蔡嘉仪又抽了路小川一个耳光："我知道你心里不忿，但是我早就告诉过你，小姑奶奶我认定的事，航母都拉不回来。"蔡嘉仪亲自解开许安的绳子，关怀道："打疼你没有？"

　　那些鞭子都落在许安身上，衣服却没有破损，脸上也没有痕迹，虽然有点疼，但远没有想象中厉害，于是他说："不疼。"这看起来是为路小川求饶，实际上却是狠狠地告了一状。

　　蔡嘉仪说："都是我不好，让你受委屈了。"蔡嘉仪说着竟然落泪，边哭边说："你放心，我会好好保护你，再也不会让任何人动你。"

　　安琦在旁说："太感动了，许安，你就从了吧！"

　　韩德忠也说："就是，许安，在我有生之年还能见到这样的画面，可以说死而无憾了。"

　　小梦说："喂，试试看嘛！"

　　只有叶婧低头不语。许安看看她，她也看看许安，两个人都欲言又止。

　　蔡嘉仪说："大家都听着，明天我和许安成亲，你们都来喝我们的喜酒啊！"

　　众人一阵欢呼起哄，路小川冲许安翻了一个白眼，咬牙切齿地走开，叶婧也默默从人群中退出。

　　许安说："叶婧。"

　　叶婧听见，没有停下。

　　许安被蔡嘉仪带回闺房，蔡嘉仪把许安带到屏风后面，她自己脱了鞋跳到床上，盘腿坐下，然后伸手拍了拍床沿，示意许安坐过来。

许安说："我求求你，放我们走吧！我们还有要事在身。"

蔡嘉仪说："什么事能比终身大事更重要？"

许安说："我都说了，我有女朋友，不可能跟你结婚。"

蔡嘉仪说："是那个女的吗？我现在就去杀了她。"

许安连忙说："不，不是她。"

蔡嘉仪说："骗谁啊，我一说杀她，你就这么激动。"

许安说："真的不是她。我的女朋友在三个多月前消失了。"

蔡嘉仪说："消失？"

许安说："准确地说是失踪。"

蔡嘉仪说："那就行了。你就不必有心理障碍，反正是她先离开你。"

许安说："不，我一定要找到她。你不明白，我只爱她一个人。"

蔡嘉仪说："如果一个女人说这样的话，我信；男人说，鬼才信。对于女人来说，一辈子一个男人就够了；对于男人来说，一辈子一次爱情就够了。"

许安说："总之，我一定要离开这里。"

蔡嘉仪说："我那么喜欢你，你喜欢我一下能死啊？"

许安说："你这不是喜欢，你这是强奸啊！"

蔡嘉仪愣了一下，就像刚才路小川在"哈哈哈哈"之后的停顿一样，等了一会儿才说："随便你怎么说，反正我吃定你了。"

双旗镇刀客

蔡嘉仪的爸爸，凤凰寨的寨主，人称老蔡。当然，底下的兄弟不敢如此称呼，他们要叫寨主，或者大当家的。能够叫他老蔡的人，除了银川当地位高权重的人，在凤凰寨里就只有蔡嘉仪一人。这些都是理事婆婆告诉许安的。

她带许安到一个房间，给他换了一身当地服装。她还说，蔡嘉仪的娘死得早，老蔡对蔡嘉仪的疼爱，是对她和她娘两个人的疼爱。谁跟蔡嘉仪作对，就是跟凤凰寨为敌。她还说："你看见这地毯了吗？这跟枸杞、甘草、滩羊二毛皮马甲、贺兰石、发菜和贡米一起被称为宁夏七宝。你住这个房间，铺的地毯是极品，整个凤凰寨只有老蔡（私下里，婆婆也称呼寨主为老蔡，这就跟一家公司总经理姓张，员工们当面称张总，私下叫老张一个道理）屋里有同款。"

许安说："我知道小蔡对我好，可是我真的不能跟她好啊！"

婆婆没有反驳，而是指着窗外的树丛说："你知道那是什么树吗？”

许安说：“我一直想问你呢。我来银川，见到很多这种树。”

婆婆说：“这是沙枣，耐寒易生，给一块地就能扎根活着。以前，这是银川的市树。可是后来，银川的市树改为国槐，大概是有人觉得沙枣上不了台面，不如国槐大气。可在我们银川人心里，最亲的还是沙枣。”

许安一头雾水，说：“这个，跟我有什么关系吗？”

婆婆说：“女人就像树一样，银川的女人就像是沙枣，不管你这块土地多么贫瘠，只要她在你这里扎根了，就能活出一个样子。”

许安仍是不明白，说：“麻烦您再明示一点。”

婆婆说：“其实，男人也像树一样。好啦，走，随我去见寨主。”

见到老蔡之前，许安想象他是一个五大三粗、留着满嘴胡子的壮汉，没想到老蔡却是书生模样，穿着打扮也像一个搞文学的。老蔡坐在一把红漆太师椅上，张嘴第一句话就是：“你是天底下最幸运的男人。”

许安哭笑不得。

老蔡又说：“我是天底下最不幸的男人，因为我要把这世间最美丽的姑娘拱手送人。”

许安顿了一口气，看来不仅是打扮像搞文学的，言谈举止也相差无几。

许安说：“请您明鉴，我已经有心上人了。”

蔡嘉仪伸手欲打：“你再给我说！”

许安说：“不管你承认不承认，这都是不争的事实……”

蔡嘉仪说："还说！"

许安嘟嘟嘴，不再往外倒话。

老蔡说："小伙子，脾气挺倔啊，跟谁学的？"

许安说："什么都能妥协，这件事没得商量。"

老蔡说："不瞒你说，这是她们凤凰寨的规矩。"

这句话让许安打起精神，他没有说"这是我们凤凰寨的规矩"，而是"她们"，当然因为没有字幕，许安并不知道是"她们"，而且想当然地误认为是"他们"，毕竟凤凰寨是个匪窝。许安等待老蔡接着说，他却提问道："你知道这里为什么叫凤凰寨吗？"

虽然许安的历史知识一塌糊涂，但也懂得一些地理常识。那些地理常识告诉他银川被称为"凤凰城"，他还记得银川市徽，就是一只展翅高飞的凤凰。所以，他说："难道是因为银川叫凤凰城？"

老蔡说："咦，银川叫凤凰城啊？我还是第一次听说。"

许安傻眼了，说："那是因为什么？"

老蔡说："因为这个寨子是一个女人成立的，从成立之日起，每一届寨主遴选伴侣的标准都是选定一个月份，从那个月第一天开始，第一万个进入银川的男人就是命中注定。说来也巧，她们每次都能选中像我们这样英俊的青壮年。寨主死了之后，位置暂由男性伴侣代替，等女儿完婚之后，就要转交给她。"

许安很想问如果没有女儿，生的是个儿子怎么办。但是终于忍住了，他想，这个问题一定一直存在，既然持续到现在规矩还在发挥作用，就说明他们一定找到了很好的解决办法。

这也让他想起关于吞食樱桃核的谣言。樱桃很早就被人们当成水果进行食用，即使从概率学的角度来看，如果樱桃核真的致命，早就被人们发现了。因为不管怎么普及，总会有人误食樱桃核。这么多年都没事，突然就传出樱桃核不能食用。就算不懂氰苷什么的，稍微用逻辑推理一下，也能大概分辨。热搜也一样，没几天就馊了，还不是禁不住推敲。

"所以，"老蔡泪眼汪汪地看着许安说，"我其实最了解你的苦衷，在被掳这件事上，我是你的前辈。"

许安说："被掳？"

老蔡点点头，说："嗯，被掳。"

又说："而且我比你还惨，我当时已经是两个孩子的爸爸。"

许安说："你刚才不是说第一万个都是青壮年吗？"

老蔡说："我要孩子早，毕竟现在只有半世啊……你不要岔开话题。我想表达的是，一开始，你可能会有一些不适应。但是相信我，你会爱上这里，爱上凤凰寨，爱上——凤凰城。"

这时，一直没有发言的蔡嘉仪说："爱上我。"

许安说："如果我不同意呢？从本质上说，你们这种行为属于限制他人人身自由，这是违法的。"

老蔡突然一扫刚才的多愁善感，用低沉却饱含穿透力的声音说："离开凤凰寨，你再跟我讲法。在这里，我最大。明天中午典礼。"

蔡嘉仪搂着老蔡的脖子，在他脸上啄了一下，说："谢谢爹。"

老蔡说："谢天谢地吧，不用谢爹。"

这一次许安面临的不是事关生死的灾难，而是不可逃脱的艳遇，但对他来说，似乎后一种情况还要糟糕。他在心里觉得对不起李翘。虽然在外人看来，他是身不由己，但别人都好说，最难过是自己心里这关；我们不对别人负责，要对自己负责。

许安被关在房间里，有一种与世隔绝之感，准确地说，隔绝他的不是空间，而是时间。房间里面是一个时代，房间外面则是另一个时代。当晚，他一夜未眠。在银川，黎明短暂，天亮得很凶猛，就像是开灯一样，咔嚓一声，黑夜就被席卷。望着窗外的晨曦，许安才疲惫地打了个盹。他感觉睡了很久，久到这一天已经过去，醒来才发现太阳刚刚升起。太阳照常升起，无关人间黑白。

他看见窗外人影浮动，也能听见人们叽叽喳喳，烘托一种兴高采烈的节日气氛。结婚这种一辈子一次的事情，理所应当比过年要热闹喜庆。许安万万没想到，自己会在这里完婚。他曾设想过无数次跟李翘结婚的场面，他们甚至还在家里进行过演练。没有婚纱，李翘就披一件浴袍，没有戒指，许安就用易拉罐的拉环。许安说："你愿意嫁给我吗？"李翘说："我倒想说不愿意呢，可是那是你啊，让我怎么拒绝？"李翘轻易不说情话，但那天她分外配合，不惜披上浴袍自毁形象，甚至还那么肉麻地浪漫。想到这些，他就黯然神伤。想念一个人，身体往往比精神更执着，更强烈。如果可以，他真的想死。一方面，不必再受相思之苦；另一方面，也让跟自己同行的朋友获得自由。他想起了《猎命师传奇》另外一句话："**你要知道，是凶命找上你，而不是你找上凶命。要是你死了，凶命还会找上别人，直到凶命的使命达成为止！要是你能够跟凶命谐和一致，就可以避免其他人受害！**"

婚礼选在上午十一点十八分开始，据说这个时辰吉利。

整个凤凰寨都笼罩在一种幸福的氛围之中，人们脸上荡开笑容，雪白的牙齿争先恐后地从嘴里龇出来。只有许安这个新郎官愁眉不展——不像是举行婚礼，倒像是参加葬礼。

蔡嘉仪换上红色的新娘装，她没有穿白纱，而是传统的凤冠霞帔，头戴一个大红盖头。她自己掀起盖头，对许安说："笑一笑？"

许安说："没哭就不错了。"

蔡嘉仪以迅雷不及掩耳之势在许安腮帮子上亲了一口，在上面盖上一个红戳。

蔡嘉仪说："放心，我会对你好的。"

婆婆连忙制止，说："坐轿不能哭，哭轿吐轿没有好报；盖头不能掀，盖头一掀必生事端。"蔡嘉仪却不吃这一套，她是一阵不受约束的风，可以吹到任何地方，只是无法吹到许安心上。

许安如在梦中，感觉一切都很不真实，他打量着蔡嘉仪，发现她在今天这样重要的场合，仍然戴着蓝牙耳机。不仅是她，婆婆、老蔡也一样，哦，还有那个一脸青灰的路小川，他看许安的眼光就像是《甲方乙方》里那个自愿流放品尝贫穷滋味的老板在几个月后看到鸡的眼光，恨不能把许安吃了。许安不知道他为什么如此仇恨自己，又不是他想这么做，他才是受害者，不应该得到同情吗？即使得不到祝福，也不应该是诅咒吧。

叶婧、安琦、韩德忠和小梦坐在一桌，在他们之间还坐着四个壮汉，对他们形成两两挟持之势。三个大人脸色都不好看，只有小梦一副自在表情，看见许安还冲他微笑。三个脸色不好看的大人之中，又属叶婧的脸色最差。安琦和韩德忠多少都有点看热闹的嫌疑，脸色的不好多是考虑到处境的危险，而叶婧，她在想什么，没人知道。

典礼由婆婆主持，还没正式开始，路小川就跳到屋子中间，说："我觉得还是不要强人所难，许安不乐意就算了。"

老蔡说："老二，你胡咧咧什么呢？快下去。"

路小川说："老子没胡说，整个凤凰寨都知道老子喜欢小姑奶奶，非她不娶。"

蔡嘉仪掀开盖头，说："给我滚。"

路小川说："你做什么我都依你，但是这件事，老子绝对不会让步。"

许安终于明白路小川对自己的恶意，同时，也把路小川奉为将自己脱离苦海的救星。

老蔡说："老二，你再闹我就不客气了。"

路小川说："我没闹，老子就是喜欢小姑奶奶，新郎应该是我。"

路小川说着就去拨拉许安，被蔡嘉仪兜头打了一个耳光。这时，蔡嘉仪和路小川都愣了一下神，过了一会儿，蔡嘉仪才说："滚。"

路小川看着蔡嘉仪说："好，我走。"

许安眼睁睁看着路小川离开，却无法挽留。

婚礼继续。被路小川这么一闹冲撞了氛围，大家都不如刚才那么有兴致，蔡嘉仪也受到干扰，草草了事，连酒席都没吃，直接带许安来到婚房。

蔡嘉仪说："我知道你现在对我没意思，但我们结婚的事情已是铁板钉钉，咱俩是合法夫妻了。既然这样，让我们立刻开始这段感情吧！"她说着，褪去外套，露出里面像樱桃一样鲜红的肚兜。蔡嘉仪低头咬着嘴唇，媚眼婆娑，风情万种："你就从了我吧！"

5 /

红
高
粱

　　每个人都会坚持自己的信念，也许在别人看来是浪费时间，他却觉得至关重要。对于蔡嘉仪，她坚持的信念就是"许安一定会爱上自己，只是时间长短的问题"。而她有半世的时间，足够他们爱。但是许安挺住了，顶住了蔡嘉仪的诱惑。顶住身体上的诱惑其实容易，守住精神上的防线很难。对于许安来说，即使他跟蔡嘉仪交好，也不会被人唾弃和鄙视，如果有，也只能说明那个人心里嫉妒。因为他是被迫，有舆论支持。在这种情况下，顶住诱惑就显得更加可贵。试想一下，如果给你一次没有任何危险的外遇机会，你会怎么做？你能否恪守住自己的道德底线呢？讨论这个问题其实意义不大，因为大多数人都是冒着危险在勇敢地出轨。许安没有，他在顽强抵抗。

　　接下来的事情可以用以下几句话来精练地概括：

　　新婚丈夫不满妻子囚禁，伙同同伴趁着夜色逃离，未果。

　　新婚丈夫欲脱离妻子控制，伙同同伴委身钻狗洞，未果。

178

新婚丈夫假扮杂役仆人，伙同同伴佯装外出采购，未果。

蔡嘉仪给许安和其他四人一些自由，不仅不给他们戴上手铐脚镣和枷锁，甚至连房间的门也没有锁，允许他们在凤凰寨内任意游荡。不过这并不是绝对的自由，而是相对的自由，凤凰寨对他们而言是一个巨大的囚笼。想想，这个世界上哪儿有绝对的自由？地球难道不是一个囚笼吗？不用说别的，仅仅是太阳系我们就无法离开，而银河系就有包括一千到四千亿颗恒星。哪怕是自称来自宇宙深处的乌曼，宇宙难道不是一个囚笼吗？谁能确定宇宙之外没有另一个宇宙呢？就像桃花源里的人不知有汉。

那天，他们再次尝试逃离凤凰寨：其实也不是他们主动逃离，他们已经在屡试屡败之后没有了出逃的决心和热情，是理事婆婆偷偷把他们带出来的。一直以来，他们费尽辛苦都不能成行的事，就这样被婆婆轻而易举安排妥当。凤凰寨为了许安和蔡嘉仪的婚礼请来一个戏班。这个戏班是个河南剧团。戏班一共唱了足足三天大戏，临走，婆婆出主意把许安等人打扮成剧团的演员，混出凤凰寨。

"谢谢婆婆，你的大恩大德，我今生今世都不会忘记，但估计来生来世才能报答了。"许安抱拳说。在影城住这几天，他不自觉沾染了一些江湖习俗。

"不用谢我，别怪我就好，我也是有苦衷的，我一家老小的性命都在他手里攥着。"婆婆说完，赶紧离开，剩下许安一行人面面相觑。

从婆婆跑开的方向，迅速聚拢来几个大汉，为首的正是路小川。从凤凰寨出来，他们算是逃离狼窝，碰见路小川，又入了虎口。

路小川说："我就知道你会离开凤凰寨。老子得不到小姑奶奶，别人也休想得到。老子不会傻到杀死小姑奶奶，但我会把靠近她身边的每一个男人都杀死。"

许安说："我尊重你的意见。正如你所说，靠近她身边的每一个男人！可我却是千辛万苦从她身边逃走。你还要杀我，是不是有点逻辑不通呢？"

路小川说："哪儿那么多废话。你，你们今天都得死。"

这时，安琦说："跟我们有什么关系？"

路小川说："谁让你们是一起的。"

这种蛮不讲理的杀戮让许安回忆起初中、高中和大学三次翻车之旅，果然是接近自己的人都不得好死。如果说以前只是有一个模糊的概念，还可以用各种理由逃避和搪塞，现在却不得不正面面对，一切都没有错，错在他自己。

许安说："放了我的朋友，跟他们无关，要杀就杀我一个人吧！"

韩德忠说："是啊，杀他一个就好了。我只剩下一百多天的寿命，杀不杀没区别。一想到我不久就要离开人世这件事，我的心就像是拳王阿里练习时击打的速度球。"

不得不说，这个比喻相较于之前有了明显的进步，让人耳目一新。

许安看了叶婧一眼，发现她的目光有些游离，许安知道，她一定是想起未竟的事业。在这个世界上，有两件事情让我们牵肠挂肚，第一是得不到的爱情，第二是完不成的理想。对于许安和叶婧来说，他们都要带着遗憾退场。

五个人当中，只有小梦镇定如常，说："他不会开枪的。"许安等四人一起望向小梦，她说，"这一切都——"

砰！

枪响了。

小梦的话还没说完，就被枪声吃掉。

奇怪的是，枪响之后小梦立刻晕死过去，但在她身上却看不到泅出来的鲜血。当然，在那种情况下，他们无暇他顾。尤其是枪响之后，人们的注意力更是被吸引过去。韩德忠吓得打起哆嗦，许安从他身上闻到一股骚味。很快，砰、砰、砰三枪，韩德忠、安琦和叶婧也跟小梦一样一动不动。许安大声地喊着"不要"，但于事无补。现在，他无比相信自己的凶命，几乎是用乞求的语气，劳驾路小川开枪把他打死。之前几次车祸发生时他都昏死过去，醒来才发现只有自己幸存，没有现场的冲击和震撼，不像现在：现在他眼睁睁面对自己的朋友一个一个被杀死，那种痛苦来自全身上下各个器官，所有的腺体都不受控制，分泌着各种各样的液体，心脏就像是洗衣石一样被棒槌敲打着。李翘消失，痛苦是静止的，当下的痛苦却是沸腾的。

跟所有电影一样，许安再次活了下来。因为路小川这个话痨在枪决许安之前又发表了一番演讲，给了发现情况及时赶来的蔡嘉仪充分的营救时间。枪响了，倒下的人是路小川。倒下的路小川正好把站在他身后的蔡嘉仪呈现在许安面前。再一次，许安成功地害死了跟自己同行的朋友而毫发无损地活了下来。

蔡嘉仪跑过来扑在他的身上，把脑袋埋进他的胸膛。许安却用力拨开她，捡起路小川的手枪，冲着自己的太阳穴来了一发。他毫不畏光地盯着那轮刺眼的正午的太阳，准备让自己的脑浆艺术地泼洒在这片薄情的沙漠上。他开枪了，感到一种冲击，撕裂他的神经，中断他的思维，宣告他的死亡。所有的一切，已知的、未知的、探索的、追逐的……都幻化成灰。奇怪的是，许安还有一丝意识，难道这就是传说中的灵魂出窍？他看见朝他奔跑的蔡嘉仪，看见叶婧的尸体，看见阳光下自己丑陋的影子，听见一个字。

"卡！"

卡？这是什么情况。

一个没有做任何梦的人，睡着之前和醒来之后会察觉到时间的流逝吗？他只记得自己朝太阳穴上开了一枪。他以为自己无可挽回地死掉，但是醒来的时候打一个哈欠，也能够清晰感受到重力和床板对身体的平衡和反馈。他看到纯白色的天花板，听见——呼噜声。许安转头一看，发现睡在他旁边的韩德忠。他伸手摸摸自己的脑袋，完好无损，然后下床推醒韩德忠。他跟许安一样惊讶，以为自己已经死翘翘。看来，那些经历属实，并非虚构。又不是电脑，可以联机，两个人不可能经历同一个梦。

敲门声响起来，许安走过去，打开门，看到叶婧。一时间，他忍不住给了叶婧一个拥抱。这是死里逃生的人惯有的动作，毫不突兀。叶婧也没有闪躲，迎着这个拥抱。这是他们第一次拥抱。

许安说："发生了什么？"

叶婧说："到楼下大厅吧，他们都在那里等你。"

许安和叶婧、韩德忠一起下楼，电梯门刚打开，他就看见蔡嘉仪、老蔡、婆婆和路小川，不同的是，他们都换上了现代人的打扮。蔡嘉仪穿了一条破洞牛仔裤，套一件印有外星人图像的白色T恤，看起来恍如隔世。

路小川向前走了一步，说："谢谢你们，帮我们完成了挑战。"

许安茫然地看着他们，等待答案揭晓。

路小川说："是这样的，我们组成一个团，依托镇西堡西部影视城向乌德发起挑战，挑战的内容是在一个月完成十部电影的拍摄。历史上，有一些经典的快速拍摄电影，杜琪峰拍《枪火》用了十九天；《达拉斯买家俱乐部》用了二十八天，便获得奥斯卡提名；王家卫拍《东邪西毒》的间隙，刘镇伟用原班人马拍了《东成西就》；诺兰的成名作，奥斯卡最佳编剧、电影剧本提名、获三十九项国际大奖和二十六项提名的《记忆碎片》，拍摄仅用时二十五天；《电锯惊魂》第一部，只花十八天拍完。但是我们要挑战的三十天拍摄十部电影，平均三天一部，不算后期制作。我们还要保证影片质量，虽然不能跟以上提到那些经典相提并论，但至少要说得过去。乌德组织了专人进行审阅。那些人并不知道这是一个月制作出来的电影。他们会进行打分。一旦合格，我们就算挑战成功。最后一部片子，我利用你们进行拍摄。而我是这部电影的导演。为了表现得更加真实，我们没有通知你们，让你们全情投入。"

许安说："那你们的愿望什么？"

路小川说："愿望是拍摄一部乌曼的纪录片。"

许安突然觉得身心俱疲，完全没有兴趣和力气跟他们纠结这些天亦真亦幻的遭遇，实在太荒诞了。那句话怎么说来着，过去的就让它成为过去。许安只是有气无力地说："祝你们成功。"

许安跟他们一行人告别，一一握手或拥抱，到蔡嘉仪这里，她说："其实剧组里都说好了，如果你当时没有忍住跟我上床，我们也要假戏真做。"

许安说："我不是什么正人君子，但我有底线。"

蔡嘉仪说："你不想知道我真名叫什么吗？"

许安说："不用了，这样挺好。"

蔡嘉仪上前搂住许安的脖子，在他脸颊上亲了一下。

许安说："对了，你们一直戴着蓝牙耳机是在接收实时传来的台词指示吗？"

蔡嘉仪说："对。"

许安说："可是我见你们不时地停顿一下，这是为什么？我很好奇。"

蔡嘉仪说："银川这边就是这样，每天都会有信号干扰，据说是从天上传来的。一些人还以为是友好的外星人前来解救他们。"

离开凤凰寨，他们开车前往"龙门客栈"。路上，小梦说："我早就看出来他们在演戏。"

安琦说："那你怎么不早告诉我们？"

小梦说："玩啊！我想陪他们一起玩啊！"

许安说："你从哪里看出来的？"

小梦说："直觉喽！"

"龙门客栈"并不是一座客栈，而是一间酒吧。叶婧看了看手机，说："信号显示一直在那里，没有移动过。"

到达客栈，还是白天，尚未营业。但是酒吧的门开着。他们敲了敲没人应答，就径自走进去。根据精准的定位，他们在一间男女混用的厕所里面找到这枚追踪器，它被人放在抽水马桶的蓄水池里面。

他们走到大厅，毫无生气地坐在吧台旁边的转椅上。看起来，他们似乎被耍了。

这时，有人逆光走进来，说："还没到营业时间。"

许安目瞪口呆地看着那人，木木地说："爸爸！？"

6

东邪西毒

亲爱的Mary Jucunda修女：

　　每天，我都会收到很多类似的来信，但这封对我的触动最深，因为它来自一颗慈悲的饱含探求精神的心灵。我会尽自己所能来回答你这个问题。

　　首先，请允许我向你以及你勇敢的姐妹们表达深深的敬意。你们献身于人类最崇高的事业：帮助身处困境的同胞。

　　在来信中，你问我在目前地球上还有儿童由于饥饿面临死亡威胁的情况下，为什么还要花费数十亿美元来进行飞向火星的航行。我清楚你肯定不希望获得这样的答案："哦，我之前不知道还有小孩子快饿死了，好吧，从现在开始，暂停所有的太空项目，直到孩子们都吃上饭再说。"事实上，在人类的技术水平可以畅想火星之旅之前，我已经对儿童的饥荒问题有所了解。而且，同我很多朋友的看法一样，我认

185

为此时此刻，我们就应该开始通往月球、火星乃至其他行星的伟大探险。从长远来看，相对于那些要么只有年复一年的辩论和争吵，要么连妥协之后也迟迟无法落实的各种援助计划来说，我甚至觉得探索太空的工程更有助于解决人类目前所面临的种种危机。

在详细说明我们的太空项目如何帮助解决地面上的危机之前，我想先简短讲一个真实的故事。那是在400年前，德国某小镇里有一位伯爵。他是个心地善良的人，他将自己收入的一大部分捐给了镇上的穷人。这十分令人钦佩，因为中世纪时穷人很多，而且那时经常爆发席卷全国的瘟疫。一天，伯爵碰到了一个奇怪的人，他家中有一个工作台和一个小实验室，他白天卖力工作，每天晚上的几小时则专心进行研究。他把小玻璃片研磨成镜片，然后把研磨好的镜片装到镜筒里，用此来观察细小的物件。伯爵被这个前所未见的可以把东西放大观察的小发明迷住了。他邀请这个怪人住到了他的城堡里，作为伯爵的门客，此后他可以专心投入所有的时间来研究这些光学器件。

然而，镇上的人得知伯爵在这么一个怪人和他那些无用的玩意儿上花费金钱之后，都很生气。"我们还在受瘟疫的苦，"他们抱怨道，"而他却为那个闲人和他没用的爱好乱花钱！"伯爵听到后不为所动。"我会尽可能地接济大家，"他表示，"但我会继续资助这个人和他的工作，我确信终有一天会有回报。"

果不其然，他的工作(以及同时期其他人的努力)赢来了丰厚的回报：显微镜。显微镜的发明给医学带来了前所未有的发展，由此展开的研究及其成果，消除了世界上大部分地区肆虐的瘟疫和其他一些传染性疾病。

伯爵为支持这项研究发明花费了大量金钱，而这些金钱所获取的成果大大减轻了人类所遭受的苦难，这回报远远超过单纯将这些钱用来救济那些遭受瘟疫的人。

我们目前面临类似的问题。美国总统的年度预算共有2 000亿美元，这些钱将用于医疗、教育、福利、城市建设、高速公路、交通运输、海外援助、国防、环保、科技、农业以及其他多项国内外的工程。今年，预算中的1.6%将用于探索宇宙，这些花销将用于阿波罗计划、其他一些涵盖天体物理学、深空天文学、空间生物学、行星探测工程、地球资源工程的小项目以及空间工程技术。为担负这些太空项目的支出，平均每个年收入10 000美元的美国纳税人需要支付约30美元给太空，剩下的9 970美元则可用于一般生活开支、休闲娱乐、储蓄、别的税项等花销。

也许你会问："为什么不从纳税人为太空支付的30美元里抽出5美元或3美元或是1美元来救济饥饿的儿童呢？"为了回答这个问题，我需要先简单解释一下我们国家的经济是如何运行的，其他国家也是类似的情形。政府由几个部门(如内政部、司法部、卫生部与公众福利部、教育部、运输部、国防部等)和几个机构(国家科学基金会、国家航空航天局等)组成，这些部门和机构根据自己的职能制定相应的年度预算，并严格执行以应对国务委员会的监督，同时还要应付来自预算部门和总统对于其经济效益的压力。当资金最终由国会拨出后，将严格用于经预算批准的计划中的项目。显然，NASA的预算中所包含的项目都是和航空航天有关的。未经国会批准的预算项目，是不会得到资金支持的，自然也不会被课税，除非有其他部门的预算涵盖了该项目，借此花掉没有分配给太空项目的资金。

由这段简短的说明可以看出，要想援助饥饿的儿童，或在美国已有的对外援助项目上增加援助金额，需要首先由相关部门提出预算，然后由国会批准才行。

要问是否同意政府实施类似的政策，我个人的意见是绝对赞成。我完全不介意每年多付出一点点税款来帮助饥饿的儿童，无论他们身在何处。我相信我的朋友们也会持相同的态度。

然而，事情并不是仅靠把去往火星航行的计划取消就能轻易实现的。相对地，我甚至认为可以通过太空项目，来为缓解乃至最终解决地球上的贫穷和饥饿问题做出贡献。解决饥饿问题的关键有两部分：食物的生产和食物的发放。食物的生产所涉及的农业、畜牧业、渔业及其他大规模生产活动在世界上的一些地区高效高产，而在有的地区则产量严重不足。通过高科技手段，如灌溉管理、肥料的使用、天气预报、产量评估、程序化种植、农田优选、作物的习性与耕作时间选择、农作物调查及收割计划，可以显著提高土地的生产效率。

人造地球卫星无疑是改进这两个关键问题最有力的工具。在远离地面的运行轨道上，卫星能够在很短的时间里扫描大片的陆地，可以同时观察计算农作物生长所需要的多项指标——土壤、旱情、雨雪天气等，并且可以将这些信息广播至地面接收站以便做进一步处理。事实证明，配备有土地资源传感器及相应的农业程序的人造卫星系统，即便是最简单的型号，也能给农作物的年产量带来数以十亿美元计的提升。

如何将食品发放给需要的人则是另外一个全新的问题。关键不在于轮船的容量，而在于国际间的合作。小国统治者对于来自大国的大量食品输入会感到很困扰，他们害怕伴随着食物一同而来的还有外国势力。恐怕在国与国之间消除隔阂之前，饥饿问题无法得以高效解决了。我不认为太空计划能一夜之间创造奇迹，然而，探索宇宙有助于促使问题向着良好的方向发展。

以最近发生的阿波罗13号事故为例。当宇航员处于关键的大气层再入期时，为了保证通信畅通，苏联关闭了境内与阿波罗飞船所用频带相同的所有广播通信。同时派出舰艇到太平洋和大西洋海域以备第一时间进行搜救工作。如果宇航员的救生舱降落到苏方舰船附近，苏方人员会像对待从太空返回的本国宇航员一样对他们进行救助。同样，如果苏方的宇宙飞船遇到了类似的紧急情况，美国也一定会毫不犹豫地提供援助。

通过卫星进行监测与分析来提高食品产量，以及通过改善国际关系提高食品发放的效率，只是通过太空项目提高人类生活质量的两个方面。下面我想介绍另外两个重要作用：促进科学技术的发展和提高一代人的科学素养。

登月工程需要历史上前所未有的高精度和高可靠性。面对如此严苛的要求，我们要寻找新材料，新方法；开发出更好的工程系统；用更可靠的制作流程；让仪器的工作寿命更长久；甚至需要探索全新的自然规律。

这些为登月发明的新技术同样可以用于地面上的工程项目。每年，都有大概一千项从太空项目中发展出来的新技术被用于日常生活中，这些技术打造出更好的厨房用具和农场设备、更好的缝纫机和收音机、更好的轮船和飞机、更精确的天气预报和风暴预警、更好的通信设施、更好的医疗设备，乃至更好的日常小工具。你可能会问，为什么先设计出宇航员登月舱的维生系统，而不是先为心脏病患者造出远程体征监测设备呢？答案很简单：解决工程问题时，重要的技术突破往往并不是按部就班直接得到的，而是来自能够激发出强大创新精神、能够燃起的想象力和坚定的行动力，以及能够整合好所有资源的充满挑战的目标。

太空旅行无可置疑地是一项充满挑战的事业。通往火星的航行并不能直接提供食物解决饥荒问题。然而，它所带来大量的新技术和新方法可以用在火星项目之外，这将产生数倍于原始花费的收益。

若希望人类生活得越来越好，除了需要新的技术，我们还需要基础科学不断有新的进展。包括物理学和化学，生物学和生理学，特别是医学，用来保护人类的健康，应对饥饿、疾病、食物和水的污染以及环境污染等问题。

我们需要更多的年轻人投入到科学事业中来，我们需要给予那些投身科研事业的有天分的科学家更多的帮助。随时要有富于挑战的研究项目，同时要保证对项目给予充分的资源支持。在此我要重申，太空项目是科技进步的催化剂，它为学术研究工作提供了绝佳的实践机会，包括对月球和其他行星、物理学和天文学、生物学和医学科学等学科的研究。有它，科学界源源不断出现令人激动不已的研究课题，人类得以窥见宇宙无比瑰丽的景象；为了它，新技术、新方法不断涌现。

由美国政府控制并提供资金支持的所有活动中，太空项目无疑最引人注目也最容易引起争议，尽管其仅占全部预算的1.6%，不到全民生产总值的3‰。作为新技术的驱动者和催化剂，太空项目开展了多项基础科学的研究，它的地位注定不同于其他活动。从某种意义上来说，以太空项目对社会的影响，其地位相当于3 000～4 000年前的战争活动。

如果国家之间不再比拼轰炸机和远程导弹，取而代之比拼月球飞船的性能，那将避免多少战乱之苦！聪慧的胜利者将满怀希望，失败者也不用饱尝痛苦，不再埋下仇恨的种子，不再带来复仇的战争。

尽管我们开展的太空项目研究的东西离地球很遥远，已经将人类的视野延伸至月球、太阳、星球，直至那遥远的星辰，但天文学家对地球的关注，仍超过以上所有天外之物。太空项目带来的不仅有那些新技术所提供的生活品质的提升，随着对宇宙研究的深入，我们对地球、对生命、对人类自身的感激之情将越深。我坚信，太空探索会让地球更美好。

随信一块寄出的这张照片，是1968年圣诞节那天阿波罗8

号在环月球轨道上拍摄的地球的景象。太空项目所能带来的各种结果中，这张照片也许是最可贵的一项。它开阔了人类的视野，让我们如此直观地感受到地球是广阔无垠的宇宙中如此美丽而又珍贵的孤岛，同时让我们认识到地球是我们唯一的家园，离开地球就是荒芜阴冷的外太空。无论在此之前人们对地球的了解是多么的有限，对于破坏生态平衡的严重后果的认识是多么的不充分。在这张照片公开发表之后，面对人类目前所面临的种种严峻形势，如环境污染、饥饿、贫穷、过度城市化、粮食问题、水资源问题、人口问题等，号召大家正视这些严重问题的呼声越来越多。人们突然表示出对自身问题的关注，不能说和目前正在进行的这些初期太空探索项目，以及它所带来的对于人类自身家园的全新视角无关。

太空探索不仅仅给人类提供了一面审视自己的镜子，它还能给我们带来全新的技术、全新的挑战和进取精神，以及面对严峻现实问题时依然乐观自信的心态。我相信，人类从宇宙中学到的，充分印证了Albert Schweitzer那句名言："我忧心忡忡地看待未来，但仍满怀美好的希望。"

向您和您的孩子们致以我最真挚的敬意！

您诚挚的，

恩斯特·史都林格

科学副总监

1970年5月6日

那么问题来了，这片宇宙的尽头是什么？

1／

安
宁

本来，叶婧追踪NO的线索已经断掉，放在洪兵车上的跟踪器也被发现，之所以来到兰州，并不是因为从银川到罗布泊，兰州是必经之地，而是他们在银川滞留那几天，路小川等人挑战成功，他们的团队被允许近距离接触乌曼拍摄一部纪录片，但时间只有三个小时，乌曼给出的坐标位于兰州。

很多人质疑，这个世界上有那么多重要的事情需要关注和改善，为什么要许一个这么文艺的愿望？解释这个问题，可以从历史上找到很多事件进行参考和比对。差不多一个世纪之前的1970年，一位叫作Mary Jucunda的赞比亚修女给NASA太空航行中心的科学副总监写了一封信。信中，Mary疑惑又严厉地问道：目前地球上还有那么多小孩子吃不上饭，他们怎么能舍得花费数十亿美元甚至更多去探索那些普通人根本无法触碰的宇宙？那位科学副总监很快给修女回信，标题就是《为什么要探索宇宙》（原文如上）。

了解外星人对大部分地球人来说无关紧要，生活不会因此有明显而具体的改观，但对于另外一些人来说，他们毕生在做这方面的探索和研究。外星人就是他们的宇宙。你能说他们是在浪费生命吗？好像并不能。话又说回来，什么是浪费生命呢？所谓浪费生命，大概不是说一事无成，而是无所事事。怎么样活才能信誓旦旦地说没有浪费生命呢？在活着这件事上，并没有普适的标准。

信仰没有对错，只在坚持。

所以，在他们了无头绪的时候，去兰州成了不二之选。用叶婧的话说："恐怖组织目的就是对抗乌曼，既然乌曼出现，那么他们一定会在那里集结。我有一种预感，这里也许会是一个完结。"

安琦说："什么完结？"

叶婧说："一切的完结。"

一路上，车里面难得沉默。安琦和韩德忠偶尔拌两句嘴解闷，许安毫不搭腔。毫无疑问，许安的思绪一定还深陷在"龙门客栈"酒吧的旋涡里面。对任何人来说，突然跑出来一个爸爸都不是一件小事。

整个银川之旅就像是闯进一部色彩夸张的荒诞电影，唯一保持清醒和能够置身事外的只有小梦。她有着成年人所匮乏的洞察，并且巧妙地避开了成年人的思维定式。让人意外的是，刚刚从电影的荒诞里走出来，却被现实当头棒喝。他们不知道的是，许安还在为另外一件事情发愁。那件事情是他人生里面的一根肉刺，他现在想要挑出来。

毫无预警地，许安耳边响起一句歌词，没有任何前奏，开门见山。许安回头发现是小梦往自己耳朵里塞了一只耳机。他便想当然地认为这首歌是从中段开始播放。

歌词意境翩然，引人入胜。

夜风微凉 树摇月晃

云儿在飞 我在想

水流 花儿香

一片夜色放心上

喜中带忧 暗中有光

怎么度 怎么量

田野 山岗

美丽之下的凄凉

无——常——①

　　歌曲循环了三遍，许安听出来第一次就是从头开始听，这首歌没有前奏。

　　许安回头问小梦："这首歌叫什么？"

　　小梦说："《无常》。"

　　人小鬼大的小梦，用一首歌安慰了许安。有时候，旋律比任何动听的语言都有力量。许安心里得到一个有效的缓冲。就好比我们告诉人家一个道理，比如时不我待——要抓紧时间不要懈怠，估计没人能听得下去，听得下去也不会践行。这就是为什么听了很多道理，依然过不好这一生。错不在道理，道理是无辜的，错在当事者，只听

———————————

　　① 王菲的歌曲《无常》，出自1996年8月1日发行的专辑《浮躁》。

196

不做。

到达兰州之后，他们唯一能做的就是等待。因为乌曼只说出兰州这个地点，并没有指定时间。他们安顿好之后，许安又印了一些寻人启事出去散发。他执意要一个人去，但叶婧说什么也不放心，坚持与他同行。剩下安琦和韩德忠、小梦去打听兰州人民有没有向乌德发起挑战。如果有，挑战内容是什么。打听的目的不是关心挑战，而是确保不被卷入其中。在西安和银川吃了亏，也应该长一智了。尤其是韩德忠，他说："我还有不到一百天的时间，经不起折腾。一想到我不久于人世这件事情，我的心就像是被锲而不舍的老太太磨铁杵的那块石头。"

许安说："谁让你非跟着我？留在太原颐养天年不好吗？"

这句话听起来是抱怨，但饱含深情。就好像小两口吵架，女方用眼泪控诉，男方不愿意低头认错，就置气说"谁让你爱上了我"。考虑到韩德忠的形象，虽然这么对比欠妥当，但是道理和逻辑却是通用的。

韩德忠说："我承认一开始我是想利用你得到完整的寿命，但事到如今，你再说这样的话有意思吗？我都快死的人了，我只想跟随自己的心。而我的心告诉我，我要和你们一起去罗布泊。"

很显然，他没有听出来许安的用意。许安并不是在责备或者嘲讽，而是抱歉。为他给大家带来的灾难表示自责。安琦说："好了好了，老韩你就不要煽情了。许安你也是，不要迁怒。"

许安叹了一口气，说："我出去散传单了。"

许安发动汽车的时候，叶婧拉开副驾驶的门不由分说坐上去。

许安看了叶婧一眼，她说："我不知道该说什么，我不会安慰人，我是个行动派。你去做什么，让我来帮你！"

许安说："谢谢你。我的确有点累，你来开车吧！"

开车上路，兰州市街头一片张灯结彩，人们脸上都洋溢着灿烂的笑容，似乎乌曼的莅临给整个城市都镀金了。老百姓就是这么容易满足。

两个人刚下车，就有一男一女两个小孩跑过来，一人手里捧着一个大桃子。小孩的双颊也涂了腮红，远远看过去就像是四颗游走的大桃。画风一下子回到二十世纪七十年代。亚克西！

小男孩说："叔叔阿姨，请尝尝我们的大蜜桃吧！"

小女孩开始一字一顿字正腔圆地背书："安宁区地处兰州市近郊，黄河北岸，是丝绸古道上一颗璀璨的明珠。这里依山傍水，环境优美，土地肥沃，盛产蜜桃，是中国闻名的四大蜜桃生产基地之一，素有'十里桃乡'的美誉。"

许安有些纳闷，说："我见过这么卖花的，没见过这么卖桃的。"

小女孩摆摆手说："叔叔阿姨我们不卖桃，我们是在送桃。请你们收下吧，我们昨天的任务就没有完成。"

叶婧半蹲下来，说："小朋友，为什么要送我们桃？"

小女孩说："我们也不知道，从上周开始，我们上午上课，下午就被老师打扮成这样，给来我们安宁区的游客送桃。我刚才注意到汽车的牌照是京，就上来送桃了。我们每天必须送出去二十个桃，否则就不能得小红花。"

许安还是不明白，叶婧却已经心里有底。她接过两个孩子的桃，拍拍两个小孩的脑顶，说了声谢谢。小孩欢乐地跑开，然后又折回来，说桃子已经洗干净，可以直接吃。小孩子的可爱因为这跑开和折回一览无余。

许安吃了一口蜜桃，味道果然不错，汁水和果肉甜美了口腔味蕾。

叶婧说："你知道他们为什么送桃吗？"

许安咕哝着嘴说："为什么？"

叶婧说："很明显，他们在为安宁区建设良好的形象。因为乌曼只说来兰州，并没有具体说来哪里，人们为了让乌曼来到自己的辖区，就发动这种形式，将地区的特色无限放大。等着看吧，后面一定还有更疯狂的热情。"

许安看着叶婧说："是吗？"

叶婧说："你看我干什么？"

许安笑而不答。

跟在西安一样，除了把寻人启事散给路上行人，还贴了一部分在乌德身上。很快，他们手里的寻人启事便所剩无几。许安交给叶婧一枚U盘，说上面有原文档，让她再去打印一些。等叶婧从打印店出来，发现许安不见了。叶婧回到车上，发现车厢也空空如也。叶婧打许安电话，第一次被挂掉，再打已是关机。叶婧拿着厚厚一沓寻人启事站立在热闹的安宁街头，茫然四顾。连日以来的沉重压力终于将她击垮，她站在欢欣鼓舞的人群中潸然泪下。

整个兰州都在笑，只有她一个人在掉眼泪。

2/

城
关

　　毫无疑问，整个兰州最繁华的地区非城关区莫属。城关区的面积在五个区当中倒数第二，人口却几乎跟其他四个区加起来持平，是兰州市当之无愧的政治、经济、文化中心。

　　几乎可以确定，许安是被人掳走了，但是在被谁掳走这件事上，安琦等人产生了分歧。在旅馆里，安琦自告奋勇地主持了寻找许安的第一次主题会议。叶婧无精打采，她把发生在许安身上的不幸强行归咎于自己。她一直说如果她不去打印店，而是跟许安在一起，悲剧也许就可以避免。她彻底忘了，去打印店并非她主动，而是许安授意。人总是容易在灾难发生时，往自己身上揽责任，好像这样能够减轻一些痛苦。不得不说，这种做法跟自虐无异。

　　安琦说：“毫无疑问，一定是NO这个恐怖组织所为。他们一定知道我们在死追他们不放。抓走许安，就是一个信号，对我们进行警告。”

韩德忠说："也不尽然。在银川的时候，人们就知道许安，并且说过很多组织都盯上他了。平心而论，我也是其中之一。但跟那些只想分羹的人不同，我可是放下架子亲力亲为。"

安琦说："你有什么架子？越是有钱的人越平易近人，相反，那些有点钱的人总是盛气凌人，正所谓，整瓶不响，半瓶咣当。"

韩德忠说："单论资产，你不一定比我多。"

安琦说："笑话。你不就是一个挖煤的吗？夕阳产业。我所从事的是高精尖朝阳产业。"

小梦吼了一声："喂，你们能不能别吵。"

安琦叹口气说："哎，为什么又是许安？这小子简直就是不幸的代言人。"

韩德忠向来喜欢跟安琦唱反调，于是想当然地说："可是他却总能扭亏为盈。"

众人莫名其妙地看着韩德忠，后者改口道："转危为安，化险为夷。"

小梦说："我也觉得不必担心，如果出事，早出事了。之前没出事，以后也会平安无事。"

安琦说："按照我以往被绑架的经验，劫匪很快就会给我们当中一人打电话。他还会跟我们说不要报警。这是废话，这种情况都不报警，那要警察还有什么用？"

小梦说："你这个逻辑不对啊！"

安琦说："我的意思是，我们不就是在这种时候才需要警察吗？"

小梦说："好像还是有些问题。"

安琦说："不管了。总之，等电话，报警。这是我们现在所能做的。"

一直沉默不语的叶婧突然开口："不行，不能报警。"

很多组织都在盯着他们，其中就包括警察，报警无异于自投罗网。安琦叹了口气："那你说怎么办？"

叶婧指了指床头柜上那一沓寻人启事，说："找。"

安琦说："兰州这么大，去哪儿找？"

叶婧说："中国那么大，许安还在找李翘，我们为什么不能去找他？我知道了，你们两个都是身家数十亿的老板，做这些事情有碍身份，没关系，我和小梦一起去就好。小梦，走。"

说着，叶婧就拉着小梦的手要往外走。

安琦说："你看你，我根本没有那个意思！而且，我有钱难道是我的错吗？顺便纠正你一句，不是数十亿，是数百亿。"

叶婧停下来，看了看安琦和韩德忠，说："就这样吧。"

韩德忠喊道："都给我住嘴！"叶婧和安琦一愣，谁也没想到平日里缩手缩脚的韩德忠会爆发出如此能量。他轻声说："大家都坐下冷静一下，从长计议。"

叶婧一下子忍不住，又哭了，说："如果真是恐怖组织绑架许安，我们多耽搁一秒，他就多一分危险。说不定……"

韩德忠说："没有'说不定'，假设你是对的，就是恐怖组织绑架许安，他们的目的是什么？拿我来说，我跟着许安上路，目的是希望他能够再次挑战成功，许愿让我获得完整的寿命。拿安琦来说……"

安琦说："我承认我也有目的。我目前已经搜集到一个'问题'，我希望许安挑战成功，帮我要到一个'问题'。"

小梦说："我也是。我想他挑战成功，解开我的身世之谜。"

这是他们第一次剖析自己的动机，曝光在彼此面前。

安琦说："如果我凑够三个'问题'，把乌曼问倒，我就要离开这里。'这里'指的是地球。不怕你们笑话，我从小到大的梦想就是做一个星际航行者。如你们所知，依照地球目前的科技水平，根本无法实现。乌曼给了我这个可能。我所做的一切都是立足于这个出发点，它决定了我的方向和路程。如果你们想笑，就尽情笑吧！不值得被嘲笑的梦想，也不值得被拥有。"

韩德忠说："其实，我一直瞒着你，我也有一个'问题'。"

安琦说："我知道。"

韩德忠一惊，说："你怎么知道？"

安琦说："你知道我有一个'问题'，我为什么不能知道你有一个'问题'？这种事情，对于我们这些同样在追逐'问题'的人，你觉得可能密不透风吗？"

韩德忠说："所以，当我决定跟着许安的时候，你就恬不知耻地上了车？"

安琦说："对，这是我唯一的希望，通过许安获得一个'问题'，然后在你死前诱使你把那个'问题'告诉我。这样，我才能集齐三个'问题'。其实，我在你的基因检测上动了手脚，你还有好几年的活头。"

韩德忠气得吹胡子瞪眼，吼道："我死也不会告诉你。"

安琦说："对不起，我居心叵测。"

韩德忠说："何止是居心叵测，简直就是狼心狗肺，亏得这么多年，我一直把你当兄弟。"

安琦说："我也一直拿你做哥哥。"

韩德忠说："有这么算计哥哥的吗？"

事情的发展有些超出叶婧的预料，她怎么也没有想到这两个一路看来有些傻愣的大款从一开始就在钩心斗角，傻愣也只是装傻充愣而已。她不明白，人为什么不能简单地生活，诚实地工作。人为什么要偷，为什么要骗，为什么要时时刻刻想着如何算计他人好把不属于自己的东西据为己有。她做警察的时间并不长，但有一个道理却比在场的谁都懂，知法犯法必受惩罚。但这个世界，光明和黑暗从来都是同时存在，甚至互相印证。那句话怎么说来着——"光明来源黑暗，黑暗涌现光明"。

安琦说："我们先去找许安，找到他之后，我们这些南辕北辙的人就各奔东西。"

小梦说："其实都可以理解，人本来就是利益动物。"

这句话从一个十二岁的小女孩嘴里说出来，有一种怪异，但同时，不得不承认，反而更具说服力。事到如今，大家早已习惯小梦的"人小鬼大"。

韩德忠走到窗前，安琦坐在床边，叶婧和小梦站在门口，在小梦总结之后，大家纷纷陷入沉默。显然，对找许安这件事大家达成共识，但对于如何找仍是一头雾水。叶婧的蛮干固然不可取，安琦和韩德忠冷静下来之后也只是看到叶婧的蛮干固然不可取这一点，并没有找到出路。只有否定，没有决定。

这时，叶婧的电话响起，是她在太原的好闺密。

接通电话，闺密说："叶婧，我告诉你，那个人说了。"

叶婧说："什么？哪个人？"

闺密说："那个人，就是福克斯的车主，他透露了买车人的信息。你猜是谁？那个人你认识，还很熟悉。"

叶婧心里一惊，难道是她父亲？其实，叶婧一直都隐隐感觉到会是这样的结局，她越是不遗余力地跑向终点，越担心最后证明父亲的确有罪。现在，这种感觉比以往任何时候都要强烈。但是很快，闺密就推翻叶婧的无端猜测，她说："是洪兵。"

叶婧说："什么？怎么会是他？"

闺密说："福克斯车主做了寿命预测，得知自己不久于人世，在临终之前把这个信息透露给我们。所以，洪兵成了最大嫌疑人。"

如果说父亲加入恐怖组织的事情对叶婧是一个天塌下来的打击，那么现在，天又塌下来一次。

叶婧说："知道他现在在哪儿吗？"

闺密说："兰州。"

叶婧说："能再具体点吗？"

闺密说："稍等我一下。"

话筒里，叶婧听见一阵键盘敲击声，过了一会儿，闺密说："在城关区。我们已经联络了兰州警方，那边说最后一次见到洪兵就是在那里。他之前一直在以警方身份跟兰州方面接触，之后就消失了，联系不上。我们不知道他要做什么，不过可以肯定，跟恐怖袭击有关。"

挂掉电话，他们四个人开车来到城关区。叶婧印了一些关于许安的寻人启事，他们四个人分头去发放，没想到刚刚走到街头，热心的城关区人民得知事情的原委之后，立刻开始全城搜索。由区政府号召，把那张寻人启事拍照，发送给城关区所有居民，并在滚动广告牌上打出寻人启事。

安琦说："这又是一种刻奇。全城热搜，找到许安为城关区建立良好形象。他们此刻正在感谢我们，给了他们一个表现的机会。"

韩德忠说："不尽然，许安是第一个挑战乌德成功的人，他们找到许安，在乌曼面前有光和有功。"

一天之内，所有城关区人民都知道有一个叫许安的人走失。这种力量是无法想象的，上百万人都发动起来找一个人，别说是一个人，就是找到这个人的一根头发都不是问题。很快，就反馈来各种消息，这些人声称在各种地方见过许安。综合见过许安的地点最集中的反馈，他们准备去一趟西固。有些城关人捶胸顿足，因许安没有在他们的地区走失而感到无比失落甚至觉得生不如死。

安琦问叶婧："怎么办？留在这找你的情郎，还是去西固找许安？"

叶婧说："洪兵并不是我的对象，只是我的师兄。我现在单身。"

小梦若有所思地说："啊，那许安知道了一定很高兴。"

叶婧说："这跟他有什么关系？"

小梦说："难道你看不出来他喜欢你吗？"

叶婧说："怎么可能，他喜欢的是李翘。不要忘了他此行的目的。"

小梦说："当年至尊宝以为自己喜欢的是白晶晶，但在寻找她的过程中，遇见紫霞仙子。李翘是他的白晶晶，而你，是他的紫霞仙子。"

叶婧的脸红得就像天边的火烧云，她短暂沉默了一下，轻轻拍了拍小梦的脑瓜："瞎琢磨什么？我们走吧。"

　　安琦说："去哪儿？"

　　叶婧说："西固啊！"

　　韩德忠说："找情郎去。"

　　叶婧说："都说了洪兵不是我对象。"

　　韩德忠说："我也没说他是啊！"

　　言下之意，是指在西固出现的许安。几个人经过刚才的坦白和交心，在找许安和许安跟叶婧之间的关系这件事上，达成空前一致。在往西固走的路上，叶婧扪心自问：自己喜欢许安吗？第一次见面，他是一个从混昧的人群之中脱颖而出的见义勇为者；在娘子关，那场突如其来的大雨，许安想要帮忙去分开她黏在额头的头发，叶婧本能地把他的手打开，还说谁说自己没人喜欢。这句话应该反着来说，她一直喜欢着洪兵，但洪兵从未对她有过任何表示。在银川，看见许安跟蔡嘉仪"成亲"，她心里有一股说不清道不明的烦恼，那时候，她不敢往爱情上面联想。

　　从石家庄出发，一路来到兰州，叶婧的心思也在悄然起着变化。

　　这变化，不说就沉默，一说就着火。

3

西
固

到达西固区的时候已经是傍晚，整条街道人潮涌动，灯火通明，
热闹得就像是报新年钟声的广场，车根本开不进去。四个人只好把车
停在附近一个露天停车场，徒步往里走。不用说，这里也在进行一场
盛大的刻奇。走近了，他们才发现这里正在游花车。街道上每隔五米
悬挂一盏花灯，沿街有灯百余盏，多为折叠式四方形或六角形纱灯。
观灯者比肩接踵络绎不绝。据人介绍，灯会是西固区自清末以来的传
承，往年都是在元宵节才举办，如今天天晚上如此。正应了叶婧那句
话，人们的热情已经疯狂。

当晚一夜无话。叶婧想着心事睡不着觉，一直到很晚，她还能听
见窗外的狂欢。她就想，他们怎么可以那么高兴？真希望他们的亲人
也遭人绑架。

第二天一早，四人吃完饭出门，准备依城关区的样画西固区的葫
芦，可走到街上，他们就傻眼了。昨天晚上的灯会刚刚落下帷幕，凸

显民族特色的社火粉墨登场。当街里舞龙灯、耍狮子、跑旱船、踩高跷等表演目不暇接。

安琦不禁感慨："这些人都疯了吗？"

叶婧说："这大概是西固区的特色。兰州这五个行政区，都在不遗余力地扬长避短。"

韩德忠说："他们一定以为乌曼到来之后会对他们特赦。"

安琦说："说不准啊，外星人的心思你别猜。如果你刚好在这里，也许能一起被赦免。"

韩德忠说："你离我远点，我还没有原谅你。"

安琦说："你还是那么小气。"

韩德忠说："你大方，那把你那个'问题'告诉我。"

小梦站出来主持大局，说："你们俩能不能成熟点？"

两个人面面相觑哑口无言，被一个小孩指责不够成熟实在是颜面扫地的事情。

在西固区，人们都忙着狂欢，没人在意他们递来的传单，更不会像城关区人民那样热情相助和传递，他们只能在街面上碰运气。那些声称见到过许安的人，纷纷表示是在西固区的街头遇见过他。想想也是，如果许安被绑架，一定是藏匿在仓库或者宾馆之类的地方。但问题又来了，如果他没有被绑架，怎么会自己出现在西固？梦游？脑袋被门挤了或者被驴踢了？谜底只有找到他本人才能揭晓。宾馆？叶婧一拍脑袋，想自己还是警察，怎么忘了从这个最基本的线索出发。做事情最重要的是提纲挈领，只要有一个方针，慢慢总能有进展。

整个西固区面积和人口在兰州的五个区居中，说大不大，说小也不小，由于许安没有云卡，他只能选择一些低端的旅馆入住。这就大大缩小了搜寻范围。不能使用云卡本来是一件不幸的事，此时，也演化出幸运的成色。世上的事都有两极，看似爱憎分明，实则互相孕育，你中有我，我中有你。

如果这是一部电影，或者电视连续剧，接下来会出现这样一些画面：

画面一：纯音乐，偏悲情，人物在说话，但只能看见嘴动，听不到声音。画面里，叶婧拿着印有许安资料的寻人启事向旅馆的前台进行咨询，一边咨询，一边用手比画，"大概这么高，中等身材，走失的时候，上身穿白色T恤，下身穿一条黑色牛仔裤……"前台看着启事，抿着嘴，摇摇头。叶婧点头示意，把寻人启事递到前台手里。

画面二：悲情的音乐继续，人物在说话，依然只能看见嘴动，却听不到声音。画面里，安琦拿着印有许安资料的寻人启事向另一个旅馆的前台进行咨询。为了区分，上一场景的前台是女性，这一场景就可以换成男性。安琦同样一边咨询，一边用手比画，"大概跟我一样高，比我瘦，穿白色T恤黑色牛仔裤。看上去有点傻乎乎的，那是他的长相，不是表情……"

画面三：韩德忠……

画面四：小梦……

当然，并不是所有的前台都那么友好，当你说如果看到这个人一定给我打电话的时候，他们会满口答应，等你转身离开，他们随手就把寻人启事的单子揉成一团扔进垃圾桶，很可能还要吐上一口唾沫。

画面五：四个人来到提前约定好的地点碰头，互相看了一眼，然后同时叹气垂头。

安琦说："这么找也不是办法啊！"

叶婧说："那你说，有什么办法？"

安琦说："我跟之前的看法一样，我们还是应该先分析一下，一切都想清楚了，找人才能水到渠成，不然就是没头苍蝇。你看，城关区的人民反映在西固区见到过许安，见到的是在街上踽踽独行的许安，而不是被五花大绑嘴里还塞着臭袜子的许安，这说明什么？这说明他是自由身。"

小梦说："你的意思是，许安是自己离开？"

安琦说："我的意思是，许安在躲着我们。"

叶婧说："为什么？"

安琦说："还记得在西安的时候，我和你们一起出去找那辆福克斯吗？你说怕连累我们，要自己去。现在的情况跟当时如出一辙。许安和你一样从这一点考虑，他怕连累我们。"

韩德忠说："所以，我们就不用找他了。"

安琦说："恰恰相反，我们更要找到他。"

韩德忠说："我们为什么要找一个躲着我们的人？"

安琦说："你还不明白吗？你以为他只是想离开我们吗，不是恐怖组织在找他，而是他去找恐怖组织。许安知道的信息还没有我们多，我们一定要在那之前找到他。"

叶婧突然想起什么，说："糟了，他不知道洪兵的事情。"

与此同时，就在那个不友好的前台站班的旅馆里，许安不紧不慢走回来了，他经过那个盛放着关于他的寻人启事的垃圾桶，往里看了一眼，发现上面有一口淡黄色的浓痰，他判断吐痰者有些上火，正好从不远处传来前台的咳嗽声。

从安宁区的街头落荒而逃的时候，许安最后一眼看到的是叶婧的背影。在打印店逼仄的空间里，叶婧站在打印机旁背对着门口。如果说爱上一个人是一瞬间的事，许安就是在那个瞬间爱上了叶婧。许安爱上叶婧，并不是因为她的美貌、她的人格、她的骄傲，而是那一个瞬间——叶婧的背影。当然，这种爱是有美貌、人格和骄傲作为前提浇注的。几个月以来的相处，经历了丰富而沉重的故事情节，许安说不动心是假的。讽刺的是，当许安爱上叶婧的刹那她却在帮助许安找他的女友李翘。许安当然知道，自己这么做不仅是对李翘的背叛，更是对自己此行极大的否定。况且，叶婧还有洪兵这样高大上的男友。这一切看起来都那么不合理，可是在他心里，一切都悄然起了变化。

这变化，不说就大雪冰封，一说就栩栩如生。

所以，关于许安的逃离，他们只猜对其一，没有想到其二。许安之所以离开，首先是不愿意让自己身上与生俱来的厄运波及朋友，其次，他想要扑灭对叶婧的爱情之火。这火刚刚起势，泼一盆水或者踩两脚也许就能扼杀，但假以时日，也许会把他烧成灰烬。这跟欲火焚身完全是两个概念。

西固区的人们似乎都疯了，白天社火，晚上灯会，一天二十四小时狂欢不间断。许安想要睡个安稳觉都不能。他想，如果他是乌曼，才不会因为这一场拙劣的民间表演就来到这里。他的想法很快得到印证，当天晚上，云形图案再次出现在所有电子屏幕上，确定了要到的地方是七里河区的石佛沟国家级森林公园。

许安想要见到乌曼，如果可以，尽快将一切做个了结。

他累了。

走了这么久的路，他想要彻底湮灭心里那个黑洞。但湮灭之后呢？他其实并不清楚，就像走一条陌生的夜路，不知道通往何处，他只能不停走下去。

4

七
里
河

　　从西固到七里河有多路公交车可供选择，许安查询之后，走到距离最近的一路站台，准备从这里出发。还没走到站台，他就看到一条让人咋舌却步的长龙。他默默走到队尾，一扫听，都是去七里河的人。这些人争先恐后要去见一见乌曼。当然，去五大洲的提问地点也能见到乌曼，不过那里有去无回，这里却可以置身事外地领略外星人风采。举一个不太恰当的例子，前者是把你放在老虎笼子看老虎，后者却是在笼子外面看老虎。从某种程度上来说，外星人就跟动物园里的珍奇物种没什么区别，人们与其说崇拜，不如说猎奇。

　　车辆一靠站，人们就像蜜蜂看见蜜一样疯狂地围上去，许安自诩遵守公德，总是被人远远地挤在后面望车兴叹。公交车一辆一辆来，一辆一辆走，等到第十辆，他彻底放弃，准备打车过去。一眼望去，所有的出租车都显示载人状态，而且方向也惊人的一致。道路一边，水泄不通；道路另一边，空无一人。

这时，走过来一个留着八字胡的小个子，眼光猥琐地瞟着许安，如果下一秒钟从他嘴里说出"大哥，要手机吗，"许安一定不会吃惊。但是从他嘴里说出的是："大哥，走吗？"

许安说："走？去哪儿？"

八字胡说："当然是去七里河看乌曼。这样，我看跟你有缘，不多要，就一张怎么样？"

许安查过，从西固区打车过去约花费三十元，这直接就翻了三倍还多。见许安还在犹豫，八字胡说："上车就走。"

反正钱对自己已不重要，许安就点头认亏，跟着八字胡走到一辆看起来接近报废的面包车前。走向面包车的路上，八字胡又拉了两个客，每一个张嘴都是"我看跟你有缘"。面包车上面写着核载七人，实际上里面却挤了十三个，这还不算司机本人。加上八字胡，整整超出一倍。空间的逼仄往往让人心里憋屈，许安的脖子一路歪着，不能伸直，大腿上有陌生大姐的半拉屁股。许安说："大姐，你去七里河干什么？"

大姐说："看乌曼啊。"

许安想说，我刚才不是问你去那干什么，我的意思是你干什么要去。但苦于当时的环境无法解释，而且很可能解释之后，大姐的那半拉屁股也侵占过来，给他来个坐怀。普通人对于未知事物的态度和追求，大抵如此。

一路颠簸到达七里河跟西固搭界的地方，面包车一个急刹车停下来，一车人都拥挤在一起，胳膊不是胳膊腿不是腿，仿佛变成一个多头多肢的怪物；如果这时有外星文明初次莅临，见到这面包车，一定会以为这是某种生物种类。

八字胡喊道："下车下车。"

许安好不容易从车上下来，发现这里又排起长龙，一打听才知道，因为涌入七里河区的人太多，已经在一天之内出现数次踩踏事件，上面下令，控制入城人数。进城时间截止到午夜十二点，之后，要等乌曼离开七里河才逐步开放。许安看看表，刚刚晚上八点，心想四个小时怎么也能排到自己，就安心等待。其间，不断有人来回吆喝，声称可以将人带到队伍前面。他们有人在那里排队，过去直接置换就好，因此不算插队，对排在后方的人员并无影响。许安一路花钱不断往前跳跃，本来应该是越往前心里越有底，但时间一直往前，队伍却纹丝不动。许安有些心慌。眼看着时间一点一点迫近零点，他终于看到拦截的关卡。就在最后一分钟的最后一秒——他被排在关卡之外。许安眼睁睁看着负责人将关卡闭合，把许安轰走，并命令后面的队伍解散。一些排队靠前的人情绪激昂高亢起来，很快形成骚乱。这时候，那个八字胡又出现了，蹭到许安身边，说："我看跟你有缘，一万块钱，我把你弄进去。"

一万块钱，许安还是有的，只是都在云卡里面，而云卡在警方手中，他身上的现金全摸出来也只有一千多块。

许安摘下手上那块上海牌机械表，提拎着表带，说："这块表到现在差不多有一个半世纪之久，我做过一次评估，起码值两万块。押给你，如果我还能回来的话，我掏两万块来赎；如果我回不来的话，你拿着这块表去太原找一个叫作安琦的人，他是杰诺生命有限公司的总裁，你可以跟他要二十万，让他把这块表给叶婧。"

八字胡接过手表，茫然道："我直接去找叶婧不行吗？"

许安说："行啊，但是那样你就得不到二十万了。"

八字胡把手表戴在手腕上，说："好，我看跟你有缘，就相信你一次。"

就这样，许安经历巨大的颠簸和开销，终于来到七里河区。八字胡手眼通天，又搞到另一辆面包车，一路超载超速赶往事件正在发生的中心。

路上，车里人开始八卦，说世界那么大，乌曼为什么选中兰州。有人说，因为兰州人杰地灵；有人说，可能是想尝尝兰州拉面。有人问许安，许安说："我觉得，可能是兰州距离罗布泊相对较近。"人们听了都说许安没有想象力。

到达石佛沟公园后，许安在人群中看见一个熟悉的身影。他不太确定，准备上前问问。他拍拍那人的肩膀，等他回头之后，说："还真是你！"

不是别人，正是洪兵。洪兵也认出许安，警惕道："叶婧呢？"

许安说："就我一个人，我已经跟他们分开了。"

洪兵说："一个人？"

许安说："对。你来这里是为了抓捕NO的恐怖分子吧？"

洪兵端详着许安若有所思。

许安说："你这么看我干什么？"他差点说出我跟叶婧之间真的没什么这种话。

片刻之后，洪兵说："恐怖分子？我并不这么觉得啊，我觉得他们是反抗外星人暴政的英雄；他们是当代黄巾。"

许安一愣，说："可是乌曼并没有迫害地球啊，相反，他降临之后，地球比以前运转得更加井井有条。"

洪兵说："没有迫害？我们的寿命只剩下一半，这难道不叫作迫害吗？对任何人来说，生命都是最宝贵的，谁也没有权力剥夺。这还在其次，难道你甘愿受一个外星人压迫？"

许安终于反应过来，说："你是NO的人？"

洪兵说："我估计他们现在已经查到那辆车的线索了。我当时还是手软，应该把车主杀掉。不过现在一切都无所谓了，你将在这里和我一起见证乌曼的落幕。"

洪兵说着招呼来几个人，将许安控制住。

许安将自石家庄以来发生的事情串联起来，进行了一番梳理和分析，对洪兵说："叶婧的爸爸是你陷害的？"

洪兵说："不是，那是师傅自己的决定。我们在石家庄的行动暴露之后，抓捕行动的负责人正是师傅，他顺藤摸瓜找到我，在那辆我买来的车里，我把全盘计划都告诉他，他衡量之后，决定自己去背那个黑锅，让我继续完成使命。师傅是个聪明人，他知道这是我们对抗乌曼唯一的机会。"

许安不听这一套，说："你知道你把叶婧害惨了吗？亏她那么喜欢你。"

洪兵说："你生气不是因为我陷害了师傅，而是因为喜欢小婧吧？"

许安啐了洪兵一口痰，说："呸，你没资格这么称呼叶婧。"但同时，他好像无法反驳洪兵的观点，只能用这种高调的方式来转移和掩盖。后者也不恼火，反而一脸颓废，说："结束了，都结束了。"

许安望着洪兵有些诡异的表情，心里有一种说不出的恐慌。许安被几个男人左右前后"拥护"着往前走，头顶上泼下来刺眼的光，不妙的预感分外强烈。

他不知道将要发生什么事情，但是他知道将要发生的事情对他、对乌曼、对整个兰州都将是一个被后人铭记的灾难。今天，这个日子，也会因为这场灾难变成一个有着特殊意义的纪念日。

5

红
古

跟许安一样，安琦、叶婧等人在去往石佛沟的路上也遇到重重阻碍，但他们没有许安幸运，遇见一个手黑却讲信誉的地头蛇。安琦花了大钱托人找关系，但最后还是没能进入红古区，而且已花的钱分文不退。这些都是事前讲好的，先交钱后办事，事成不成，钱概不退。这一点倒是符合他们的一贯作风。

四个人在车里焦急，花钱都办不了的事，一定程度上，通往这件事的途径就被封死。

叶婧说："看来，只有最后一个办法了。"

安琦说："你早说啊。什么办法？"

叶婧说："报警。"

安琦说："之前是你说不让报警啊！你现在可是警方的通缉犯。"

叶婧说："我是被恐怖组织陷害。"

安琦说："都这时候了，还说什么被恐怖组织陷害，很明显，就是被那个叫洪兵的人陷害。"

叶婧说："总之，警方认定我是恐怖分子。我如果说我不是恐怖分子，他们一定不会相信，但如果我说我要进行恐怖袭击，他们一定不会怀疑。宁可信其有，不可信其无。"

安琦说："那你就报警让他们来抓你？于事无补啊！"

叶婧说："抓住我之后呢？他们一定会逼问我恐怖组织的计划，还会带我去现场指认恐怖组织其他成员。这样，我们就能最近距离和最大限度地接近乌曼。距离乌曼越近，找到许安的概率越大。"

安琦说："那我们怎么办？在外面等你？这种事你想都别想。"

叶婧说："那可能要委屈一下你们了。"

安琦还没说话，韩德忠率先表态："从太原到兰州这一路，我们受的委屈还少吗？小城市小难，大城市大灾，快赶上唐僧取经了；唐僧身边还有一个孙悟空，头顶还有佛祖加持，我们有什么啊？经过这一路迫害，我的心脏早就适应，你让我舒舒服服的我反而不得劲。"

小梦说："我还指着许安能帮我找到亲生父母。"

叶婧、小梦、韩德忠一起望向安琦，后者说："看我干什么？我像那种临阵脱逃的人吗？"

小梦说："你别说，还真像。"

安琦说："行了。叶婧，赶紧说计划吧！"

如叶婧所料，打电话报警之后，警方迅速赶到他们的住所，并且动用诸多警力。一个孔武有力的高个男人把他们带到一间小屋进行突击审讯。结果是，孔武有力的高个男人开着警车一路把叶婧等人直接带到石佛沟。

叶婧说："他们一定会对乌曼实施打击，但具体如何打击我并不清楚。所以，你们现在要做的就是疏散群众。"

孔武有力的高个男人说："第一，不是他们，是你们。第二，疏散群众，呵呵……"

到达石佛沟，叶婧才心领神会什么叫"呵呵"。

石佛沟国家级森林公园一扫往日的宁静，喧嚣热闹犹如一场露天摇滚音乐节。当地人们按照乌曼发来的要求，用最短的时间在石佛沟一处平整开阔的地面上搭建起一个直径为二十米的圆形平台。人们围绕着平台三百六十度辐射开来，翘首以盼，等待乌曼的降临。如此场景，大概只有迈克尔·杰克逊的演唱会现场可以媲美，只是不知道乌曼现身之际，那些吃瓜儿女会不会也像杰克逊的粉丝一样尖叫。

警察在维持秩序，但只是聊胜于无，对于处于亢奋状态的人群毫无震慑力。这些人就像是充斥在库房里面干燥的面粉颗粒，只要星星光火，就足以引起剧烈爆炸。现在让人群疏散，只会适得其反。孔武有力的高个男人显然也接收到太原警方传来的消息，所以对叶婧他们还算客气。当务之急，是找到洪兵。

此时此刻，洪兵正和许安混迹在人群当中，犹如一滴水混入海中，明明就在这里，却难以寻觅。

许安质问洪兵："你们到底要做什么？"

洪兵没有回答问题，而是提出一个问题："你还记得乌曼来临那一年英国发射了'探索号'宇宙飞船吗？"

许安不明白这两者之间的关联，但是关于这艘飞船的情况，他多多少少听过一些。"探索号"上面的十二个宇航员，是仅有的几个逃离乌曼半世结界的人类。他的想象力只限于地球，对于广袤的外太空和高精尖的宇宙飞船并无涉猎。虽然他看科幻小说，但只是看个热闹，那些天文学和宇宙学方面的知识他一概不懂。

洪兵接着说："乌曼控制地球之后，所有的核武器都被他控制，我们对他的打击只能维持在一些重型武器范围，可想而知，这比挠痒痒还不如。但是'探索号'上配备着三颗中等当量的原子弹。在银川出现的信号干扰，就是飞船上发来的信息。我们联系到他们，让他们对乌曼进行一次有效打击。因为这家伙有五个分身，不能确定哪一个才是真身，所以对他进行挑战。你以为银川那些人都是谁？都是NO组织的成员。如果没有组织强大的后台支撑，他们不可能完成那个挑战。当然，这其中也不乏你精湛演技的功劳和贡献。现在，我们把他引出来，进行致命一击。"

想想真是可悲，那些人削尖了脑袋往里挤，其实就是往火坑里跳啊！许安说："可是，你们能保证击溃乌曼吗？说不定只是激怒他。"

洪兵说："我们别无选择。"

许安说："所以你们来到现场，不管成功与否，你们都要殉职，不，是陪葬。"

洪兵说："对，我们只有这一次机会。如果打击成功，我们死而无憾，打击失败，我们再也没有翻身机会，不如以身殉国，不对，是以身殉球。"

许安说："你们有没有考虑过这些无辜的人民？"许安想到兰州之行，各个区的人们都标榜自己的区最好，尽最大努力想要得到乌曼的青睐；还有那些费尽九牛二虎之力来到石佛沟的人们，殊不知，他们这是在给自己掘墓。他们越靠近乌曼，就越靠近爆炸的中心。

洪兵说："这些人的死亡会是一种至高无上的荣耀，历史会铭记他们。"

许安说："历史是未来的事情，现在的人们需要照顾眼前。"

洪兵哂笑一声，说："看不出来，你还心系苍生。"

许安说："这可是上万条人命。"

洪兵说："可是地球三十多亿人的性命都被乌曼抹杀了。行了，如果你说两句话就能让我回心转意，我还当什么恐怖分子。这可不是临时起意。就这样吧，乌曼一出现，我们就让他消失。"洪兵说完带许安走开。

这边，叶婧和一众警员在人群中艰难搜索着，人们脸上的表情充满扭曲的期待。他们满心激动地等待着乌曼现身，想象着他将说出口的第一句话。

那边，洪兵带许安来到一个秘密基地。洪兵拿着对讲机开始发布指令。NO的据点在银川，因为在那里能够很清楚地接收到"探索号"的信号。乌曼一定注意到这点，但他不会想到，地面和天空的交流方式。信号是简单的摩斯密码，但是宽度却前所未有地拉长，简单来说，嘀嗒的长度和间隔是以天为单位，他们一个月也许只能交流一个口令，这样才能完全避开乌曼的监视。洪兵离开基地，去往人群深处。许安则被困在那里，眼睁睁看着倒计时在他面前归零。

两边——距离乌曼降临的时间只剩下十分钟。十分钟之后，不管发生什么，都会像洪兵所说成为一起被历史铭记的事件。

洪兵脸上露出微笑。这微笑的意味丰富，但许安只解读出来释然。不是罪恶，也不是恐怖，而是释然。对于洪兵来说，他找到了让他全身心投入的事业，现在，这项事业即将达成。对他来说，就是一生圆满。

还有十分钟，做什么事情需要十分钟呢？看一篇科幻小说，听一段相声，抄写一遍《心经》，夜跑两千米……

那一刻，许安心里思绪万千。他想到自己那个胆小怕事的爸爸，至今仍不敢相信他死于自杀，殉情这么浪漫的故事怎么都不适合他来演绎。他曾经那么多次鼓励自己要勇敢地生活，笑对命运，可是到他自己，却做了活生生（或者说，死翘翘）的反例；还有那个总是一副高冷面貌示人的李翘，有时候她手都不让你碰，似乎是严重洁癖，有时候又赤身裸体让你紧紧把她搂在怀里。许安看得出来，她是在逃避什么，但不知道她在逃避什么。在一起三年都没能搞清楚李翘那个不为人知的缺点，他其实早就放弃。当你真正爱一个人的时候，任何致命的缺点都可以摇身一变成为温柔的闪光；当然，还有叶婧。在他生命的最后时刻，如果有一个人能陪伴自己一起去死，他希望那个人是叶婧。在她身上，许安看到了久违的纯真和无畏，看到了光辉的人性以及可爱的人格。跟永远都捉摸不透的李翘相比，叶婧就像一日三餐一样简单可靠。当然，这并不能成为他移情别恋的借口。

突然，许安的手机发出嘀嘀的声音，这是Earth登录的声音。很奇怪，许安明明在安宁区的时候就已经关机。他拿出手机，看见上面有一则留言，来自Leslie。

Leslie：亲爱的朋友，最近过得好吗？我听说乌曼去中国了，你会去看吗？

先不说别的，就说这个表达，真让许安哭笑不得。"乌曼来中国，许安在中国，所以许安会去看乌曼"这个逻辑在外国人看来似乎很合理。就好像，我们经常问一些东北人：你们那边夏天是不是很凉快？问一些山东人：你们那边的高粱熟了吗？问一些蒙古人：你们上学骑马吗？但这一次，让Leslie误打误撞，许安还真来了。

兽矛：我就在现场。

Leslie：啊，那太好了。我也来了。

兽矛：什么？

Leslie：Surprise！我还想着会不会在这见到你。

兽矛：你在哪儿？

Leslie：我还没到，在路上。

兽矛：听我的。如果你现在开车的话，立刻减速、掉头，离石佛沟越远越好。

Leslie：为什么？

兽矛：这里有恐怖袭击，NO会在这里释放炸弹来袭击乌曼。

Leslie：无稽之谈。

兽矛：我在说真的。

Leslie：我不是说你，我是说炸弹。难道他们不知道，这种级别的物理打击对乌曼来说毫无威胁，而他会毫发无损——如果他有头发的话。

兽矛：你别贫嘴了，赶紧离开这里。

Leslie：那你为什么还在现场？

兽矛：我？我怎么跟你说？

手机自动关机，就好像从没打开过一样。刚才一切如同幻象。倒计时已经来到最后两分钟，他手动打开手机，给叶婧打过去。

叶婧他们还在人群中艰难地寻找许安，看到是许安的来电，她赶紧招呼大家，兴奋地叫道："是许安！"

安琦说："快接电话啊！"

叶婧这才如梦初醒，按下接听键。

"叶婧，对不起。"是许安的声音。

"你在哪里？"叶婧高叫道。

"我在石佛沟。"

"我们也在这里。"

"什么？快点离开这里，越快越好。洪兵是NO的人，他们在这里策划了一起爆炸事件。"

"你在哪里？"

"不要管我，你们快走。没时间了。"

"我不走。"

"听我说，叶婧，只剩下一分钟了，你一边离开一边听我说好吗？我求求你，我已经失去太多亲人，我不想再失去你。从石家庄到兰州，一路走来，谢谢你对我鼓励和帮助，没有你，我恐怕早就放弃了。我从北京离开的时候，根本不是寻找，而是逃避。你在走着对吗？感谢你一直帮我寻找李翘，这些日子以来，我非常恐怖地发现，我已经不像以前那么想她，可是我却仍然挣扎在我们爱情的惯性里。现在，我生命的最后时刻，我不确定那枚炸弹能不能炸死乌曼，但肯定会炸死现场的我。我或许早就该死，这样就不会有后来那么多灾难。现在，在我生命的最后时刻，"倒计时只剩下十秒，"我必须正视我的内心，"八秒，"我要向你坦白，"六秒，"我已经，"五秒，"深深地，"四秒，一个深呼吸，两个深呼吸，两秒，"爱上了你！"

归零。

归零。

归零。

没有预想之中的爆炸声。

"离开这里吧！"这时门开了，却是八字胡。

许安说："发生了什么？"

八字胡说："炸弹爆炸了，但不是在这里。"

许安说："在哪儿？"

八字胡说："红古区。"

许安说："人员伤亡呢？"

八字胡说："你对红古区了解多少？"

许安说："我知道那里是马门溪龙的故乡。"

八字胡说："还有呢？"

许安说："那是兰州面积最大的辖区。"

八字胡说："不仅面积最大，而且人口最少。地广人稀，有大片荒无人烟的戈壁。那里是释放炸弹最合适的地方。"

后来人们猜测，飞船上的人们在最后一刻改变主意，不想杀害无辜之人。于是改变导弹的飞行方向，最终在红古区爆炸。

许安说："那乌曼呢？"

八字胡说："乌曼并没有现身。出现了大量的乌德，配合警方将

NO一举歼灭。这一切看起来都像是乌曼设的一个局。他早就注意到NO的存在，但并没有轻举妄动，而是引君入瓮。让他们死于自己的导弹之下，但他也不会想到，人的善良战胜了恐怖主义。走吧，我带你出去见一个人。"

许安说："谁？"

那一瞬间，许安看着八字胡有一点坏坏的微笑，第一时间出现在脑海的人是叶婧，然后才是李翘……

人群开始骚动，同时听见一种撕裂天空的轰隆之声，许安以为是个滚雷，抬头望去却看见一个巨大的火球。他脑子里首先想到的是球状闪电。直到后来，他才知道，那是"探索号"飞船上的逃生舱。飞船上十二个人没有达成一致，其中一个人坚持要对乌曼做出打击，最终驾驶逃生舱冲着一开始锁定的目标俯冲而来，在漫长的奔袭中，像火柴一样点燃自己。虽然许安等人撤离得迅速，但还是被爆炸的余威波及。爆炸本身发生在平台上，所以造成的直接伤亡并不多，但因为人们仓皇逃命引发了多起踩踏事件，造成了成百上千看热闹的人殒命。终究是躲得了初一，躲不过十五啊！

6

皋兰

这次针对乌曼的打击，指挥中心设在皋兰。指挥部里聚集着NO组织大部分核心成员，其中包括洪兵。他是一个反乌曼积极分子；另外还有一个小眼睛的大胖子，他有些消极，一直跟洪兵唱反调。

跟人们想象中不同，人们总认为恐怖组织一定委身在地下，他们却另辟蹊径，位于皋兰最高建筑的顶层，站在落地窗前，即可俯瞰皋兰市景。

皋兰在城关区和安宁区的背面，三界毗邻，旧时是丝路重镇，陇西要冲，用传统的说法是兵家必争之地。所以，NO选择在这里做指挥部，也有一些战略意义上的考虑。关于联合英国"探索号"给乌曼致命一击的计划，他们已经研讨了数年。成败在此一举。大家都有些兴奋和紧张，因为这不仅关乎他们的性命，更关乎人类文明的命运。谨慎一点总是没错。就是在这种思路的加持下，小眼睛大胖子提出一个保守的看法："我们是不是有点操之过急？以目前我们对乌曼的理解，这种打击成功的概率不足十分之一。"

洪兵说："即使只有百分之一，我们也要义无反顾。出其不意，这是我们唯一的机会。"

小眼睛大胖子说："也许'探索号'也在乌曼的监视之中，他连我们深埋在海沟里的核武器都能挖出来，更何况那么大一艘飞船？"

洪兵说："'探索号'是在乌曼降临之前飞出去的，是乌曼的视线盲区。"

小眼睛大胖子质问道："这种探讨毫无意义。上帝有盲区吗？"

洪兵说："上帝？什么时候，乌曼成了你的信仰？"

小眼睛大胖子说："我是说他跟上帝一样无所不能，我们去质疑他的能力范围本身就是不自量力的事情。"

洪兵以前跟小眼睛大胖子不熟，不知道他的观点如此悲观，后来才明白，因为洪兵暴露了，他们安排小眼睛大胖子去现场进行指挥。这也就意味着有去无回。小眼睛大胖子的抗拒是因为对死亡的恐惧。这么一想，洪兵就理解了。很多人都说自己不怕死，那是因为当时死亡距离他们还很遥远，等到死亡靠近，伸手摸到他们的脸颊，钻进他们的皮下，就会后悔当初的鲁莽。没死过的人，哪有资格说怕不怕呢？

洪兵说："这么着吧，我们还是按照原计划行事，我去现场。"

小眼睛大胖子说："可是你已经暴露了！"

洪兵说："事到如今，暴露不暴露还有什么关系呢？"他说得非常悲怆，好像他已经死过一回。

1 /

闪
回

世界上所有的事情，归根结底，都有一个动机存在。这个动机之于事情，就像脊椎之于脊椎动物，是最原始的支撑。没有动机的事情，很难成立，沦为精神病人的空口谈。越是巨大的事情，动机就埋得越深，枝枝蔓蔓遍布。

在银川"龙门客栈"酒吧，许安见到的当然不是驾鹤归西的许强，而是从未谋面的许文。他怎么也不会想到会在这里见到许文。或者说，他根本不曾想过在有生之年还能见到许文。人活一世，很多事情是不会想到的，很多事情也是不会去想的，这都很正常。正如人们活着不会总去想造化弄人这回事，但是当这些事情结结实实发生的时候你就会幡然醒悟，还真是造化弄人。这是最简单又合理的解释。一句话，只有被弄过的人，才会理解弄人。

看着那个如此熟悉又陌生的面孔，许安情不自禁叫了一声："爸爸？"

许文端详着这个叫自己爸爸的年轻人，看了一会儿，才说："许安？"

许安也反应过来，说："你是，许文大伯？"

许文点点头，说："没想到在这碰见你。"

许安说："我以为——"

后半句没说出来，意思有些尴尬。

许文反而不介意，说："以为我死了吧？"

一旁的叶婧和安琦等人对眼前发生的一切更是没有想到，没有想到平白无故跑出来一个"爸爸"。二十多年没有见面的亲人，就这样重逢了。反而是小梦反应较快，说："那什么，我们出去看看月亮。"

韩德忠说："大白天，哪儿来的月亮？"

小梦说："那就看太阳。"

韩德忠说："哪儿有盯着太阳看的？"

小梦和叶婧左右开弓，架着韩德忠走出酒吧，剩下许安和许文互诉衷肠。临出门，许文对韩德忠等人说了一句"谢谢"。其他人都没反应过来，只有韩德忠条件反射般回了一句："不客气。"

许文去吧台里面倒了两杯威士忌，跟许安面对面坐下。这个画面让许安想起自己八岁那年，许强就是这样倒了两杯茶，然后开始一次沉重的对话。跟许文的见面不能不说喜悦，毕竟那种血脉相连的亲情是很难被冲淡的，虽然彼此只存活在对方的想象之中。那天银川的天气并不是很好，这多少给了许安一些安慰。不管怎样，从这个亲人的嘴里不可能再说出什么噩耗吧？

许文喝了一口威士忌，缓缓开口，"其实，这不是我们第一次见面。"

许安有些惊讶，印象中，许强跟自己说自从他和苏梅结婚，许文就再也没有出现过。他看着许文，等待他揭晓答案。

许文说："你出生的时候，我去过医院。当时，我对自己说，是去看看你。可是我心里清楚，我是想见见苏梅。许强跟你讲过我们当时都爱上苏梅的事情吧？我气不过，一直觉得自己不论才华气质，还是言谈举止都胜过你那个呆头呆脑又胆小怕事的爸爸，可是，命运如此安排总让人无奈。"

许安说："这不是眼光和口味的问题，喜欢一个人，几乎是一瞬间的决定，甚至是先天决定。"

许文说："你以为我活到半世，还不明白这个道理吗？但我心里就是放不下苏梅。她是我在这个尘世唯一的牵挂。随着你出生，这个牵挂没了。我离开北京，漫无目的地在全国游荡，十几年前来到这里。我喜欢这里的苍凉，天地之间的景象，没什么人为介入。于是我落地生根，开了这间酒吧。许强还好吗？"

许安顿时黯然神伤，说："爸爸已经去世。"

许文说："半世的期限到了？"

许安说："不，他是被人杀死的。虽然他留给我一封遗书，并且采取上吊这种方式自裁，但我知道，有人陷害了他。问题是，谁会去杀一个对谁都笑脸相迎的人？我看不出他单纯的社会关系能招揽什么罪恶。"

许文的右手越过酒桌拍了拍许安的肩膀，栖息在他的肩头，用力捏了捏，仿佛传递过来一些力量和安慰，当然，也夹杂着痛苦和遗憾。对于许文来说，这不啻一个噩耗。在情敌之前，他们首先是一对形影不离的双胞胎兄弟。

许文说："对了，你们来银川做什么？"

许安说："说来话长。"

许安说完一口干了威士忌，说："能再给我来一杯吗？"

许文说："好，我有酒，你有故事。我们爷俩好好聊聊。"

就这样，许安把李翘消失，自己从北京出发，如何一路向西，在石家庄遇见叶婧，在太原遇见"老中青"三人组，又怎么来到西安，从西安到银川，就算是高度概括，讲起来也开销了一下午的时间。许安不知喝了多少杯酒，等把这一切都捋完，自己一头栽在桌子上，沉沉睡去。

2/

进
程

再次见到许文，许安比第一次更加吃惊。第一次，可以说是萍水相逢，第二次却有着重重安排。一切变得不那么简单和纯粹。

八字胡仍然开着那辆看起来破破烂烂的面包车，上面只载着许安。他们离开兰州，继续向西。

许安问道："我们去哪儿？"

八字胡说："张掖。"

到达张掖，八字胡把车开到一间房屋门前，自己并不下车，让许安自己进去。许安走进来，屋里的装潢很简单，只有一张桌子，两把椅子，如果不是格局大开大阖，许安还以为走进了审讯室。

片刻之后，门从外面打开，走进来的不是叶婧，也不是李翘，而是许文。

许安说："大伯？"

许文说："你一定很奇怪，我为什么在这里。"

许安说："这一切是怎么回事？"

许文说："坐下来慢慢聊吧！"

许文走过来，拉起许安的左手，把那只上海牌机械表戴回许安的腕子上，"以后不要随便给人。这可是我们的家传，要给也得给你的后代。"

许文坐下来，许安坐在他的对面。

"让我做一个总结吧，"许文轻轻嘘了一口气，"许强不是自杀，是我杀死的。"

许安说："什么？就因为我妈选择了我爸，你就这么对待自己的亲兄弟？"

许文说："不，不仅如此。苏梅也是我杀死的。"

许安就像是装满水的气球，从六楼掉下来，在地上轰然崩坏，碎成一地污水。他看着眼前这个只见过两次的大伯，觉得他非常陌生，不是杀人狂魔那种陌生，而是亲人的陌生。就好像你养了十年的狗，最后把你咬了。

许文说："当时我去了医院，签字的人是我。我能够模仿许强的笔迹。那封遗书也是我写的。"

许安木木地问道："为什么？"

许文说："为了你。"

许安说："为什么？"

许文说："我需要你。苏梅是我唯一的牵挂，她死了，我就可以放开手脚。这是一个庞大的计划。这些牺牲都是值得的。你以为最痛的人是你吗？不，是我。"

许安说："为什么？"

"你对乌曼了解多少，对恐怖组织了解多少？"许文停了一下说，"NO只是一个幌子，真正的幕后是极光组织。他们操控着NO的一切行动，NO存在的目的就是干扰视听。我们知道肯定会有人反叛组织，不管我们伪装得多深，都避免不了被乌曼查到，最好的办法就是用一个恐怖组织去牵引他的视线。NO从一开始就是炮灰，用来让乌曼消灭，这样他就会放松警惕。另外，你对'探索号'了解多少？他们在兰州的打击也是一个幌子，因为乌曼从一开始就注意到'探索号'，他之所以没有动手，是有原因的。乌曼也知道我们一直在跟'探索号'取得联络。所以，我们祭出了兰州的打击，让他误认为我们的目的就是兰州一击。这样，他同时会对NO和'探索号'都失去兴趣，然而，真正的好戏却刚刚拉开帷幕。乌曼为什么来到地球？进行半世的目的又是什么？我来告诉你。

　　"他诞生于宇宙大爆炸之后的三十亿年，是纯能量的生命体，所以导弹这种物理级别的打击连挠痒痒都算不上。他有一个真身，可以无限分身，每一个分身都有本体的意识和能力。他在宇宙中游历，见过很多文明，但那些文明无一例外都因为他的降临而陨灭。我们查到他来到地球是为了遴选一个最幸运的人。对，就是幸运。那个人将代表地球文明跟乌曼一起去造访一个未知的空间。根据这些线索，我们制订了计划。我们需要制造一个最幸运的人，并把他送到乌曼面前，而那个人就是你。幸运无法定义。就像对"问题"评定的机构一样，我们也有一个幸运指数的统计。而且，任何人被选中本身都是一件幸运的事。

　　"一开始，我们想要暗中帮助你取得各种各样的成就，让乌曼注意到你，以为你是他想找的人。但后来，我们认定这并不是幸运。扶摇直上不是幸运，触底反弹才是。要体现你的幸运，首先得给予你不幸。所以，从你刚出生，苏梅就死了。如果是许强，他一定会保大人。包括许强，也是我们杀死的，目的就是促使你离开北京去罗布泊。当然，更不用说你初中、高中、大学的车祸了。所有种种，都不是命运的安排，而是我们的安排。一路上，你所遇见的所有困难也都是我们的安排。就像是《西游记》，唐僧一路八十一难，很多都是佛设下的。我们也一样，为你安排下各种磨难，再引导你战胜，提高你的幸运指数。你在石家庄的天和，在西安钟楼上那个志愿者，等等。都是我们安排的。"

许安说："所以我在钟楼上面敲了钟，乌德会把我救走。"

许文说："不，那个并不是我们安排。也许，你真的是幸运的。"

许安说："那么安琦也是你们的安排吗？"

许文说："安琦并不是。"

许安诧异道："叶婧？"

许文说："叶婧也不是。"

许安说："该不会是小梦吧？她还是个孩子啊？"

许文说："是韩德忠。我们当时做了四个计划：一、由韩德忠负责，搜集三个'问题'；二、由我负责，制造最幸运的人；三、控制'四国计划'发射到小行星带的那些机器人；第四个计划我现在还不能告诉你。"

许安说："所以在西安，其实是韩德忠掳走小梦，并且伪装成和小梦一起被NO绑架。"

许文说："对，你并没有看上去那么笨嘛！现在，我要求你去哈密，在那里我们为你们准备了最后一项挑战。挑战会非常残酷，但是一定会成功。成功之后，我要你向乌德许愿，立刻见到乌曼。他们也在去哈密的路上。"

许安说："你觉得我会答应你吗？"

许文打出他的底牌："你难道不想知道李翘在哪儿吗？"

第六章

哈密

1 /

序幕

　　我们在很多时候都会有这种体验（尤其在夏日午睡乍醒），会有一种身在虚拟之境的错觉，对自己，对整个世界都会有一种恍惚和隔离，一切都变得不那么真实。遥远，疏离，似是而非，要掐一下自己的胳膊感觉到疼痛才能证实本体。现在，许安就是这种感觉，但他没有掐自己的胳膊，他随着汽车的晃动很快找到现实的证据。在兰州，从西固区到七里河区，坐着的就是这辆接近报废的面包车，开车的仍然是八字胡，只是他已经从一个状似拉皮条的掮客摇身一变成为世界上最神秘组织"极光"的一员。极光是一种罕见而美好的自然景观，不知道恐怖组织以此为名有何用意。

　　现在，还是这辆面包车，还是这个司机，只是路程不同。从张掖开往哈密，窗外是荒凉的景色，模模糊糊，他又觉得宛在梦中。关于宛在梦中这件事，最近发生过多次。简单回顾一下，包括从跟历史毫无关系的废柴，成为对抗乌曼的人选；从上一段恋情中抽身，跳入另一条爱情的河中。按照许文的意思，他会在哈密跟叶婧等人团聚，进行一场挑战。这就意味着，他将不可避免再次见到叶婧。应该用什么样的语气和表情，他还在揣摩。一些事情终于搞清楚，但另一些事情变得更加模糊。越靠近哈密，许安心情越忐忑，他不知道该如何面对叶婧，尤其是在自己说出"我爱你"之后。

夜宿晓行，他们很快到达哈密。路上，八字胡不断让许安补充高蛋白食物，许安却毫无胃口。八字胡说让他多吃点，对身体好。许安根本不领情；也不是不领情，而是没胃口，芜杂的心情已经填饱了他。很快，他们到达目的地。这里不是城区。许安远远就看见在平地上立着一圈高高的围墙，开始不觉得高，可以看见里面风格诡异的地貌，靠近之后才发现，围墙足有四五米，阻隔了刚才眺望的视线。有些事就是这样，距离越远反而越清晰，距离越近反而越模糊；两个人之间的感情更是如此。

围墙上开着两扇半圆大门，绕着围墙，是数个不停移动的乌德。

许安问："这是哪儿啊？"

八字胡说："蒙古人将此城称为'苏鲁木哈克'，维吾尔人称为'沙依坦克尔西'，意为魔鬼城。这里是典型的雅丹地貌区域，雅丹是维吾尔语'陡壁的小丘'之意，雅丹地貌以新疆塔里木盆地罗布泊附近的雅丹地区最为典型而得名，是在干旱、大风环境下形成的一种风蚀地貌类型。"

许安不禁说："你懂的真多。"

八字胡晃晃手机，说："没有，我路上搜索的。"八字胡说着停了车，让许安下来。

许安说："就送到这里？"

八字胡说："挑战就在这里进行。"

许安说："这是什么挑战？"

八字胡说："生理极限。搜索上说，一个人不吃不喝最多活七天，如果有水的话，这个时间还会更久。我们会在周围设置围挡，你们将在这里被困三十天，三十天后，如果还活着，即为挑战成功。我们已经代你们向乌德进行认证，它们已经对这里进行过一次全面而彻底的检查，确保这里没有任何可以食用的东西，也没有水源。当然，如果下雨的话，并不算挑战失败。所以，你们几个人最好有一个人会求雨。"

许安不禁质问道："什么？求雨？"

八字胡说："我明显是在开玩笑啊！"

许安说："刚才说的也是开玩笑吧？"

八字胡说："我明显是很认真讲啊！总之，我们已经将整个魔鬼城封闭起来。五个人，三十天，极限挑战。"

八字胡开车离开，掀起一阵土黄色的沙尘。此时大门徐徐打开，在墙上露出一个饱满的圆，从这个圆走进去，大门徐徐关上。进去之后，许安就被那些鬼斧神工的地貌惊呆了，这很像是一个cosplay各种风景建筑和动物的石像群，跟魔鬼城的"魔鬼"二字找不到明显的关联。许安这才想起八字胡一路劝自己多吃饭的用意，现在他悔得肠子都青了。最惨的不是他被扔在这个与世隔绝的地方进行生理极限挑战，而是挑战尚未开始，他就已经饥肠辘辘。

按照他们的说法，叶婧等人也被抓进这里。许安虽然已经搞清楚，自己并非《猎命师传奇》里面所说的凶命，但是靠近他的这些朋友，仍然在因他受到牵连。朋友也就算了，连靠近他的敌人也不能幸免。

许安在魔鬼城最先看见的就是韩德忠，然后才看到追赶在他身后的叶婧、安琦和小梦。他们三人发现许安之后，改变跑动方向，朝许安奔来。几个人就像大难不死的人一样紧紧抱在一起，许安忍不住流下喜悦的泪水。许安说："再见到你们，感觉真好。"

安琦说："你把'们'去掉，主要是见到叶婧吧？你给叶婧打电话的时候，她开着免提呢，我们可都一个字不落地听见了。"安琦为了证明自己所言不虚，开始模仿许安的口吻说："我必须正视我的内心，我要向你坦白，我已经，深深地，爱上了你！"

小梦也说："你们俩分开的时候，都那么热情主动，见面之后怎么都僵硬了，见光死啊？"

安琦说："就是。小梦，走，我们去看月亮。"

许安和叶婧异口同声："别走。"

叶婧说："当务之急，是先抓住韩德忠。"

许安说："你们也知道他是NO的人了？"

叶婧说："NO已经被乌曼一举歼灭，他们只是棋子，背后真正起作用的是极光组织。带我们去石佛沟的那个孔武有力的警察，也是极光组织成员。他告诉我们事情的原委，并把我们送到这里，参加一项挑战。"

许安说："这么说，你们也知道挑战的内容了？"

安琦说："是的，生理极限挑战。"

这时，小梦发言了："你们不觉得奇怪吗？他们为什么要告诉我们韩德忠是卧底，而且还把他跟我们关在一起？"

安琦说："抓住他拷问不就知道了？亏我一直把他当哥哥，眼瞎啊！"

这时，他们才发现刚刚还在这里的韩德忠已经消失得无影无踪。他们忙着久别重逢的激动，给了韩德忠溜之大吉的空隙。

叶婧说："没关系，这里是封闭的，他不会跑出去。我们一定能抓住他，到时候就能问清缘由。"

小梦说："当务之急是找找看，这里有什么能吃的。"

许安说："挑战的内容不是生理极限吗？"

小梦说："你还是那么可爱。这是他们给我制定的挑战，我们为什么要听他们的？活下去才是最重要的。"

叶婧说："小梦说得对，我们去找找看。"

小梦说："荒野求生，我最有经验了。"

他们四个人行动起来，小梦打头，安琦紧随其后，两个人的步伐有意加快，把许安和叶婧落在后面。

叶婧和许安开始都尴尬又默契地保持沉默，后来两个人同时开口，许安说："你先说。"

叶婧说："以后，不要不辞而别了好吗？"

许安说："对不起。"

叶婧说："也不要说对不起。我们一定会从这里出去，然后我们一起去找李翘。"

许安说："找到之后呢？"

叶婧说："我也不知道，顺其自然吧！你想说什么？"

许安说："我遇见洪兵了，他是罪魁祸首，你爸爸是被他陷害的。在石家庄是你爸爸帮他背黑锅，在银川他是去接受极光组织的安排，在兰州也是他准备对乌曼进行攻击。"

叶婧突然停下来，吧嗒吧嗒掉起眼泪。许安走过去，用手背轻轻帮她擦拭，叶婧顺势靠在许安怀里，把自己连日来的情绪释放出来。经历过那么多颠簸和坎坷之后，叶婧彻底放空。

他们围绕着隔离地带转了一圈，没有找到韩德忠，也没发现任何可以食用的东西，这里比沙漠还荒凉，看不见一丝绿色，植物都无法生存，更不用说动物。唯一的收获就是发现两个相邻的洞穴，可做安身之所。许安和叶婧默契地没有住一间，许安找了安琦，叶婧找了小梦。

晚上睡觉之前，四个人坐在一起商量。这里没有大气和灯光污染，头顶是明晃晃的月亮，比台灯还好用，可以清晰地辨认彼此轮廓、眼光、眼光里的情绪。他们关于要不要值夜进行讨论，以防韩德忠和野兽。最后四个人达成一致，韩德忠已是丧家之犬，唯恐避之不及，肯定不会主动招惹他们。倒是野兽，虽然他们没发现其他生物，但不得不防，蝎子、蛇这些毒物，他们也惹不起。于是选出方案，前半夜安琦，后半夜许安。第二天前半夜叶婧，后半夜安琦。第三天，前半夜小梦，后半夜许安。至于第四天，到时候根据人们的精力再做安排。

午夜，安琦和许安交接，安琦说："你不知道，你走之后，叶婧有多着急。你说爱她的时候，她有多高兴。看得出来，你心里有障碍，换成谁也一样。多听听你心里的声音，它会告诉你答案。"

许安不适应平日里粗俗的安琦变身知音姐姐，这一番话却让他备感温暖。许安借着夜色打量四周，抹了银光的地貌呈现出新的视觉奇观，被勾勒得面目狰狞。他们所在洞穴周围被众多奇形怪状的土丘包围，高的有四层楼，矮的不过半人高；土丘侧壁陡立，从侧壁断面上可以清楚地看出沉积的纹理，这是经历过上亿年的冲洗才有的线条；脚下是绵延干裂的黄土，寸草不生。面对戈壁干净的夜色，万籁寂静，许安试着去听自己的心跳，起初，只听到咕咚咕咚跳跃的声音，再往后听，咕咚咕咚的声音有了明显的变调。他的嘴角温柔地扬起。

　　挑战第一天就在他的心跳声中结束。

2

开始

　　第二天一早，搜寻活动开始。相较于昨天的笼统，他们制定了细致而严谨的策略。整个魔鬼城在他们眼里分为能吃的和不能吃的两种属性。很遗憾，他们发现这里几乎没有能吃的，放眼望去只有黄土砂石。这个时候，他们渴望有猛兽。不过平心而论，这里的景色还不错，大自然的鬼斧神工，呈现出一丛琳琅满目的雕塑。有的如西方城堡，有的似亭台楼阁，有的宛如城郭街道，有的恰似罗刹宝殿，还有拔地而起的"富士山"，佛塔林立的"吴哥窟"，气势恢宏的"布达拉宫"，只要想象到位，在这里即可游遍世界风景。更有许多眼镜蛇、大鹏等动物造型，稍加想象，这些动物就活了，演化成石猴观海、黄牛耕耘、雄师横卧、小猴摆尾、大鹏展翅等姿态各异的景象。许安总有一种整个魔鬼城原本是一座生机勃勃的城市，突然间被施了魔法才变成今天这样的错觉。很快，他就发现这并不是想象力，而是因为饥饿产生了幻觉。

这才第二天，许安就有些撑不住了。

不过他内心却并没有特别着慌。许文既然安排这个挑战，就说明他一定有把握让他们挑战成功，许安对他们有着举足轻重的利用价值，他们花费那么多心血，不会白白亲手葬送。许安仔细回想着八字胡所说的话："我们会在周围设置围挡，你们将在这里被困三十天，三十天后，如果还活着，即为挑战成功。我们已经代你们向乌德进行认证，它们已经对这里进行过一次全面而彻底的检查，确保这里没有任何可以食用的东西，也没有水源。当然，如果下雨的话，并不算挑战失败。"他说被困三十天，并没有说三十天之内不允许进食。这是一个机警的暗示，魔鬼城里一定有暗藏的补给，只是为了逃避乌德的监视，那些食物一定藏得非常隐蔽。以至于太过隐蔽，他们都无法发现。

许安找到叶婧等人，传达自己的观点。

许安说："极光组织下了这么大一盘棋，绝对不会搬起石头砸自己的脚。我们死在这里，对他们于事无补，反倒是我们挑战成功才对他们大有裨益。"

安琦说："这个时候就不要说成语了，浪费唾沫。唾沫就是生命之泉啊！"

许安说："那我直接说猜想，不知你们发现没有，这里有很多状似动物的风蚀，我觉得其中也许就有真正的动物，那正是隐藏其中的食物。"

叶婧说："乌德对此进行过彻查，许安说的是唯一能够逃避它们眼睛的方法。"

安琦说："反正我们没有别的办法，试试看吧！"

事不宜迟，他们很快行动起来，找到一些称手的石块，向着那些"蛇""猴""狮子"砸去；由于身上没劲，加上那些雕塑坚硬无比，他们的开垦工作进行得非常困难，整整一个上午，轮番上阵，好不容易砸开一只"雄鹰"，里面只是岩石，根本没有贮藏的食物。

许安说："哪儿有这么容易就让我们找到，大家不要灰心。"

又是一番敲打，四个人大汗淋漓，仍然一无所获。小梦说："我看还是先停一停，这样蛮干不是办法。我们正缺水呢，这样下去食物还没找到，我们就脱水了。"

叶婧说："小梦说得对。据说一个人在没水的情况下，最多只能活一周。我们再这样挥霍体力，估计都坚持不了一周。"

许安看了看几个人说："我们先休息下吧！"

头顶上太阳暴晒，仿佛是有史以来最酷热的一天，如此晴朗的天气，让许安阵阵不安。看来，今天是不会下雨了。他们只好躲在"富士山"的阴凉里静养，想等太阳休息之后，再进行活动。许安不自觉地触到叶婧的手，叶婧触电般撤离。许安也自觉没趣，还在想这么做会不会让叶婧误会和鄙视，叶婧的手却摸上来，起先是爬上许安的手背，然后两只手手心相对紧紧地交织在一起。

太阳落山之后，他们仍然没有活动的热情，前后脚回到洞穴里昏昏沉沉地睡去，只有值班的叶婧没有放松警惕。后半夜去叫安琦，安琦没有叫醒，反倒是许安醒来。许安示意让安琦继续睡，他去站岗。叶婧没有说什么，跟着许安一起来到洞穴口的月亮地里。两个人再次并排靠着坐下来。有了白天的经验，两个人的手老马识途很容易就找到彼此。许安的脑海里像是电影的闪回一般，把两个人相遇至今的片段不断播放，同时也捎带回顾了自己的人生。

以前，许安觉得自己是一个危险恐怖的人物，凡是跟自己靠近的人无一例外遭遇不测，所以当时喜欢上李翘，他也是做了权衡，并且想要挑战和打破那个不幸的法则。现在来看，所有的不幸都是许文一手安排，而他的目的却恰恰相反，通过种种不幸来反衬许安的幸运。他端起叶婧光滑的手背在自己粗粝的脸上摩挲，感受到丝丝冰凉。

许安打开怀抱："你来听听我的心跳。"

叶婧就势往下溜了一点，使自己的脑袋可以贴在许安胸口。

许安说："你听到了什么？"

叶婧说："咕咚咕咚。"

许安说："闭上眼睛，再听。"

叶婧依言，双手抱紧许安，把耳朵扣得更加严实。

许安轻轻发声："咕咚咕咚，叶婧叶婧。"

叶婧昂起头，抬高嘴唇，许安垂下脑袋，迎上去。叶婧的嘴唇很柔软，让许安联想到冬日午后透过窗户照在书桌上的一缕阳光。他喜欢在那样的午后去翻一本永远也看不完的小说，光在纸页上制造出敏感的明暗，一路游走下去。长长的吻，长长地吻下去。慢慢地，干渴的嘴唇得到浇灌，连日来的寂寞煎熬一笔勾销；琐碎的情节，漫长的叙事，人物行走在字里行间。放松下来之后，紧扣的牙关也随之打开，舌头钻进去，害羞地试探，得到回应。

眼睛闭上，许安看见穿着警服的干练的叶婧，手里捧着警帽，扎着利索的马尾，站在饮品店门口回头，背景就开始模糊拉远，把她清晰地呈献出来。想到那场大雨，他悄悄地游入记忆的河流，这一次，他成功地触到叶婧冰凉的额头，她没有大范围闪躲，只是有一些小角度避让，这反而是一种欲迎还拒的信号。他错开黏在额头上的头发，

252

端详着那张被雨水湿润的脸。用来接吻的嘴已经慢慢分开，开始在叶婧的脸颊下巴和脖子上游弋，许安的双手死死环绕着叶婧，一只手固定她的后背，另一只手开始自由活动。呼吸开始变得急促。这是人类有别于其他动物的地方。动物们做爱只是为了快感和使命，而人类却有一种感情上的需求。这种感情的需求不断升华，需要用身体的碰撞来做一次总结。在兰州街头，许安躲在花丛中，看着手里拿着厚厚一沓寻人启事的叶婧，心里五味杂陈。他强迫自己不要爱上她，可是爱情一旦发生，就像人工智能觉醒，不再受任何预设程序的限制，它会自己思考，会自己成长，还会自己选择一种未来，任何可能都变得可能。他看见叶婧流眼泪，多想冲出去，在那个时候，他第一次有了拥抱她的念头，想在她的人生中充当一个更重要的角色，想要晚一点再晚一点退出她的舞台。那一天他强行按下所有的渴望，劝自己灭了心中的火。但今天，火势已经燎原，再去扑火，就只能是飞蛾扑火。他们两个开始在月光下交融，一条河流入另一条河，一阵风吹进另一阵风，两个人此刻成了一个人，每一寸试探和用力都恰到好处地找到了对方的等待。如果说两个人之前的感情就像是一纸证书，那么这次行为就是一枚鲜红的印章，把证书上的内容盖棺、定论、正名。不管什么时候，人与人之间的情感总是能够焕发出真诚的力量。这力量可以对抗一切苦难。就像是一个仪式，按照由来已久的传统，庄严的步骤被依次落实，然后来到约定的终点。许安看着叶婧，双手捧起她的脸，在她额头上轻轻一吻，说："我爱你。"

叶婧说："我爱你。"

第二天在两个人火山一般迸发的爱情中结束。

3

发
展

　　许安感觉眼前忽明忽暗，仿佛是有人拿镜子用反光照眼睛。他忍不住拿手遮挡，有只手把他的手拿开。他这才醒来，发现已经天光大亮，眼前是绷不住笑的安琦，还有蹲在自己身边的小梦。刚才的明暗就是小梦用手遮挡许安的眼睛制造出来的。叶婧此刻也醒来，她看见安琦和小梦没有像许安那样闪躲，反而在许安脸上亲了一口。叶婧大声宣布："我们在一起了。"

　　安琦和小梦鼓掌庆祝，因为已经连续两天两夜没进食，鼓掌也只是形式，并没有结实的碰撞和响亮的声音。

　　小梦说："我们今天怎么办？"

　　许安说："才刚刚过去两天，我已经感觉透支。"

　　安琦说："你肯定得透支啊！"

　　许安听出来其中的意思，说："我现在没力气收拾你。"

　　安琦说："我倒希望你来收拾我。"言下之意，他们能够出去他对自己做什么都心甘情愿。拌嘴也拌得意兴阑珊，许安甚至觉得昨天晚上自己和叶婧发生的亲密也是一个梦境。之所以以为是梦境，并不是因为他心里自责或者其他什么，而是他一觉醒来，站起来都觉得费力，昨晚是怎么浑身就有一股抵挡不住的力量呢？如同下山的洪水一样汹涌澎湃。

这才第三天，距离三十天连十分之一都没有，如果再找不到食物和水，他们可能就要在魔鬼城永远地安家落户，先被风干，接着化成森森白骨。

每一次出动都与四个人的生命息息相关，但一动不动明显就是等死。想来想去，唯一的可能就在韩德忠身上。

为了保存体力，许安和安琦去寻找韩德忠，叶婧和小梦轮休。他们相信两个人就能妥妥制服韩德忠。在此之前，最重要的是先找到那个老不死。老不死是安琦给韩德忠新取的外号。整个事件，最生气最心碎的就是安琦。用他的话说就是，我们俩这么多年都是什么？了解情况的，知道他是在为韩德忠的背叛而愤怒，不知道的，还以为韩德忠劈腿。其实也说不上背叛，如果韩德忠跟他们是一伙的，后来转移到极光组织，这是背叛。但韩德忠一开始就是渗透在安琦身边的卧底，通过安琦来获得三个"问题"，只能说韩德忠尽职尽责，而且表现还不错。如果不是自己人捅了他一刀，把他出卖，韩德忠现在还跟他们统一战线呢，谁也不会怀疑他。

安琦说："我实在想不通，他们为什么把韩德忠的真实身份透露给我们，这样做对他们有什么好处？"

许安说："我也想过这个问题。现在看，唯一的可能就是惩罚。"

安琦说:"惩罚?"

许安说:"韩德忠的任务是搜集三个'问题',但他肯定还没有完成。"

安琦说:"'问题'没有那么好搜集,他有一个已经不错,他靠近我是为了得到我那一个。"

许安说:"如果是这样的话,那么找他的意义就不大了。"

安琦却坚持要去找,口口声声说着咽不下这口恶气,一定要找到韩德忠,对他进行一番精神和身体的双重蹂躏。许安叹口气,只能一起前行。

他们寻找的目标是像他们一样栖身的洞穴。在这样太阳的照耀下,别说三十天,一天就缴械。挑战根本无从谈起。魔鬼城里洞穴遍布,着实让他们花费了一番功夫。而且越走越累,越走越渴。就在他们准备放弃的时候,终于在一个状似狮身人面像的洞穴里找到一些踪迹——门口的黄沙上镌刻着一行脚印。许安对安琦打了一个招呼,两个人分别靠着洞穴的两边,一起悄悄潜入。借着洞口的光亮,大致能看清里面,是让人失望的空空如也。许安正打算离开,安琦却不断用鼻子嗅着什么,迅速扑向洞穴里面,那一刻,许安脑海里出现了以下几个成语:饿虎扑食、蛟龙出海和锐不可当或者势不可当。

安琦抬起头,咕哝着嘴,说:"有吃的。"

许安只是听见这三个字,就忍不住咽了两口唾沫。安琦分给许安一些,许安放在嘴里,已经分不出味道,只觉得是珍馐美味,所有的味蕾都调动起来。饥饿的时候,一切都是美食。

食物是弹球般大小的肉球,他们两个人饕餮一番,把剩下的准备拿回去给叶婧和小梦分享,但是回到洞穴之后,眼前的一切却让他们震惊——叶婧和小梦正在洞口等待他们，手心里也捧着几粒肉丸。

许安和安琦走后，叶婧和小梦就开始犯困，她们担心睡着之后就再也醒不过来，于是决定出去走走，就在其中一个洞穴里发现了这些肉丸。看来，狡兔三窟，韩德忠可能在许多洞穴里都藏匿了肉丸。

安琦说："看来，韩德忠是有备而来啊！他们并不是单纯地放逐他，他背后一定还有什么阴谋，要不然也不用偷偷塞给他肉丸。现在更要找到他。"

因为吃了肉丸，安琦指责起来也变得铿锵有力。

许安说："总之，还是要找韩德忠。"

当天晚上的值班取消。一是他们已经确定这里没有野兽，其实他们更想有野兽出没，野兽等于吃的，二是他们实在太困。

第三天就在短暂补给后的温饱中过去。庆幸的是，傍晚下了些雨，他们跑出来，抬起头，张开嘴，像一朵渴望灌溉的花。

第四天，他们分食剩下的肉丸，没有要紧事，谁也没有开口说话。

第五天，没有食物的他们也没有了离开洞穴的力气和欲望。

第六天，许安拖着步子离开洞穴。肉丸已经吃完，如果再也没有补给，再过一天，他们可能连爬起来的力气都没有，只能活活饿死在里面。许安不知走了多久（其实根本没有走多远），就在猛烈如虎的阳光照耀下晕倒。

喂，醒醒啊。

醒醒啊，不要睡。

有人在拍打他的脸，但是他睁不开眼睛，只能眯成一条缝，看不清是叶婧还是安琦，单从声音上，已经分辨不出雌雄。

喂，喂，睡着就醒不过来了。

打在他脸上的巴掌越来越重，如落下的鼓点。

许安挣扎着翻了一个身，什么都没有看见，却觉得胸口有一些硬物，他伸手去摸，竟然是一些肉丸。总算是不虚此行。许安吃了几颗，勉强站起来，带着剩余的回到洞穴。

第六天就在四个人的昏睡中过去。

4

高
潮

十五岁的时候，许安立志要当一个流氓。这是真的，原因就是许
强在他十三岁那年自杀，让他对这个世界充满敌意。但是终究没能如
他所愿。他做过一些尝试，比如欺负小学生勒索他们的零花钱，比如
在街上搭讪一个陌生的美女，又比如去向一些小饭店收取保护费，但
这些行为都不能带给他任何快感和安慰。原因很简单，他在抢小孩零
花钱的时候小孩反抗，在搭讪美女的时候被美女打脸，在收取小饭店
保护费的时候反而让彪悍的老板敲诈了他的钱包。他总结一下，觉得
自己不够狠。很可能是天生的，就像爱因斯坦一样，天生脑瓜子就开
发了百分之九，而一般人只开发了百分之七，他觉得自己可能只开发
了百分之五。这并不是说他不够聪明，而是他不够笨。聪明的人知道
什么时候该笨，他不知道。他从小到大都是表里如一。后来，让他遇
上李翘。他觉得冥冥之中自有天意，幸亏自己没有做成流氓，不然就
李翘这样的女孩，肯定不会正眼瞧自己一眼。再后来，李翘出走，他

遇上叶婧。现在可以确定，李翘是被许文掳走的，他在想，如果最后找到李翘，怎么跟她解释现在他跟叶婧的关系。放在人类文明面前，一段三角恋实在有失水准，可是偏偏遇到了自己的白玫瑰和红玫瑰。这是不可避免的，也是不期而遇的。这是许安在彻底昏迷之前，想得最多的问题。

时间还要往前捯。在许安十二岁那年，他溺过一次水。那种感觉他终生难忘，什么也抓不住，只能绝望地下沉。他努力睁大眼睛，甚至可以看见水面之上晃动的破碎的阳光，他在心里诅咒，又是这样该死的晴天。他心里却很笃定，从小到大他经历过太多死里逃生，这让他无比坚信自己有神功护体，就像是西行取经的唐三藏，不管多厉害的妖怪也休想动他一根头发。哦，他没有头发。那些已经抓住他的妖怪，要么是等人，要么是等良辰吉时，总之最后只能等来殒命或者被收编。刚开始，他很为唐三藏捏一把汗，后来就看开了，反正他不管怎么样也不会死。而他，就是二十一世纪七十年代的唐三藏。他会不断受到迫害，然后一次又一次绝处逢生。现在，他知道这是极光组织的安排，目的是把他培养成这个地球上最幸运的人。但是幸运难道不应该是一种主观情绪吗？从普通人的眼光望出去，腰缠万贯和身边美女如云是幸运，但置身其中的人可能并不那样认为。那么以谁的情绪为主呢？如果在当事者看来，所谓的幸运只是一次次遇到绊脚石，幸运的感觉又从何而来呢？比如那次溺水，虽然得救，却在许安心里造成毕生的阴影，看见小水坑都胆战心惊。现在就是这种感觉。他再次开始下沉，只是跟溺水不同，这一次他口渴得要命，嘴巴里已经像那些被风蚀的雕塑一样挤不出一丝水汽。

就在这时，就在沉入无尽地狱的关卡之时，他的嘴巴里突然有一些咸咸的湿润，他无暇他顾，用尽生平力气吮吸，即使这样的口感，品尝起来也如同甘露。救命的东西，再丑陋也美丽。

不知过了多久，他看见水面上跳跃的波光，他伸出手，向着光亮靠近，他终于探出脑袋，大口大口呼吸着空气。

许安猛地惊醒，但身子依旧虚弱，只能侧仰，无法坐起。蒙眬中，他看见一个人影半蹲在叶婧旁边。他有心暴喝一声，却气若游丝，声音小到自己都听不见。他想要挣扎着爬过去，稍一用力，再次跌入水中——他又昏了过去，只不过这次，没有刚才沉沦的痛苦，更多的是一种慈祥的睡意。之前是昏迷，这次是睡着。

不知过了多久，他醒过来，有力气抬起胳膊揉揉眼睛，还有力气咳嗽一声，嘴里仍然是奇怪的咸味，就像是刚才的溺水不是在泳池，而是在海中，有了盐分的补充，身体恢复了力气。许安观察四周，叶婧、安琦、小梦都还在睡。目光所到之处，他发现了情况，地上除他之外，躺着四个人。那个他们连日来寻找的韩德忠也在这里。许安顾不得身体虚弱，一边呼叫，一边磨蹭过去。他摇醒叶婧等人，对韩德忠问责。

大家都醒过来，把韩德忠围在当中。

安琦声泪俱下地说："亏我一直拿你当哥哥，这么多年，你一直在算计我。"

小梦说："你隐藏得很好。"

许安问到点上："你的目的是什么？"

是的，目的。做人最重要的是有目的。这两个字似乎有些过于直白，总被人排挤，出现的多是这两个字的变种，比如理想和信仰。其实归根结底，理想和信仰都是目的的一种。把目的放大到几十年，就是理想，放大到一生就是信仰。没有目的，任何都不成立。韩德忠被安排进来，于极光组织，于他自己，肯定有一个目的。那是什么？

韩德忠说："目的？我的目的就是帮助大家完成这次挑战。"

这个说法既在意料之中，又在情理之外。

许安说："那为什么他们要把你属于极光组织的事情告诉我们？如果大家团结在一起，对挑战不是更有利吗？"

韩德忠说："当然不是，不仅没有利，还非常有弊。"

韩德忠没有继续说，而是撸起来衬衣的袖子，他的胳膊上是触目惊心的块块烂肉，这已经让许安非常恶心，但是接下来，许安切身体会到什么叫作小巫见大巫。韩德忠把裤腿也撩起来，露出的是白森森的腿骨，上面的肉都被剔除。

韩德忠说："如果不告诉你们我是极光组织的人，我怎么能让你们吃我的肉，喝我的血？"

许安等人听完，忍不住一阵干呕。

韩德忠继续解释："挑战的内容是我们被困在这里三十天，还能活着即算成功，但并没有说不能用同伴的身体作为补充。我们马上就要赢了。"

安琦说："你说什么呢，今天才是第七天，还不够四分之一。"

韩德忠说："你们以为为什么选择在这里挑战？那些隔挡并不是为了圈定范围，而是一种制造相对空间的工具。在这里，时间流速被调慢了，待上七天就等同于外面三十天。安琦，这其中我最对不起的就是你，可是我对你的情谊如假包换，只是我不能违背自己的使命。还有小梦，在西安的时候，是我动的手脚。许安，叶婧，谢谢你们。现在，我真的要死了。想到死，其实我完全不怕，甚至还有那么一丝期待。真的，我每天活着都如坐针毡。但是想到死了之后就再也见不到你们，我的心就像是豆浆机里被打成水沫的黄豆一样。以前的比喻都是儿戏，这次我当真了。"

安琦被这番话打动，人之将死，其言也善啊，他们都相信韩德忠不会再做出什么反转，毕竟他一直在偷偷割肉给许安他们吃。安琦爬过去，跟韩德忠靠在一起，说："你不会死的，是你说挑战马上就成功，到时候不管花多少钱我都会把你救回来。我会找全国，不，全球最好的医生来给你治疗。"

韩德忠说："我死而无憾。"

又说："极光组织一共准备了四个方案，我负责搜集'问题'，看来我注定失败，许安的伯父负责打造一个最幸运之人，其实这两个方案都不过是赌博，因为'问题'和幸运本身都只是概念，想通过概念来打败外星人，未免太理想，所以最重要的其实是剩下的两个方案。其中一个是利用小行星进行打击，我知道你们接下来要去罗布泊，祝你们好运。我并不知道第四个方案是什么。不过现在这些都跟我无关了。安琦，我把这个'问题'给你，希望你能实现自己的太空梦。"

韩德忠把自己收藏已久的"问题"告诉安琦，说："怎么样，现在还拿不拿我当哥哥？"

安琦说："对不起。"

韩德忠说："是我先骗了你。"

安琦说："不，我也一直在骗你。"

许安和叶婧盯着安琦，难不成他也是极光组织的成员？

安琦说："其实，我有两个'问题'。"

韩德忠说："什么？"

安琦说："我知道纸包不住火，人们一定会知道我有'问题'，与其遮遮掩掩，不如告诉人们我有一个'问题'。这样，必要的时候还能保住一个。加上你刚才告诉我的'问题'，现在我已经凑齐三个。一直欺骗的人，是我。"

许安完全没有想到，这个一路看来大大咧咧的安琦有如此缜密的心思。这就叫"人不可貌相，海水不可斗量"啊！跟安琦和韩德忠相比，许安就像个孩子。考虑到成熟的小梦，他可以说连个孩子都不如。

韩德忠说："哈哈，也许一切都是天意，一切都是注定，谁也逃不脱。"

就在这时，进来一个乌德，它在检查众人的身体之后，宣布："经测定，挑战成功，请说出你们的愿望！可以是针对团体，也可以是对某一个人。"

还没等他们许愿，韩德忠的笑容就僵硬在脸上。

5

结
局

　　按照许文当时的要求，如果许安想要跟李翘相见，需要满足两个条件：第一，挑战成功；第二，挑战成功之后许下去罗布泊直面乌曼的愿望。当然，他也可以直接许愿让李翘出现在他身边。这是最有效的。不管极光组织覆盖面积多广，其势力范围也不可能影响到乌曼。关于叶婧父亲的冤情，已经水落石出，叶婧的凤愿得以了结，安琦得到三个"问题"，韩德忠自不必提，剩下的只有小梦。看着小梦，许安回想起娘子关一路走来，小梦跟自己的几次"交锋"，心里一阵不忍和不舍，与此同时，也找到这个愿望的出口方向。他跟叶婧和安琦商量，得到他们同意。

　　许安把小梦叫过来，说："小梦，你要做好准备，我们已经商量好愿望，那就是知道你的父母是谁。你要做好准备，可能他们已经去世，可能他们重新组建幸福家庭，很难再接受你。这些，你都要考虑到。可以吗？"

小梦没了平日的活泼，深沉起来，抿着嘴唇，用力点了点头。一直以来都深谙世事的小梦，此刻也变得拘谨不安起来。她马上就要知道那个追寻已久的答案。她会原谅他们吗？会吧，不会吧。如果你从小被父母抛弃，你会原谅他们吗？这个假设非常恶意。没人想要被父母抛弃（虽然有人抛弃父母），也没人会原谅这样的父母吧（哪怕他们有说不出的苦衷）。

许安拍拍小梦的脑袋，随后向乌德走去。

小梦在他身后叫道："喂？"

许安停下来，"强颜欢笑"道："叫叔叔。"

小梦跑过去，紧紧抱住许安，说："谢谢你。"许安轻轻摩挲着小梦的脑袋，欲言又止。小梦放开许安，折回去与叶婧紧紧相拥。即使像小梦这样"早熟"，此刻也无法自如安放感情。那个即将对她揭晓的答案，势必会席卷她所有的情绪。

许安走向一只乌德，说："我们许愿。"

乌德说："请说出你的愿望。"

许安说："找到小梦的父母。"

乌德说："愿望已经确定，请稍后。"

片刻之后，乌德说："愿望已经达成，小梦没有父母。"

众人大跌眼镜，所有结果都考虑过，唯独没往这个雷人的方向想。他们异口同声说："什么？"小梦比众人更迷离。这个结果出乎所有人意料。一个人怎么可能没有父母呢？难道她是孙悟空，产于一块吸收了天地灵气的石头？

许安问乌德："为什么？"

乌德解释道："小梦是克隆人。"

许安和叶婧恍然大悟，怪不得小梦脸上没有云标，原来她根本不在乌曼的半世结界里面，是人工合成的产物。得知这个消息，一直以超越年龄的成熟面貌示人的小梦，终于也被击垮，伏在叶婧怀里嘤嘤啜泣。小梦哭着说："也许，这是最好的结果。"

没有父母和被父母抛弃相比，很难说清楚哪一个更让人心酸。

安琦说："从今天开始，我们就是你的家人。"

许安说："对，叫叔叔。"

小梦说："谢谢你们。"

叶婧说："别哭，小梦，我相信刚才的消息是你人生中最残酷的噩耗，以后就再也没有什么能够伤害你。你未来还有很长的路，你不受半世的影响，虽然我微薄的科普知识告诉我克隆体的生命长度比一般人类较短，但也许会有奇迹发生，你会成为地球上最长寿的人。"

许安突然问叶婧："你刚才说什么？"

叶婧说："我说小梦可能会成为地球上最长寿的人。"

许安说："不是这句。"

叶婧说："我的科普知识并不完善。"

许安说："再往前。"

叶婧回忆一下，说："哦，小梦不受半世的影响。"

许安一拍脑瓜，说："我知道了，最幸运的人不是我，而是小梦。你们想想，如果用普适的眼光来衡量，地球上所有人都只有半世寿命，而小梦却拥有完整的寿命，那不就是最幸运之人吗？"

叶婧说："不是还有'探索号'上的十二个宇航员吗？"

许安说："但他们已经全部阵亡。"

安琦说："好像有点道理。"

叶婧说:"那接下来怎么办?"

许安说:"都已经到了哈密,当然是去罗布泊。"

叶婧欲言又止,脸上的忧郁神色一闪而过。许安捕捉到这个变化,靠近一步,轻轻关怀,说:"怎么了?"

叶婧说:"见到乌曼,不管你是不是最幸运的人,我们都将永远分开。"

这是许安始料未及的事情。以前,他是一个人,只想解开许强自杀和李翘失踪的秘密,完全没有考虑知道答案之后乌曼会把自己怎么样。但现在不同,他有了叶婧。他们也可以现在转身就走,但李翘会成为他心中永远的愧疚。李翘就像压在他身上的五指山,他一辈子都别想抬头。而目前来看,找到李翘或者知道她在哪里,仅有的办法就是通过极光组织或者去问乌曼。选择这两条路都无法回头。

如何选择,许安难以决定。

这时,叶婧语气坚决地说:"去见乌曼。"叶婧跟刚才判若两人,刚才还舍不得,现在却有点怂恿。见许安仍然一脸迷茫,叶婧接着说:"我跟你一起去。"什么也不用多说,这是最好的告白。

安琦说:"好,看来我们已经达成一致,我去买一架飞机,直接飞过去,然后用钱贿赂那些人进行插队。这样,我们很快就会站在罗布泊,见到乌曼。"

众人正士气高昂,小梦突然说:"我不去了。"

叶婧想想说:"嗯,也好。没必要让小梦跟我们一起冒险。我安排你去太原,到那里找我的闺密,她会照顾你。"

小梦笑着说:"不用了,我习惯一个人生活,这段时间跟你们在一起走南闯北,哦不,是一路向西,我还真是别扭。我们就此告别

268

吧！"许安知道，小梦这么说不过是为了逞逞嘴上的能耐。这个打击对她来说难以消化，她需要一个人慢慢啃食吞咽。

叶婧半蹲下来，双手搭在小梦肩上："可我们也习惯跟你在一起了。"

小梦说："我们还会见面的，不是吗？"说完，小梦跟叶婧紧紧抱在一起。既然小梦已经拿定主意，不如给她一些空间。许安和安琦并排站在一起，互相看了对方一眼，轻轻颔首。

这时，一旁的乌德突然发言："乌曼要见你们。"

6

尾声

　　乌曼来自宇宙深处，经历了几十亿年的岁月，不生不灭，在宇宙中进行游历，访问了众多文明。他的目的只有一个，找到地球上最幸运的那个人。对他来说，那个人是一把钥匙，将要去开启宇宙中唯一的未知空间。就像云游宇宙的歌者，他一边吟唱着动人的史诗，一边看着文明的生灭。我们无法用人类的视角去猜度他，我们无法用人类的定语去形容他。他有一亿种形状，一亿本身也是虚无；他可以从一个黑洞跳跃到另一个黑洞，超越任何引力；他有取之不尽的能量，能量即是他本身。在每个繁星抛弃银河的夜里，在下雨的夜晚，落寞的双眼前面尚有千亿个夜晚，他就这样如歌者一般穿行。穿行，穿过暗无边际的宇宙，行过已经熄灭的恒星。看似漫无目的地穿行，终于找到方向。在数十亿年之间，他见过狂欢的文明，也见过哭泣的文明，见过漂亮的文明，还见过丑陋的文明。那些文明啊，无一例外都陨落了。如地球上的花开一季。但是明年到来，枯萎的花朵又将重新绽放，但陨落的文明再也无法升起。什么是宇宙中最大的悲哀，这就是宇宙中最大的悲哀。

　　而现在，他来到你的面前。

终章

罗布泊

1 /

与 神 的 会 面

这个世界上没有神，只有神坛；所谓神，都是被包装出来，推上神坛的。

这句话基本正确。说基本是考虑到这句话所处的环境，针对地球文明，应该毫无破绽，乌曼莅临之后，一切都有了变数。在NO和极光组织眼里，乌曼是罪大恶极的反派，需要群起而攻之，唾弃之，消灭之。但在大众眼里，乌曼就是神一般的存在。我们永远无法用常人的想法去考虑神的问题。那句话怎么说来着——人类一思考，上帝就发笑。

乌曼是神迹，不是神棍，因此当他决定见许安等人的时候，并没有类似"许安等人眨眼之间，就来到罗布泊"的场景；那是《西游记》，这是"西行漫记"。神棍依靠咒语，神迹需要工具。乌德在魔鬼城为他们准备了一个生命盒子。这不是许安第一次进入，但上一次要追溯到他呱呱坠地的婴孩时期，完全没有任何感官记忆。最先进入的小梦，打开门，她不见了。然后是安琦，许安和叶婧。许安进去之后，按照里面的提示操作，门打开后，他发现自己位于一个漫无边际的平台之上。平台由透明的钢化玻璃铺就而成，可以看见脚下流淌的湖水。不用说，这就是乌曼在亚洲的落脚点。在那里，他看见完整无损的小梦和安琦，没一会儿从生命盒子里走出来叶婧。许安猜测所谓的生命盒子除了有基因检测的功能之外，还兼具量子传输功能，使得他们可以瞬间从哈密的魔鬼城来到罗布泊。正如阿瑟·克拉克所说：**一切先进的技术，初看与魔法无异。**

在世人的经验里面，乌曼的形象或者说形状都是一朵白云，包括他和李翘在虚拟空间中见到的"实体"，因此他断定，在这里回答人们疑问的乌曼也将是一朵飘浮在半空的白色云朵。出乎他们意料，乌曼的真身并不是云朵，而是一团光芒，就像是一个触手可及的、足球般大小的太阳，在两米多高的位置静静悬浮着。没有可以视物的眼睛，却能望见宇宙的边缘；没有可以张翕的嘴巴，却可以说出所有生物的语言。

乌曼说："我们终于见面了。"

安琦说："终于？你知道我们？"

乌曼说："当然，我怎么会不知道？现在，你们可以依次提问了。"

小梦说："我已经没有想知道答案的问题。"

乌曼说："关于你父母的事情，我很抱歉。如果没有'问题'，请你进入生命盒子，它会送你离开这里。目的地任你选择。"

许安打算让乌曼等等，告诉他小梦才是最幸运的人，她逃过半世限制，可是他转念一想，如果让乌曼知道，那么他会带小梦去哪里，做什么？又想，他为什么没有给小梦的脸上打上云标，恐怕小梦早就在乌曼这里记录在案。鉴于此，他没有开口，而是深情目送小梦离开。

小梦上来跟三个人一一拥抱告别。

许安眼睛中一片氤氲，但是没有变成液体流淌出来。从娘子关到罗布泊，一路惊险颠簸，本来是为帮小梦找到亲生父母，结果，却是这么一个结果。许安不禁去想，假如小梦一直都没有许愿，也不会知道自己的来历。这何尝不是一种幸福呢？真相总是过于残酷。有时候，我们终其一生去寻找的，不是理想，而是伤害。我们跋山涉水，只是为了证明自己是谁。人小鬼大的小梦，应该很快会从这种情绪中痊愈吧。

小梦察觉到许安的激动："喂，你可别哭啊！"

许安说："叫叔叔。"

小梦说："就不叫。"

小梦转身离开，慢慢走向生命盒子。许安看着她窄窄的背影，努力强忍着泪水。小梦突然停住，扭过头，对许安轻轻叫了一声："叔叔。"许安的眼泪终于决堤。他知道一个大男人，哭哭啼啼总不是一件光彩的事情。男儿有泪不轻弹。但哭泣本身已经跨越理智的枷锁，升华为情感的宣泄，也就是说不由他控制。

小梦离开之后，走向前的是安琦。

安琦说："我要提问。"

乌曼说："请说出你的'问题'。"

安琦说出第一个"问题"。

乌曼说："我无法回答。"

安琦说出第二个"问题"。

乌曼说："我无法回答。"

安琦说出第三个"问题"。

乌曼说："我无法回答。"

无所不知的神啊，也有盲区。所以从这个角度来看，乌曼仍然不是神，只是相对于更加低级的人类，明显高大而突出。如同，我们噼里啪啦坐在电脑面前写小说，如果趴在书桌上的猫有一点想法，它也会认为我们是神，可以操纵如此复杂的机器，可以把毫无关联的汉字组合成精彩绝伦的句子。这不就是神吗？然而，神还是要为它买猫粮，帮它铲屎，对外客气又自豪地冠以"猫奴"的称号。

按照乌曼的设定，只要三个"问题"能够将其问倒，即可实现提问者的所有愿望，包括让他从地球离开。只要乌曼离开，那些受控于他的乌德将土崩瓦解，扣在人类文明之上的半世诅咒也将不攻自破。许安怎么也没有想到，事情会进展得如此顺利。只要乌曼离开地球，那么极光组织的目的就已经达到，李翘对他们也没有任何利用价值。这是一箭三雕的事情。但许安并不知道，安琦的目的并不在此，他所做的一切，所有的装疯卖傻和忍辱负重都是为了那个太空梦。叶婧知道，所以这个时候，叶婧并没有许安那么轻松和释然。为了这个梦想，安琦付出那么多心血和努力，几乎可以说是不择手段。叶婧并不认为安琦会说出让乌曼离开地球的愿望。他们当中，安琦的目的最明确而长久，他本身也是一个为目的而自私活着的人。

安琦低头不说一句，朝着光芒走去。

终于，安琦开口了，叶婧和许安脸上都露出诧异而舒展的笑容。不出叶婧所料，安琦没有让乌曼离开地球，跟他的梦想比起来，全人类的梦魇也无关紧要。但是，全人类是一个庞大而模糊的概念，身边的人却是实在而具体的。安琦笑了："我的愿望是，"在那一瞬间他什么也没有考虑，梦想一定要去追求，但是人生之中，一定有很多比梦想更重要的事情，比如家庭和朋友，"赋予韩德忠这个家伙完整的生命。"

这不是临时起意，而是经过慎重考虑的。他没有说让韩德忠活过来，因为即使那样，韩德忠距离半世的期限也没剩下几天，他说的是赋予他完整的生命，这样，活过来本身就成了前提，还要追加一半寿命。

乌曼说："如果从原子级别来操作的话，这个愿望并不难达成。你可以进入生命盒子离开。"

安琦跟许安和叶婧来了一个拥抱。

许安说："这是我认识你以来，你做得最酷的一件事。"

安琦说："我还等着喝你们俩的喜酒，一定要安然无恙地回来。"

许安说："对我没有把握的事情，我真的没办法做出承诺，不过我答应你，我死也要活着。"

安琦进入生命盒子，只剩下许安和叶婧。

乌曼说："好了，现在你们两个可以提问。谁先来？"

安琦一走，刚才还口出狂言的许安立刻服软，双手扳住叶婧的肩膀，说："我的'问题'一定无法将他问倒，我会跟所有问'问题'的人和过了半世期限的人一样消失。趁我们在一起时间并不久，忘掉我不会是一件太难的事情。不管从哪个角度考虑，我都不能让你陪我赴这趟不归之旅。叶婧，听着——"

叶婧却迅速摆脱许安，来到乌曼面前。许安想要阻止她，却被叶婧一个背摔摔在地上。他这段时间一直忽略了，叶婧可是格斗高手。

叶婧说："我先提问。第一个'问题'，那些超过半世期限的人去了哪里？"

许安从地上挣扎起来，想要阻拦已经来不及，叶婧说过，她不会言语的表示，她愿意让自己的行为来表明心迹。她做到了言行合一。跟普罗大众都喜欢只说不做的习惯相比，叶婧总是那么可爱。没有长篇大论，只有身体力行。

乌曼说："这个'问题'被问过很多遍，他们被我分解成原子，通过生命盒子，传送到近地轨道之上。你们人类对死后的人进行海葬或者风葬，我所做的事情差不多，只不过我把他们分解得更彻底，送达的地方更遥远。"

叶婧忍不住颤抖起来，这件事本身已经足够令人触动，但被乌曼如此波澜不惊地说出来，更让她难以接受。他抹去的是人类将近一半的人口，在他口中却跟出门扔了一遭垃圾一样稀松平常不值一提。

叶婧强忍着情绪，说："第二个'问题'，那些被你打散的人，还能不能恢复？你刚才说过可以从原子层面起死回生。"

乌曼说："理论上来说，当然可以。但是我不会这么做，我不会把他们复合。"

叶婧忍不住控诉道："你为什么要这么做？"

乌曼仍然是一副平静的口吻："我注意到你没有说第三个'问题'，所以你确定这是你最后一个'问题'吗？"

知道这个"问题"对她有什么意义呢？反正马上就要和那些人一样破碎成原子来到近地轨道，她想了一下，改口说："最后一个'问题'，我想知道面前这个男人是不是真的爱我？"

虽然"问题"指向乌曼，但是眼睛却望着许安。

许安说："我爱你啊！"

乌曼说："如你所见。"

许安上前紧紧搂住叶婧，似乎担心她会突然消失不见。我们爱上一个人，我们失去一个人，总是那么惊心动魄。有时候想想，是我们有意地在夸张这种感情的表达方式吗？不不不，并不是，当一个人动情的时候，什么都可能做出。在别人看来或许做作，他自己却是真情流露。情到深处，走火入魔。

许安说："你怎么这么傻？"

叶婧笑着说："我觉得我做了一个很聪明的选择，如果你不能跟我一起离开，那我就跟你一起走嘛！"

许安却笑不出来："你应该活着！"

叶婧说："我很知足，在生命的最后时刻，遇见你。"

乌曼开口了，打断他们的缠绵："三个'问题'已经提完，不过请放心，你将会安然无恙离开这里。不过据我了解，这并不比死去更好过，因为我将带走许安。"

2

危
机

现在，这里只剩下许安和乌曼。

许安从小到大时不时会有一种自己将来会成长为一名拯救世界于水深火热的超级英雄的错觉。或许每个人小时候都有一个英雄主义的梦想。不过随着年龄的增长，这个梦想怎么看都有点随意和夹生。他渐渐承认了这样一个事实，即他将来会成长为一名普普通通的人，有的时候会有点话痨，有的时候还会有点胆怯，甚至猥琐，总之跟光明正大的超级英雄相去甚远。直到许文告诉他，他是被选中的人，他才有点如梦初醒，原来"念念不忘必有回响"是真的，自己会为拯救世界这件事做出一些承担和贡献。虽然过程很残忍，结果却不容置疑。他终于来到他的面前，以一个救世主的身份。

乌曼说："你可以提出'问题'了。"

许安说："第一个'问题'，李翘在哪里？"

乌曼说："在天上。"

按照许文的说法，李翘应该还在人世，他也一直坚持着这一点，问出那个'问题'。这个'问题'，也是他离开北京的必要条件之一。

许安深受打击，这三个字就像三颗子弹，第一颗要了他的命，后面两颗还要鞭尸。他不是没有想过这个结果，事实上，他经常做最坏的打算，这样只要比最坏好一点，他都能够得到慰藉。可是当最坏的变成事实，他才发现自己之前那些打算根本无济于事。他该怎么痛苦还是怎么痛苦，该怎么迷失还是怎么迷失。他哭诉道："怎么会这样？"这不是一个问句，只是一种揪心的感叹，但乌曼给出答案："三年前，李翘被NO抓走，然后把她发送到太空站。李翘一直在那里，在天上。还有，我意识到这不是一个'问题'。"

许安由悲转喜，忙说："她还活着？"

乌曼说："这是你第二个'问题'？"

许安说："是，是。"

乌曼说："已经去世。太空站发生了一次意外，李翘因为缺氧窒息。"

这个消息不能用单纯的好或者坏来界定，更多的是一种茫然。刚刚上岸，又一脚被踹回水里。他想起《阳光灿烂的日子》就是这样无力的结尾：你在水里，岸上站了一群伺机而动的敌人。

乌曼说："从这一点来说，你不应该感谢我吗？我帮你复仇，挫败了NO。"

许安说："你根本不知道，NO只是幌子，幕后真正起作用的是极光组织。"

乌曼说："极光组织？"

许安说："一直以来，操纵着一切的都是极光组织，他们还保有对付你的最后一击。"

乌曼说："隐藏得还真深，成功地骗过了我。不过，除了那艘宇宙飞船，他们已经没有其他武器。而我见识过飞船上的武器，根本无法对我造成伤害。你还剩最后一个'问题'。"

就在这时，许安却听见一声巨响，他抬头看见跟兰州那次一样的火球，上次只有一颗，这次却是漫天流星一样落下。那些流星噼里啪啦就像暴雨拍打在天窗上一样。这个比喻是要说明，在许安看不见的高度上，有一层防护罩把那些打击阻隔在外。

乌曼说："看来我还是小瞧了你们。"

许安说："是他们，我从来没有想过对付你。"

乌曼说："我的意思是，你们人类。我一直以为'四国计划'那些位于小行星带的机器人是为了采集新能源，原来早就被他们——极光组织——掌握，现在开始进行陨石袭击。这应该是他们最后的挣扎了吧？"

一瞬间，数之不尽的打击落下。许安想起杜甫写《茅屋为秋风所破歌》里面的"雨脚如麻未断绝"，大概就是这个意思。如果不是乌曼，每一颗陨石都能将他轰成齑粉。

乌曼说："不必在意，我们的对话继续。"

许安说："最后一个'问题'，你要带我去哪里？"

乌曼说："虚无空间。"

许安问道："什么是虚无空间？"

乌曼说："这是第四个'问题'。"

许安说："你不会回答吗？"

乌曼说："第五个'问题'。好吧，我都会回答，但在此之前，我要告诉你一件事。就在你刚才进入生命盒子的时候，我检测了你的寿命，你猜我发现了什么？你进入的时候，寿命刚刚到达半世。如果再晚一天，你就不会来到这里。这足够证明，你的确是一个幸运的人，但距离地球上最幸运的人还很远。"

许安说："那为什么确定我是那个最幸运的人？"

乌曼说："因为地球即将面临一场灾难。"

许安说："你的到来不就是一场灾难吗？"

乌曼说："听我讲完，你就没心思调侃和挖苦了。简单来说，还有二十个地球年，你们赖以生存的家园就要被毁灭；确切地说，太阳系里的所有生物都会遭受灭顶之灾。"

许安打了一个激灵，诚如乌曼所言，这的确是一场震撼人心的灾难。许安目瞪口呆，不知做何反应。

乌曼说："来自十六光年外超新星爆炸的致命宇宙射线，将持续三个地球月，足以毁灭地球的生命系统。不要着急，这只是开始，随着射线蔓延，你们恒星方向的所有生命无一幸免。嗯，无一幸免。"他重复了那个可怕的成语。

许安说："怎么可能？如果是这样，我们的科学家早就发现了。"

乌曼说："地球处于此事件光锥之外。再者说，你们的科学家似乎并没有掌握恒星各阶段的特点，以至并没有发现什么异样。到目前为止，你们应该还属于Ⅰ类文明，哦，准确地说是零点七类文明。举个例子，一群蚂蚁能够发现提着一壶热水向它们走来的人类吗？不要误会，我并不是说你是蚂蚁，我是说所有人类都是蚂蚁。不过即使发现，以地球现有的科技水平也无能为力。就好像蚂蚁无法拒绝和阻止向它们浇热水的人类。"他看到许安露出难以置信的表情，继续说道，"怎么，不能理解吗？那我换一种说法，就好像你们预测到地震，但并不能阻止地震的发生。这样说是不是更直观一点？"

许安说："怎么会无能为力，可以挖掩体，可以逃往外太空，可以……"

乌曼说："你不用担心这些，在此之前，我会带你走，因为你是最幸运的。"

许安突然想到，如同极光组织选中自己，把他打造成最幸运的人一样，乌曼也在遴选。跟乌曼的大手笔相比，极光组织只能算是小打小闹。整个太阳系的生物都将面临灭顶之灾，只有他一个能够幸存，客观来讲，这是一种极致到无可复加的幸运。

许安说："为什么是我？"

乌曼说："概率问题。"

许安说："一切都是随机的？"

乌曼说："可以这么理解。宇宙的属性是幸运，而幸运本身的属性是随机。"

许安说："难道你随随便便在地球上选择了一个人，那个人就是我？"

乌曼说："不准确，不是一个人，而是一批人。但你无疑是这批人中最幸运的，因为不仅我选中了你，极光组织也选中了你，而你刚刚躲过半世的封杀。如同实验一样，成功的概率是百分之一，但是这并不等于一定要做一百次实验才会成功一次。当然也可能即使做一百次实验也没能成功一次，这是宇宙的基本属性之一。只要足够幸运，哪怕这个实验成功的概率是亿万分之一，实验也很有可能一次成功。"

这一番话让许安的三观尽碎："你的意思是说，幸运是宇宙的属性？"

乌曼说："是的。幸运是宇宙的基本属性，所有的文明都是诞生在幸运的基础之上，包括我，包括宇宙中形形色色的文明，当然，也包括地球文明。"

许安不由得问道："有什么办法吗？"

乌曼说："什么办法？"

许安说："拯救地球文明。"

乌曼说："不，我不会这么做。我需要这次毁灭，以此来凸显你的幸运。"

许安说："你以为全人类毁灭，我一个人存活就是最幸运的吗？"

乌曼说："至少从理论上来讲，非常成立。幸运不就是这样吗？我只不过在做跟极光组织一样的事情，借助一场灾难，让你绝处逢生。只不过跟他们不同，这次灾难并非由我制造。而且恰恰相反，我是先发现这次超新星爆发，接着才发现的地球。不然我怎么也不会想到这么贫瘠的行星上还会诞生文明。这本身也是一种幸运。所以我来到这里。"

许安说："那让我把这个消息通知给地球各个国家的统治者，让他们从现在起去做准备，这样总没问题吧？"

乌曼说："没用。以地球目前的科技水平，再发展二百年也无济于事。与其让他们为了应对无法躲避的灾难而疲于奔命，倒不如安宁地享受人类文明的晚年。其实大多时候，无知是一种幸福。"

许安说："没有任何办法了吗？"

乌曼说："办法当然有，可以用'蛋壳'将地球包裹起来。这是让地球幸免于难的唯一方法。其实说起来很简单，这个技术就是在地球外边包裹一层膜。但这个技术有个缺点，需要在膜的外边启动，也需要在膜的外边关闭。对于地球则还有个更大的问题，这个膜如果能成功启动，那么几乎你们所创造的一切物质都不能穿透，也包括来自你们恒星的光。所以即使成功，人类也没有太大的希望生存下去。漫长的日暮来临，人类能适应吗？一旦开启这个膜，地球就会陷入黑暗，三个月的连续黑暗，地球能忍受吗？而这个膜一旦启动，至少需要一年才能进入稳定状态，进入稳定状态之后才能关闭。当然只要膜启动不需要进入能量稳定状态就可以屏蔽来自超新星的致命射线，但要一个地球年之后才可以关闭。这就是我迟迟没有告诉你的原因。这个方案也许可行，但人类文明能否延续仍然是个未知数。关于'蛋壳'的技术，是我从另外一个文明那里得到的。我发现他们的时候，他们就包裹在自己制造的蛋壳里，你猜怎么着？"

许安并没有心思猜那个，他的关注点在于"另一个文明"。他几乎是不由自主地说："这个宇宙还有其他文明吗？"

乌曼说："你对这个宇宙了解多少？"

3

宇宙文明史

这是一种神奇而美妙的体验，有别于进入虚拟实境。如果非要形容，许安觉得最贴切的说法是灵魂出窍。他感觉不到自己的实体，却清晰意识到自己的存在。那些广袤的星域在他面前一览无余，那些超质量黑洞他来去自如。

乌曼的声音就像画外音的解说一般响起。"我曾跨越无数空间和时间，发现数个曾经孕育过智慧生命的星球，但星球上几乎没有任何生命迹象。我遇到第一个曾经有智慧生命的星球，是在我开始星际旅行的三亿年后，也是在这个星球上我得到折叠空间技术的启发。这个星球明显有智慧生物曾经存在的证据，自然环境里到处都是人工改造的痕迹，却看不到活体。考察时，我发现距离星球不远的地方有一个点很奇怪，后来我才知道，那是空间折叠之后留下的重力波造成的褶皱。遗憾的是，他们失败了，他们并没有成功跃迁，而是被空间压爆。他们的星球被炸飞一半，只留下少半个星球在太空中孤零零地飘浮着。

"我发现第二个曾经有智慧生命生存过的星球是在此后的八亿年。表面看来这个星球空无一物，没有大气层的包裹，没有自转，轨道上全是小石块，将整个星球完整立体地包裹起来。他们的'太阳'正在中年，源源不断的阳光炙烤着这个星球，一半火热，一半冰凉，完全无法想象这样的星球会有生命存在。我几乎要错过他们。这时我在这个星球上发现一块巨大的墓碑，用地球的单位描述，大概有八千米高，五千米宽，两千米厚。这引起我的兴趣，这是文明的丰碑啊！丰碑上镂刻着一列字，不是对过去的缅怀，而是一个警告——外来者速去。很明显，他们不欢迎旅行者。我不知道他们去了哪里，也不知道他们的种族是否还有人存在。我发射了一架小型探测器，发现星球的内部有大量的无意义通信，但没有任何生命活动迹象。经过梳理，我终于搞清楚这里发生了什么。他们把所有人都上传到虚拟空间，随后停止星球的自转，利用正面和背面之间的温差来制造能源。磁场消失了，大气层也渐渐消散，还把星球表面弄得面目可憎。最后他们炸掉了他们的'月亮'，以制造包裹星球的石块网络，这样做的目的跟丰碑上所说的一样，不想有人来打扰他们。他们没有想到的是多年之后，系统溢出错误的累积毁掉了他们的虚拟世界。你明白吗？不管多么干净的系统都会产生冗余，往小了说，这就是你们的手机越来越卡的原因，往大了说就是导致一个文明崩溃的蚁穴。他们最终都毁灭了，只剩下无意义的电子讯号和一座冰凉的墓碑。

"第三个星球——我学习'蛋壳'技术的星球——是偶然间发现的。在某次空间折叠之后，我发现重力波的反射异常。经过勘测，我发现了这颗星球，而这个星球此时正被'蛋壳'包裹。如果不是重力波异常，不可能被发现。在宇宙一片漆黑的背景下发现一颗几乎什么都不吸收的黑色星球，听起来根本就是天方夜谭。我认定这里存在智慧和文明，可尝试了很多办法都无法穿过这层保护膜。我在这颗星球附近驻留了很长时间。'蛋壳'只能从外部启动，也只能从外部关闭，于是我试图寻找启动这颗星球'蛋壳'的飞行器。最后被我找到——飞行器的残骸。我测定了这颗星球膜的能量规模，发现他们能持续九十亿年之久。我猜测也许是他们将飞行器设定自毁程序，他们不想被外界发现。我无法想象在一片漆黑中能做什么，或许这就是他们的生存方式。他们只是不想被打扰。

"在此之后的十亿年中，我发现了第四颗曾经有智慧生命的星球，这颗星球毁灭得很彻底，星球表面被核弹轰得坑坑洼洼，空气中充满致命的辐射，寸草不生。我期待有什么生命能够逃过一劫，在此之后进化出适应这个环境的躯体。可我在星球上空停留了千万年，结果什么都没有发生。于是我离开这颗星球，继续遨游。"

许安在脑中形成的语言，直接被乌曼接收："这么多文明，都毁灭了吗？"

乌曼的声音："并不是所有，我后来遇到过很多鲜活的文明，有的刚刚萌芽，有的日趋成熟，但是最后，这些曾经存在文明的星球，全部遭受了灭顶之灾。有意思的是，这些曾经存在过的文明之间彼此并没有联系，而且相去甚远，他们的文明程度也从没有存在同一时间线上，或者说都处于不同的宇宙阶段——从没有哪两个文明在同一时期的宇宙同时存在过，从没有。我发现，这些我探寻的文明遗迹如果按存在的时期顺序排列，几乎是一个衔接一个，时间上很紧密。它们之间相互距离足够远，确保之前文明存在的事件光锥不会影响到下一个文明。有时候可能出现一些意外，两个文明之间有数亿年的空白期。我对所寻访过的文明遗迹进行了详细的研究和探查，除了'蛋壳'覆盖的那个星球进不去，所有的星球生命诞生的形式都有出奇的相似性。这不是说明了宇宙的基本属性吗？正是这种宇宙的幸运属性，才会有这样的概率出现，才造就了这样相似的生命形式。"

许安的思维："不，你说的有漏洞。这个理论套上一个'上帝'，就是控制这个宇宙的神，那不就可以解释一切了吗？而且上帝论似乎更适合你这个系统。"

乌曼的声音："也许正是因为宇宙的这种属性，人们才会认为宇宙是神创造的，这也是种可能。退一步讲即使存在上帝，那么上帝也是将幸运设定成这个宇宙的基本属性。我见过宇宙的浩瀚和渺茫，我相信没有什么上帝可以将所有的这些事件设计得如此精准，或许上帝的存在也是这个宇宙的一种幸运的概率。"

许安的思维："那么宇宙是不是有一个初衷，我是说一开始的属性就有幸运这项，这是因为什么？即使没有幸运这项，这个宇宙也是存在的啊？"

乌曼的声音："假设宇宙是有目的的，就可以解释所有一切，是为了这个目的而设置幸运的属性。当然也许我们的宇宙只是亿万宇宙中的一个，这些不同的宇宙都有不同的属性和真理，但只有我们的宇宙出现了幸运这个选项，如果那样，我们就是孤独的。不过我在数十亿年发展和探寻中，从没有发现其他宇宙存在的证据。这个宇宙是唯一幸运的。即使存在其他宇宙，他们也都没有诞生出智慧生命，因为他们不够幸运。

"后来，我总结出宇宙中智慧文明的三大属性：第一，宇宙中可以诞生多个文明，但同一时期的宇宙只能拥有一个文明；第二，宇宙中的文明形式多种多样，但究其根本，都是碳基文明，当然，我本身除外，我更像是一个闯入者；第三，所有文明的诞生和发展都是基于一种无与伦比的幸运。时间越久，规模越大，这种幸运的属性就越明显。"

视野变暗，成为一片厚实的漆黑，在漆黑之中，许安看见一个影影绰绰的光点，如同对焦模糊的镜头，慢慢地，光点被坐实，逐渐放大，成为乌曼本体，许安也回到身体里面，回到罗布泊。

乌曼说："我几乎遍历整个宇宙，只有一个地方我从来没有去过。"

许安说："'蛋壳'里面？"

乌曼说："不，我后来进入了'蛋壳'，那层保护膜最终失去了能效。任何东西都抵不过岁月的侵蚀。"

许安说："里面的文明是不是已经消亡？"

乌曼说："是的，严格遵守三大属性。所以说，你们人类为什么没有遇见外星人，因为那些存在你们之前的文明都已经陨落。文明之间没有任何交集。这一切一定不是自然发生的，所以鼓舞着我去寻找这背后的主谋。如果问我有什么目的，大概就是这个。我遍历整个宇宙，只为寻找造成这一切的原因。然后我发现了一个无法穿过的壁垒。整个壁垒是一个完美的球形，这一定也是有人为之。我不知道那里面有什么，代表什么。也许，那里暗藏着宇宙的终极秘密。我将之命名为虚无空间，而我要你，进入其中。"

4

虚无空间

　　"我要你"三个字有点出戏。许安想起三个完全不同的场景，第一个是乌曼第一次出现在人类视野，他观看过那个视频；第二个是关于一篇忘了名字的古老文章，里面的小女孩对爷爷娇滴滴地说"我要你"，后来被人们各种误解，或者说污解；第三个是在银川镇西堡影城，许安被蔡嘉仪强迫同房。

　　乌曼说："你已经知道，进入生命盒子的人类都被我分解成原子遍布在近地轨道上，叶婧问我为什么要这么做，现在，我可以告诉你答案，因为虚无空间。跟宇宙中的文明一样，我也总结了虚无空间的三大属性：第一，仅允许碳基生命通过；第二，进入空间的生命体会瞬间折损其天然寿命的一半；第三，同一个文明有且仅有一次进入虚无空间的机会。"

　　目的。还是目的。任何人做的任何事，只要他是心智正常的，就一定有目的。如果不了解这个目的，就难以理解当事人的行为，并且想当然认为他所做的事情要么缺乏理智，要么如同儿戏。了解乌曼想要探索虚无空间的目的的，再知晓了虚无空间的属性，许安瞬间明白生命盒子的真正寓意。每一步都是进步。乌曼来到地球寻找那个最幸运之人，是为了进入虚无空间，这个人首先应该具备的属性就是没有到达半世，那些超出之人根本无法进入虚无空间。

许安说："你用云标标注出来就好，为什么要抹去他们呢？"

乌曼说："难道你不觉得相对于宇宙的终极奥秘，这些人的牺牲不值一提吗？"

许安说："你根本不懂人和人之间的情感。你说过，你的整个文明只有你一个个体，从这点来看，我真为你悲哀，你永远无法体会什么是亲情，什么是爱情，什么是友情。一个人活在社会当中，最重要的不是他的成就，而是那些社会关系。"

乌曼说："不，是你不懂宇宙的美妙，如果你多仰望几次星空，就不会发出这样低端的感慨。"

许安说："你来到地球这么久，难道一点也不为人和人之间的真情所打动吗？"

乌曼说："我现在跟你讨论的都是文明层面的问题，请你不要一直拿个体的感情喧哗。这让人非常尴尬。你应该去充分理解幸运。你的幸运，你们文明的幸运，整个地球的幸运。你知不知道，从地球上进化生命是一件多么小概率的事件？有个叫奥尔贝斯的人类曾说过'地球是多么幸运啊，不是天穹每一点的光线都能到达地球！要不然亮度和热度将不可想象，比我们经受的要高90 000倍，只有全能的上帝才能设计出能在这种极端环境条件下生存的生物体。'地球能够进化出生命本身就是一个奇迹，更不用说这种生物能够从单细胞进化到今天的人类。一切的一切，都是幸运得不能再幸运。"

许安说："你就这么相信幸运的力量，相信幸运是宇宙的基本属性？在人类看来，幸运是个缥缈的东西，不能完全依靠幸运。难道你每一个决定都是靠幸运才做下的吗？"

乌曼说："从某种意义上说，是的，都是靠幸运才决定的。"

许安低声说："不可理喻。"许安始终不明白乌曼怎么会相信幸运这个不可捉摸的东西。如果靠着幸运就能生存，那么人人都不需要工作，去买彩票就行了。但许安转念一想，不能用自己地球式的思维去丈量乌曼的宇宙观。人总是喜欢将一切都拟人化，从自己的视角出发和评定事物，就像我们所创造的机器人，也要赋予他们人性，可是机器人不会像人类一样思考，他们只认指令。还有外星人，不管那些科幻小说和科幻电影里面创造出了什么样的外星人形象，始终都是通过人类的大脑设计出来的，所以，不管多么逼真也都是失真的。这些都建立在人类自己的感情和想象之上，而外星人，他们是另外一种文明形式，他们的构成，他们的历史，他们的环境，决定了他们的存在方式。如果不了解这些，根本无法跟他们进行真正的沟通。

乌曼陷入一种自我表达欲望爆棚的状态（或许是因为许多亿年没跟人进行过对话了）："讨论的对象越大，幸运的属性越明显。我们所能找到的最大的系统，就是我们的宇宙。我们生活的这个宇宙是幸运的。宇宙的种种迹象表明，这个宇宙如果不是非常幸运就是被设计过的。让我来带你看看宇宙大爆发到今天的几个关键步骤。"

许安再次坠入一片黑暗，只是这一次，他的身体跟他同在，乌曼却像刚才一样消失，只剩下画外音。就在这黑暗之中，闪出一个光点。

乌曼的声音："这就是宇宙最初的核。"

许安说："你是说，大爆炸之前。"

乌曼的声音："是的，大爆炸。"

声音刚落，这个光点迅速爆开，一片混沌的灿烂。宇宙在他面前徐徐展开。

乌曼的声音："10^{-43}秒之前，普朗克时期，在这个时期宇宙空空如也，能量达10^{20}次方亿电子伏特，宇宙的四种力统一成一个单一的'超力'，将宇宙束缚成'超对称性'。比偶然还偶然亿亿倍的一个偶然，对称性被划破了，形成一个小气泡，也就是宇宙的胚胎。

"10^{-43}秒，GUT时期，气泡快速膨胀，'超力'被打散，四种基本力分离飘散，首先被甩出去的是重力，其他三个力仍被统一在一起。这个阶段宇宙以10^{50}次方的系数继续膨胀，空间的膨胀速度比光速还要快，温度达到10^{32}K。

"10^{-34}秒，膨胀结束，温度降到10^{27}K，此时强力从弱力和电磁力中分离出来，宇宙进入弗里德曼扩充期。此时的宇宙大概只有目前的太阳系大小。

"3分钟，核子形成，氢熔合成氦，锂形成，宇宙模糊不清，一片黑暗。

"380 000年，原子诞生，温度降到3 000K。

"10亿年，星星浓缩，温度降到18K，矮星开始量产轻元素，爆炸的星系则将铁以后的重元素疯狂地喷向天空。

"65亿年，德·西特尔膨胀，弗里德曼扩充期结束，在反重力的驱动下，宇宙进入西特尔扩张的加速阶段。

"137亿年，今天，现在，此刻，你和我才能在2.7K的宇宙温度下坐在这里对话。你能说这不是一种极端的幸运吗？"

随着乌曼的讲述，许安眼前的宇宙不停地变幻着，越来越清晰，越来越膨胀。许安慢慢认出银河系，银心之中那个巨大的黑洞就像猛兽张开血盆大口。银河系投影在乌曼面前缓缓流动，如同一条波光闪闪的河流，而他现在就在这条河流里凫水。天鹅座、盾牌座、人马座、天蝎座、麒麟座、双子座围绕着他，靠近又远离。织女星、牛郎星和天津四交织成了"夏季大三角"，顷刻之间，天狼星、参宿四、南河三构成的"冬季大三角"也闪亮登场。随着时间继续推进，很快，许安就看到太阳系和它的八大恒星。第一、第二、第三，那颗晶莹剔透的蓝色星球出现在他的眼里。这一切看起来是那么神奇，他见证了宇宙诞生的壮美。然后视角继续拉近，他看到那艘飞船，甚至看见飞船里的自己。他，在看着他。

许安情不自禁赞叹道："太美了，简直不可思议。"

乌曼的声音："宇宙大爆炸理论是被普遍接受的，这也是许多智慧文明都承认的为数不多的几个观点之一，在你们地球文明能够掌握的知识体系内。试想一下，如果宇宙的开端不是这个方式，这个宇宙是不会存在的。而从宇宙奇点开始，到爆炸之后每一个阶段的温度，密度等都是非常精确的，哪怕只差一点点，就不会有我们现在的宇宙，也不会有我在这里给你解释这一切。然后就是你们现在已知的四种力，这四种力的微妙平衡使得物质可以存在，它们的配合是非常微妙的，哪怕只差1/1 048，就不会有现在的宇宙，也不会有现在的我站在如今的你面前。其次就是宇宙现在的各种参数，都是相当精确的或者是幸运的，正是因为这样的精妙的参数存在，才使这个宇宙呈现出如今的模样。"

许安说："我想起地球上很多宗教传说，这个宇宙也许是被设计的，这样就比较能说明为什么这些参数都恰到好处。也就是说，并不是因为那些温度和四种力的平衡导致了现有的宇宙模样，而是因为宇宙需要这样，那些温度和力才会被安排成那样。啊，我知道了，你看，就像地球。你之前说地球上诞生生命是一个极小概率事件，距离太阳不远也不近，才产生生命。也许我们应该反过来看，正因为需要产生生命，才会存在这样合适的距离。"

乌曼说："嗯，你说的也有道理，或者说有这种可能性。我是排除神创论之后才做的假设，而且做出这种排除也是有证据的。刚才说到星球的形成，其实最开始的是星云，初期宇宙充满了宇宙尘埃，这些尘埃互相吸引、碰撞、远离，渐渐形成'云雾'一样的形状。这些'云雾'聚集在一起，形成恒星和星系的原始状态，这就是星云。宇宙形成早期，由于星云中颗粒间的万有引力作用、热运动造成的碰撞作用和分子结合力，这些星云物质开始凝聚，在这个凝聚的过程中，星云体积收缩，并且逐渐变热。变热的原因是热力学定律，气体收缩导致分子间距变小，分子势能转化为热能释放出来。由于收缩是由引力造成的，所以这个收缩阶段很快，只需要几百万年。随着收缩，星云内部的密度迅速增大，温度急剧升高，气压也相应增强，随之发生一系列反应，使外原物质下落的速度和星云的收缩速度减缓，即进入慢收缩阶段。慢收缩开始后，中心区受强烈压缩而升温并发出热辐射，直到最后中心温度升到八百万摄氏度到一千万摄氏度以上，由氢原子核聚变为氦原子核的热核反应提供足够的能量，使内部压力与引力处于相对平衡状态，一颗恒星就正式诞生了。

"你不觉得这个过程很微妙吗？如果没有万有引力，这些宇宙尘埃就不会聚集，如果没有热力学定律，聚集的尘埃就不会变热，如果不是现有已知宇宙常数，这个平衡的宇宙状态就不会存在几十亿年，也就不会给星云内部积攒足够的热量，因为产生核聚变需要漫长的时间。恒星就这样诞生了，当然还有行星的产生。我之前也说过人类的进化历程的幸运了，那些恐龙的灭绝，寒武纪生命大爆炸，原始的多细胞生物演化为各种形态，出现基本的系统、器官，一些细胞通过收缩和扩张使动物运动，组成运动系统，一些细胞在体内组成管状消化道，最后还有人类基因的秘密等，这些在我们看来都是很幸运的。从人类文明初始时期，就有各种各样的巧合。说了这么多，我就是想证明这个宇宙是幸运的。这种幸运是你无法想象到的奇妙，无论怎么修辞都不会夸大其词。为什么要排除神创论？从我数十亿年来造访智慧种族过程中搜集到的数据来看，如此多的巧合凑在一起的话，那需要的精确值是非常恐怖的。现在你跟我在这里碰面、在这里谈话，这种幸运、这种巧合计算起来就是穷尽宇宙中每一个原子都是不够的。如果说这个宇宙是'神'创造的，那么只能说明这个'神'非常伟大。这里的伟大不仅仅是指精神或者能力，还有物质存在。一个可以安排宇宙的'神'，既要宏观到一千多亿光年，还要微观到一个质子和中子。除非这个'神'就是宇宙本身，又或者在宇宙之外的超然存在。不管哪一个都是我们这些生命体不能想象和触碰的。也正因此，我更倾向于幸运就是这个宇宙的特有属性。"

许安说："我承认经过你这么一说，宇宙是有那么点幸运。而且，我们也是幸运的。我们前面说了很多地球的故事，那么你呢？你幸运吗？"

乌曼的声音："我存在着，存在了一百多亿年。大爆炸之后三十多亿年，我就存在，这还不够幸运吗？"

许安说："存在即幸运。"

乌曼却说："同时，我又是极其不幸，因为我无法进入虚无空间，而你们这些碳基生命体却可以。"

许安想起乌曼刚才说的虚无空间三个属性，好奇道："你是怎么总结出那三个属性的？我的意思是，你既然都没有进去过，怎么得出的结论？"

乌曼说："我虽然没有进去过，但我往里面输送过很多碳基生命。当然，他们都来自不同的文明。这也是我为什么如此笃信幸运这一说法，进入虚无空间的人，反馈给我的信息是他们不够幸运。你能明白吗，虚无空间里面并非虚无，里面有更高级的文明，而他们审核访问者的标准，即是幸运。"

5

最幸运的人

回到一切的起点：幸运。

许文说：扶摇直上不是幸运，触底反弹才是。乌曼则认为：毁灭整个文明而独活才是最大的幸运。但对于一直被幸运野蛮定义的许安来说，真正的幸运是什么呢？此刻，他有了新的方向。

许安说："或许你可以重新考虑一下，拯救地球文明。"

乌曼说："不可能。我需要这样一场灾难，来衬托你。"

许安说："你想没想过，跟地球文明毁于一旦而我却在你的掩护之下成功逃脱相比，在你的帮助之下力挽狂澜的我是不是更加幸运呢？换句话说，如果我拯救了自己的文明，不就可以说我是最幸运的人吗？相较于临阵脱逃，难道成为英雄不更加值得赞颂吗？你说过，每个文明诞生又消亡，地球也不能幸免于难，这次超新星爆发就是终结。可是，如果我能终结这种终结呢？"

一直以来丝毫没有停滞的乌曼有了短暂的定格。

乌曼说："请继续说。"

许安乘胜追击："反观我的一生，从出生开始就被极光组织选中，我的母亲苏梅死于难产，在当今社会，这样的意外本身就是一种小概率事件。我的父亲许强自杀，留下一封文采飞扬的遗书，后证实，那是我的大伯许文杜撰。我的大伯许文，因为你而投身极光组织，为了将你铲除而无所不用其极。我的女友，李翘，被他们掳走，发生意外死在太空站。我死于车祸的小学同学、中学同学和大学同学。我从北京一路到罗布泊所经历的种种磨难。难道就因为我的独活，而标榜幸运吗？这难道不是一个人最大的不幸？你身边所有靠近你的亲朋好友都一一陨落，而唯独你相安无事，这就是幸运吗？不，这是一种比死亡更恐怖的折磨。其实很多次，我都差点步我爸爸的'后尘'。一个真正幸运的人，不应该是对未来充满希望，对生活充满热情吗？如果这些都没有，凭什么来界定幸运？"

乌曼再次陷入沉默。

片刻之后，乌曼说："关于'蛋壳'，看来赌对了。"

许安一脸惊讶，不知道即将从乌曼这里吐露什么新闻。

乌曼说："你刚才所说的一切我在发现地球危机之时就开始考虑，但我并不能确定两者哪一个更能增进你的幸运指数，所以我把那些超过半世之人的原子传送到近地轨道上，必要的时候，利用这些原子结成'蛋壳'。"

许安听到这个消息几乎要哭出来，原来看似惨无人道的暴君，却有着超出常人的考虑。

乌曼接着说："但是启动'蛋壳'需要巨大的能源，这一切都需要人类本身的配合。当这一切完成，将由你来启动'蛋壳'。"

许安说："所以，我们达成一致了？"

乌曼说："谈话结束，意向已经达成，接下来只需要敲定一些无关紧要的细节。怎么样，要不要听一首歌庆祝下？"

许安说："听歌？"

乌曼说："我对人类文明毫无兴趣，但你们制造的音乐非常动听，这是我在所有经历过的文明之中，听到的最美丽的旋律。"

言毕，熟悉的背景音乐响起。

I am what I am

我永远都爱这样的我

许安身躯一震："你是？是你！"

乌曼说："我说过，极光组织选择了你，而我，也选择了你。"

悠扬的乐音升起，似回响在茫茫宇宙之间。

快乐是

快乐的方式不止一种

最荣幸是

谁都是造物者的光荣

不用闪躲

为我喜欢的生活而活

不用粉墨

就站在光明的角落

我就是我

是颜色不一样的烟火

天空海阔

做最坚强的泡沫

我喜欢我

让蔷薇开出一种结果

孤独的沙漠里

一样盛放的赤裸裸①。

---

① 张国荣的歌曲《我》，出自2000年7月1日发行专的辑《大热》。

6

第四种方案

当许安跟乌曼在罗布泊相谈甚欢的时候，极光组织的一干代表却在紧锣密鼓筹备着对乌曼最后的打击。他们可以肯定，接见许安等人的乌曼就是真身，打击只能进行一次；只能进行一次并不是说担心触怒乌曼而引发难以想象的后果，而是关于打击的武器是一次性的。

安琦曾经说过，地球上的科学家一直在研究生命盒子，但他们并非只是为了获得诺奖，更多是受命于极光组织。

那些终于承认地球被占领，但不是机器人而是外星人的"探索号"成员们，离开太阳系又折返回来，他们的目的并不是要在兰州给乌曼致命一击。他们早就被告知，那种程度的打击对乌曼无济于事，之所以那么做是因为他们已经引起乌曼的注意。毕竟，经年累月地跟地球进行频繁的通信，怎么也无法逃脱乌曼无处不在的视线。他们干脆将计就计，让乌曼以为他们存在的价值只是对兰州的袭击。最后爆炸的地点并不在人群攒动的石佛沟，而是荒无人烟的戈壁。

真正的最后一击是在罗布泊。

关于生命盒子，人们早已认定进入的人被直接分解，这种乌曼对待地球人的方法恰好是人们师夷长技以制夷的反击。他们利用"探索号"制造了一个巨大的"生命盒子"，整个罗布泊都将被笼罩其中，里面的一切都将分解，包括乌曼，当然也包括许安。关于许安，他们不需要抱歉。毕竟用一个人换一个文明的解放，再划算不过。而许安也将作为拯救地球文明的英雄被后世铭记。

当然，他们并不确定这个打击一定奏效，毕竟他们对乌曼了解有限，目前来看，这似乎是最可行的方法。他们同样不知道的还有十六光年之外的灭世危机。现在，地球处于这样一个尴尬的局面：一边，极光组织为了解除半世的诅咒，对乌曼进行终极一击；另一边，乌曼为了拯救地球文明，决定答应许安开启"蛋壳"。那么问题来了，如果极光组织先动手，而且打击成功，他们就将成为地球文明的掘墓人。处于亢奋状态的他们，丝毫没有察觉这一点。他们还以为，自己是文明的英雄呢！就像农场里的火鸡没有意识到感恩节……